Grab mit Aussicht

LEPORELLO
K R I M I

© Gesine Schulz 2011
LEPORELLO Verlag
Richard-Wagner-Straße 15 · D-47799 Krefeld
leporellobuch@aol.com
www.leporello-verlag.de
Alle Rechte vorbehalten.
Gestaltung: WerbeAtelier Coelen
unter Verwendung des Gemäldes
»Zeche Zollverein« von Helga Stein (2010)
Druck und Bindearbeiten: Bercker, Kevelaer
ISBN 978-3-936783-42-1

Gesine Schulz

Grab
mit Aussicht

11 saubere Fälle der
Privatdetektivin & Putzfrau
Karo Rutkowsky

– *Enthält »Café mit Schuss«*
von Gesine Schulz & Mischa Bach –

Leporello Verlag

Inhalt

White Christmas

Karo stand im Vorraum der Damentoilette und betrachtete sich im Spiegel.

Niemand würde sie erkennen, oder? Sie zog die Mütze ein wenig tiefer ins Gesicht und strich den Bart glatt. Es war alles höchst bedauerlich. In dieser Vorweihnachtszeit hatte sie als Privatdetektivin besonders wenig zu tun. Die Auftragslage war an einem Tiefpunkt angelangt, den man lediglich deshalb nicht als dramatisch bezeichnen konnte, weil der Jahreshöhepunkt nur unwesentlich höher gelegen hatte. Na ja.

Dafür hatte sie in ihrem gut bezahlten und vor dem Finanzamt bisher erfolgreich verborgenen Zweitberuf als Putzfrau reichlich zu tun.

In den von ihr betreuten Villen war rechtzeitig mit den ersten Kränzen an der Tür das Weihnachtsfieber ausgebrochen. Familienfeste wurden vorbereitet. Silberne Leuchter mussten geputzt, Gästezimmer wollten vorbereitet werden. Und jede Fläche Holz musste Karo mit besonderem Nachdruck polieren oder einwachsen. Offensichtlich war keiner ihrer Putzkundinnen der Artikel in einer der exklusiveren Wohnzeitschriften entgangen, in dem vom edlen und altmodischen Schimmer und wohltuenden Duft wohlpolierten Holzes die Rede gewesen war, der zum aromatherapeuthischen Muss für jeden gepflegten weihnachtlichen Haushalt erklärt wurde.

Noch vor dem zweiten Advent umgab Karo ein Aroma von Zitronenöl und Bienenwachs, das auch unter der Dusche nicht verschwand. Nicht mehr lange und sie würde aufs Duschen verzichten und ihren Körper einfach polieren können.

Die Massen von Weihnachtsschmuck – der geschmackvollsten Art natürlich – für draußen und drinnen, die Karo entstaubt und gesäubert hatte, spotteten jeder Beschreibung. Und nebenbei mussten natürlich die Häuser von den Fenstern bis zu den Fußleisten wie üblich gereinigt werden.

An der Putzfront lief also alles bestens. Wie immer. Wäre sie als Detektivin doch nur halb so begehrt. Aber selbst die eifersüchtigsten Eheleute des Ruhrgebiets scheuten sich, vor den Feiertagen mögliche Wahrheiten ins Gesicht blicken zu müssen und den brüchigen Familienfrieden zu Weihnachten vielleicht bröckeln zu sehen. Der Januar würde erfahrungsgemäß die Ernüchterung bringen und auch neue Überwachungsaufträge. Doch bis dahin waren es noch ein paar Wochen. Und sie brauchte jetzt ein offizielles Einkommen. Andernfalls würde sich das Finanzamt wieder mal wundern, wie sie beispielsweise ihre Büromiete bezahlte, und unangenehme Fragen stellen.

Ob sie eine Sonnenbrille aufsetzen sollte, um ganz sicher zu gehen? Oder würde sie damit die Aufmerksamkeit eher auf sich ziehen? Keinesfalls wollte sie erkannt werden. Irgendwie glaubte sie nicht, dass es ihrem Image als junger – okay: relativ junger aufstrebender Privatdetektivin förderlich wäre, wenn bekannt würde, dass sie als Weihnachtsmann rumlief, um nach Taschendieben Ausschau zu halten. Damit war sie kaum mehr als ein Kaufhausdetektiv – eine mindere Spezies, mit der sie keinesfalls verwechselt werden wollte.

Nur kein Selbstmitleid. Karo bleckte die Zähne. Der Januar war nicht mehr fern. Und schließlich war sie froh gewesen, als ihr Berny heute morgen gesteckt hatte, dass die Organisatoren von »White Christmas in Essen« dringend einen zusätzlichen Weihnachtsmann für ihr Sicherheitspersonal suchten. Ihr Vorgänger hatte sich am Vorabend im Vollrausch am Rande der Eislauffläche auf dem Kennedyplatz schlafen gelegt. Nachdem er mit Unterkühlung ins Klinikum eingeliefert und gefeuert worden war, fehlte ein Weihnachtsmann.

Der Erfolg des Winterfestivals hatte nicht nur bereits in den ersten zehn Tagen zu Besucherrekorden geführt, sondern auch Taschendiebe von nah und fern angezogen. Selbst eine berüchtigte Bande aus Schwaben, traditionell auf den Nürnberger Christkindlesmarkt spezialisiert, sollte sich auf dem Weg ins Ruhrgebiet befinden.

Okay. Sechzehn Uhr. Dienstbeginn. Auf ins Getümmel. Karo ging über den Flur zurück in ihr Büro. Sie verstaute das Dienst-Walkie-Talkie, etwas Geld, ein paar große Handschellen sowie eine Tüte Zimtsterne in den geräumigen Taschen des Kostüms. Sie schloss ihre Bürotür hinter sich und lauschte. Noch war alles ruhig im Gebäude der Lichtburg. Jeden Abend um achtzehn Uhr zeigte man ‚Holiday Inn', den Film, der Irving Berlins Lied White Christmas berühmt gemacht hatte. Oder vielleicht war es ja umgekehrt, und Bing Crosbys unnachahmliche Art das Lied zu singen, hatte den Film berühmt gemacht. Um dreiundzwanzig Uhr gab es das Technicolor-Remake ‚White Christmas'. Karo bevorzugte das schwarz-weiße Original von 1942 und hatte es sich schon einige Male angesehen.

Das Walkie-Talkie knisterte. »Ja?«, sagte Karo.

»Hier ist Santa. Hier ist Santa. Santa an Rudolph.«

Karo verdrehte die Augen. Udo Timm, Ex-Feldwebel der Bundeswehr und Chef des Festival-Sicherheitsdienstes, war eindeutig zu lange in der amerikanischen Wüste stationiert gewesen. Er fand die von ihm vergebenen Codenamen witzig. Er hatte seine Sicherheitsweihnachtsmänner nach den Rentieren in einem amerikanischen Weihnachtsgedicht benannt.[1] Da es dort nur acht waren, taufte er den neunten Weihnachtsmann Rudolph.

»Was gibt's, Santa?«

»Bitte Position bestätigen, Rudolph. Roger.«

»Kettwiger Straße, Höhe Lichtburg.« Das war kaum geschwindelt.

---

[1] *Dasher, Dancer, Prancer, Vixen, Comet, Cupid, Donner und Blitzen (aus »'Twas the Night Before Christmas«)*

»Position beibehalten. Die Kettwiger runter bis zum Münster, Münster inclusive. Roger.«

»Okay.«

»Roger, Rudolph? Jede Durchsage ist korrekt mit Roger zu beenden! Gefälligst dran denken!«

Karo knirschte mit den Zähnen. »Roger, Santa.«

Sie öffnete die Schwingtür zur Film-Bar. Giorgio bereitete sich auf den Ansturm vor, der in Kürze einsetzen würde.

»Hi, Giorgio. Kann ich schon mal was probieren? – Und spare dir deine Bemerkung über mein Kostüm.«

»Schade.« Er grinste und schob ihr ein Glas Egg-Nog über die Theke. Für die Dauer des Festivals nannte er das Getränk White Christmas und konnte gar nicht genug davon machen. »Ich bin mir nicht sicher, dieser neue Kognak . . . meinst du, ich muss mehr Muskat nehmen?«

Karo nippte an dem heißen Getränk. »Mhhhh. Nein, ist okay so. Sehr lecker, wie immer. So, dann werde ich mal. Ich gucke später wieder rein.« Sie schlüpfte aus dem Seiteneingang des Kinos und mischte sich auf der Kettwiger Straße, einer reinen Fußgängerzone, unters Volk.

Bing Crosbys Stimme schien aus dem All herunterzudriften, gerade so laut, dass man genauer hören wollte, was er sang und woher es kam. Die Menschen blickten unweigerlich auf.

Das Lied aus dem Film.

Der Traum von weißen Weihnachten . . .

Sinngemäß übertrug Karo die Zeilen in Gedanken, während sie die breite Straße hinabschlenderte.

Wie die Christfeste von einst . . .

Die Passanten sahen hoch in das schmale Stück Himmel zwischen den Hausdächern und ließen sich von dem

Licht-, Farben- und Klangspiel über ihnen verzaubern.

Mit schneeglitzernden Wipfeln,
und lauschenden Kindern . . .

Schneegestöber vor einem winterlichen Blau wurde angedeutet und verschwand wieder. Helle Formen, begleitet von fernem Glöckchenklang huschten darüber hinweg.

Klingglöckchen und wirbelnde Flocken . . .

Das schneegedämpfte Klappern von Hufen war vorbei, ehe man entscheiden konnte, ob man es gehört oder sich nur eingebildet hatte.

Mit jedem Weihnachtsgruß
der Traum von einem weißen Fest . . .

Die Inszenierung war gelungen. Kein Zweifel. Es störte noch nicht einmal, dass kein Schnee lag. Mit Einbruch der Dämmerung, zu Beginn der blauen Stunde, wurde die Innenstadt in winterlich blaues Licht getaucht und die Licht- und Klanginstallationen von über hundert Künstlerinnen und Künstlern aus dreiundzwanzig Ländern verwandelten Straßen und Plätze, Gassen und Gebäude in etwas Fremdes und Zauberhaftes.

Fröhliche Weihnachten
und weiße Weihnacht auf alle Zeit . . .

Bing Crosbys Wünsche wehten hinter Karo her, als sie durch die Menschenmenge die Kettwiger weiter hinunterbummelte. Acht Stunden dauerte ihr Dienst, bis Mitternacht. Schön langweilig würde das werden auf dieser kurzen Strecke. Hin und her und her und hin. Sicher sprach nichts dagegen – oder zumindest würde es niemandem

11

auffallen – wenn sie alle paar Stunden in die Lichtburg schlüpfen und sich mit einem Egg-Nog White Christmas stärken würde. Schon hob sich ihre Stimmung. Seine diesjährige Version des heißen würzigen Eierpunschs war zweifellos eine von Giorgios Glanzleistungen.

Vor den Stufen, die zum Burgplatz hinunterführten, standen Menschentrauben. Über den Platz hinweg schien der Blick bis in die Arktis zu reichen. Transparente Eisberge schwebten über dem Horizont. Eiskalte Töne zerschellten auf dem Platz. Das monströse Essener Rathaus, das sonst hinter dem zierlichen Münster aufragte, war unsichtbar, verschluckt von dichtem schwarzem Licht. Für viele war dies die größte Leistung des Festivals.

Karo beschloss, sich eine Weile in die Münsterkirche zurückzuziehen. Auch dort könnten schließlich Taschendiebe auftauchen. Außerdem gab es Sitzgelegenheiten. Ihr war ein klein bisschen schwummrig.

»Heh – Rudolph! . . . Rudi-Rotnase, joh!«

Karo wandte sich um. Aus Richtung der Marktkirche wühlte sich ein hochgewachsener Weihnachtsmann in einem tomatenroten, puschelpelzbesetzten Anzug durch die Menschen. Das war Donner. Oder war es Comet? Jedenfalls einer ihrer derzeitigen Kollegen. Er zog einen älteren Herrn hinter sich her. An Handschellen.

»Na, Rudi, warst du auch schon fündig? Dieser ist bereits meine Nummer drei seit gestern. Noch 'ne Prämie . . .«

Prämie? »Was für eine Prämie?«

»Na, der Fuffi für jeden, den du kassierst. Und dann auch noch steuerfrei«, flüsterte Donner. Wenn es nicht Comet war. »Hat dir Santa das nicht erzählt? Hah! Dieses Schlitzohr!« Er grinste. »Na, ich muss weiter, ihn abliefern. Hodriho.« Er zog mit seiner Beute ab.

Im Zwölfling, einer Seitenstraße, benannt nach einem früheren Beginenkonvent, parkte das silberglänzende Wohnmobil, in dem sich die Abgabestelle befand. Dort saß

Santa, rauchte Zigarren und übernahm die Festgenommenen. Er regelte den Papierkram mit der Polizei. Und griff in die Keksdose, um steuerfreie Prämien zu verteilen? Von denen er Karo nichts verraten hatte. Konnte das Zufall sein? Karos Augen wurden schmal. Das würde sie erst mal rausfinden.

Sie drehte sich um. Und drehte sofort wieder zurück. Ihr wurde heiß. War das etwa Lutz gewesen? Würde ihr Ex-Freund mit einer Biberfellmütze rumlaufen? Vermutlich konnte alles passieren, wenn man in die Fänge einer heiratssüchtigen Elektroingenieurin geraten war. Mehr denn je hatte er etwas von einem Teddybären. Aber wer hatte schon etwas gegen Teddybären? Keinesfalls durfte er sehen, wie tief sie gesunken war.

Natürlich hatte sie ihn auch schon in lächerlichen Verkleidungen gesehen, zum Beispiel letzten Winter als Bettler. Aber er war so rumgelaufen, weil er ein verdeckt ermittelnder Kriminalbeamter war. Das war etwas ganz anderes.

Nein – er konnte sie in dem kurzen Augenblick nicht erkannt haben. Außerdem hatte er sie noch nie mit Bart gesehen. Ihre eigene Mutter hätte sie nicht erkannt. Kein Grund zur Aufregung. Sie musste sich nur unauffällig verhalten.

Karo machte kurze gleitende Schritte Richtung Lichtburg. Sie würde einfach eine Weile dort untertauchen, in ihrem Büro oder in der Film-Bar, und ihm Zeit zum Verschwinden geben. Womöglich hatte er sogar die Gattin dabei. Nicht auszudenken, wenn sie dieser Frau bei der ersten Begegnung als Weihnachtsmann gegenüber stehen müsste.

»Karo?«

Oh, Schiet. Das war Lutz. Aber mit Unglauben in der Stimme. Er war sich nicht sicher. Gut. Karo reagierte nicht auf seinen Ruf. Aus den Augen aus dem Sinn, schien als Motto der Stunde angesagt. Die Lichtburg war zu weit, außerdem würde dieses Ziel seinen Verdacht nur bestätigen. Ihr Blick irrte umher.

Kirchenasyl! Sie sprintete über die Kettwiger, sprang die Stufen zum Münster-Vorplatz hinunter und lief weiter in den alten Innenhof. Links in die Johanniskirche oder rechts ins Münster? Das Münster war größer. Karo öffnete einen Türflügel. Die Kirche war menschenleer. Vom anderen Ende blickte ihr die Goldene Madonna unbewegt entgegen. Karo machte ein paar Schritte und blieb stehen. Wo waren denn Beichtstühle, wenn man sie mal brauchte? Sie rannte auf die andere Seite. Nichts. Das durfte doch nicht wahr sein!

Die Tür öffnete sich. Sie hörte Schritte.

Hoch auf die Empore? Keine Zeit. Karo huschte in die siebte Bankreihe und kauerte sich auf den Boden. Die hallenden Schritte näherten sich. Karo duckte sich tiefer. Sie machte sich so klein sie konnte und versuchte, mit dem Boden zu verschmelzen.

Er blieb stehen.

Karo kniff die Augen zu. »Lieber-Gott-lass-Lutz-mich-hier-nicht-so-sehen-bitte-bitte-Amen.« Zu spät.

Die Bank knarrte. Er setzte sich.

Karo öffnete ein Auge. Dunkelbraune italienische Lederschuhe vom Feinsten. Seidensocken. Kaschmirhosenbeine. Nicht Lutz. Doch erhört! Halleluja! Sie sah hoch. Ein schmales gebräuntes Gesicht, Augen von der Farbe alten Portweins, fragend auf sie gerichtet, dunkle Haare und schmale, aber sinnliche Lippen. Definitiv kein Teddybär.

Karo richtete sich etwas auf und kniete nun neben dem attraktivsten Mann, den sie seit letztem Dienstag gesehen hatte. Da allerdings nur auf Zelluloid, wenn auch überlebensgroß: Cary Grant in ‚Die Nacht vor der Hochzeit'. Ihr Blick fiel auf den schwarzen Rollkragen. Oh.

»Sie sind Priester?« Ihre Stimme klang heiser. Sie räusperte sich.

»Nein. Wieso? Wollen Sie etwa die Beichte ablegen?«, fragte er gedehnt.

Diese Stimme! Karo lächelte. Breit. Die Barthaare kitzelten. Verdammt, den Bart hatte sie ganz vergessen. Sie löste die Gummibänder hinter ihren Ohren und ließ den Bart unter ihr Kinn rutschen.

»Ah«, sagte der Mann. »Eine Frau. Das habe ich nun nicht erwartet.« Aber er klang nicht enttäuscht.

»Das passt ja gut«, sagte Karo. »Ich habe auch jemand anders erwartet.«

»Tja, ich musste einspringen.«

Für den Erzengel Gabriel? »Wie schön. Ich bin übrigens auch eingesprungen.« Und sie beklagte sich nicht. Sie würde ihn auf einen Drink einladen. Warum nicht? Einen White Christmas in der Film-Bar.

»Und?«, sagte er.

»Und . . .?«, lächelte Karo.

»Ja. Sagen Sie's.«

Konnte er Gedanken lesen? »Also . . . Ich wollte sagen . . .«

»Sie haben es vergessen?«

»Na ja . . . Nein, nicht direkt . . .«

Sein Blick ließ den ihren nicht los. Er wusste, dass er die Quelle ihrer Verwirrung war. Und es amüsierte ihn. Er sagte: »Na gut. Weil Sie es sind. Und weil ich nicht ewig Zeit habe. Ich helfe Ihnen auf die Sprünge. Ausnahmsweise. Ich sag den Anfang: White . . .«

»Christmas!«, rief Karo, dass es von den Wänden widerhallte. Er konnte Gedanken lesen. Es war unheimlich. Auf eine angenehme Art und Weise.

»Na also!« Er lachte leise. Und vielversprechend. Er begann, die unteren Knöpfe seines Mantels zu öffnen. »Dann wollen wir mal sehen, was ich Schönes für Sie habe.«

»Oh.« Karo wurde warm. »Ich dachte eigentlich . . . K-k-kennen Sie die Film-Bar? Die ist ganz in der Nähe und –«

»Nervös?« Er lachte leise. »Nein, nein, so eine Kirche ist ideal, glauben Sie mir. Und entspannen Sie sich.« Er griff unter den Mantel und nestelte an etwas herum.

Karo sah sich um. Was, wenn Lutz jetzt hereinkäme? Oder ein Priester oder sonst jemand. »Hören Sie, ich . . .« Karo verstummte. Was zog er denn da hervor? Sie sah ihn an.

Er nickte. »Sieht gut aus, nicht? Sieht gut aus und ist gut. Das garantiere ich.«

Karo beugte sich vor. Wieso geriet sie immer in solch unmögliche Situationen? Sie streckte eine Hand aus.

Er schüttelte den Kopf. »Erst das Geld, bitte.«

Natürlich. Er wollte bezahlt werden. Die fünf Euro sechzig, die sie bei sich hatte, würden da wahrscheinlich nicht ausreichen. Denn was da in den aneinander geschweißten Plastikbeutelchen weiß schimmerte, war sicher kein Zucker. Das war Schnee. Sie war in einen Drogendeal geraten. Wo blieb Lutz?

»Na, was ist – wird's bald?«

»Klar, Moment . . .« Ihre Hand tauchte in die Jackentasche und ertastete Metall. Hm . . .

»Vögelchen!«, rief Karo. Er guckte nach oben. Es ging doch nichts über eine gute Kinderstube.

Im Nu legte sie die Handschellen um seine Fußknöchel, ließ sie zuschnappen, sprang auf und rannte los.

»Heh, was soll das? Komm sofort zurück, du Schlampe.«

Karo blieb hinter einer Säule stehen und zog ihr Walkie-Talkie hervor. »Rudolph an alle Rentiere: Mayday – Mayday! Bitte sofort ins Münster kommen. Sofort! Ha-habe einen Drogendealer. Brauche Unterstützung.« Sie lugte um die Säule.

Der Typ hatte sich aus der Kirchenbank gehievt und begann, sich mal schlurfend, mal hüpfend, auf Karo zuzubewegen. Mit einem mehr als finsteren Gesichtsausdruck. Und mit etwas in der Hand. Eine Waffe?

Karo verschwand hinter der Säule und ließ sich fallen. »Ist bewaffnet!«, kreischte sie ins Walkie-Talkie. »Roger. Hilfe!«

Das Gerät knisterte. »Hier Dancer. Bin unterwegs. Ro-ger.«

»Ich auch, Rudolph. Roger."

»Hier Roger, ich meine, Donner. Durchhalten. Roger.«

»Bin gleich da, Rudi. Roger.«

Schlurf-schlurf, hüpf. Schlurf-schlurf, schlurf. Er kam immer näher. Sie traute sich nicht, hinter der Säule her-vorzuspähen. Hier stehen zu bleiben war jedenfalls kein guter Plan. Bis zur Tür waren es vielleicht sechs Meter, höchstens acht. Sie holte tief Luft und rannte los. Aus dem Augenwinkel sah sie, wie er den Arm hob. Etwas Dunkles wirbelte durch die Luft, traf Karo an der Nase und brachte sie aus dem Gleichgewicht. Aus ihrer Nase schoss Blut, ihr Kopf schmerzte, ihr war schwindelig. Karo stöhnte und fiel auf die Knie. Das Blut tropfte auf ihren Ärmel und hinterließ keine Spuren. Praktisch.

Der Schlurfer näher sich. »Und jetzt den Schlüssel«, sag-te er und streckte eine Hand aus.

»Hände hoch! Sie sind umzingelt.« Durch den Seiten-eingang strömten sieben Weihnachtsmänner und gingen in Stellung. Der Typ hob seine Arme.

Wieso hatten sie Waffen und Karo nicht? Egal. Karo grinste ihre Kollegen an.

Ein Flügel des Haupteingangs öffnete sich. Lutz trat in die Kirche und blieb stehen. Er schüttelte den Kopf und zog seine Marke. »Kripo Essen. Nehmen Sie die Waffen runter. Was, zum Teufel . . .«

»Rudolph hier hatte Probleme mit dem da. Der is'n Drogenhändler. Und da sind wir – «

»Ja. Alle für einen und einer für alle. Besonders, wenn es ein Mädchen ist.«

Karo hielt sich das Bartende unter die Nase. Es färbte sich rot.

»Ich dachte mir doch, dass du das warst.« Lutz reichte Karo ein gebügeltes Taschentuch. »Und wen haben wir denn hier? Ich glaub's nicht: der Schneemann! Ich dachte,

Sie machen die Drecksarbeit nicht mehr selber?«

»Er musste für jemanden einspringen«, sagte Karo. »Und da –«

»Aber wieso hat er Handschellen um die Füße? Nein – sag's nicht.«

Karo tat ihm den Gefallen und sagte nichts. Sie fiel in Ohnmacht.

Wunder gibt es immer wieder

Karo schloss die Wohnungstür auf und blieb stehen.

Es durfte doch nicht wahr sein! Das Weib war schon wieder zu Hause. Und nicht nur das. Wenn Karo die Geräusche korrekt interpretierte, und da gab es wahrhaftig nicht viel Spielraum, dann göbelte ihre Kundin auch schon wieder. Karo verdrehte die Augen. Noch nie war ihr jemand begegnet, dem das Talent, sauber ins Klo zu kotzen, dermaßen abging.

Sie seufzte, schloss behutsam die Tür hinter sich und schlich den Flur entlang in Richtung Küche. Auf Höhe des Badezimmers stellte sie im Bestreben, noch lautloser zu sein, sogar die Atmung ein. Vergebens.

»Frau Rutkowsky?«

»Ja, ich bin's.« Heute würde sie es ihr sagen. So ging's nicht weiter. Sie hatte diese Stelle in Essen-Werden in dem Glauben angenommen, dass sie die Wohnung während der drei Putzstunden für sich haben würde.

»Selbstverständlich, das ist gar kein Problem«, hatte Chrissie Gabriels Manager gesagt. »Chrissie ist morgens sowieso meist im Studio.«

Von wegen. Bereits das dritte Mal hing sie zu Hause rum und störte Karos Kreise. Einmal hatte sie blass und mit Wärmflasche auf der Couch gelegen und etwas von Magenkatarrh, Stress und Fischrestaurant gemurmelt. Letzte Woche hatte sie dann überm Klo gehangen und jetzt wieder.

Karo stieß die Tür zum Bad auf und rümpfte die Nase. Dieser säuerliche Geruch! Und wie die Klobrille wieder aussah!

Sie half ihrer Arbeitgeberin auf und begleitete sie ins

Wohnzimmer. In ihr privates Wohnzimmer natürlich, das sich im plüschig-gemütlichen Teil der großen Altbauwohnung befand.

Die meisten Besucher, und ausnahmslos alle Journalisten, Fotografen und Fan-Club-Vorsitzenden bekamen nur den vorderen, weitgehend ungenutzten Teil der Wohnung zu Gesicht. Hier beherrschten italienische Designer-Möbel und die Farbe Grau das Bild. Gelebt wurde mit der grünen Polstergruppe, der Schrankwand, dem Persertteppich, der Alpenlandschaft in Öl und dem gerahmten Jahreshoroskop an der Wand.

Der Kulturschock, den Karo jedesmal erlitt, wenn sie durch die Wohnung putzte, von geometrischem Minimal-Look in die vollgestellte Gemütlichkeit und zurück, war mit ein Grund dafür, dass sie wegen ihres Stundenlohns mit Promi-Aufschlag so gut wie nie ein schlechtes Gewissen hatte.

Karo half der vor sich hin Stöhnenden aufs Sofa und breitete eine braungemusterte Mohairdecke über sie aus. »Also, Frau Gabriel, wenn Sie jetzt nicht bald mal zum Arzt gehen und – «

»War ich . . .«, hauchte es. »Vorgestern?«

»Ach! Na ja, dann . . . Und wieso geht es Ihnen noch nicht besser?«

»Ich kann an nichts anderes denken? Ich verstehe es nicht, Frau Rutkowsky? Wie kann mir so etwas passieren?«

Karo knirschte mit den Zähnen. Fast hätte sie es vergessen. Ein weiterer Grund, wegen des Stundenlohns kein schlechtes Gewissen zu haben. Wenn sie es recht bedachte, sollte sie noch einen Aufschlag verlangen. Schmerzensgeld sozusagen. Sie war eine geduldige, langmütige Person . . . na gut, das war vielleicht ein kleines bisschen übertrieben. Oder sogar unwahr. Aber tolerant war sie, ja, das konnte man wohl behaupten. Doch immer, wenn sie Chrissie Gabriel länger als zwei Minuten sprechen hörte, überkam sie der Wunsch, nein: das fast nicht zu beherr-

schende Verlangen, sie zu schütteln. Die Kleinmädchen-
stimme hätte sie ja noch ertragen, aber diese Angewohn-
heit, jeden Satz eine halbe Oktave höher enden zu lassen
und so in eine Frage zu verwandeln, brachte sie nah ans
Kreischen.

»Sie bleiben jetzt schön hier liegen und ruhen sich aus.
Soll ich Ihren Manager anrufen?«

»Onkel Piet? Nein, den will ich jetzt nicht hier haben.«

Karo war nie dahinter gekommen, ob der Manager ihr
richtiger Onkel war oder ob der Name nur ein Überbleib-
sel aus der Zeit war, als Piet Becker die Vierzehnjährige
mit der »Stimme einer Fee« ins Schlagergeschäft und in
die Hitlisten katapultiert hatte. Jetzt war Chrissie Gabriel
achtundzwanzig. Sie sah immer noch aus wie ein Teenager.

»Dann lasse ich Sie jetzt in Ruhe. Das Badezimmer ruft.«
Angesagt waren Gummihandschuhe, eine doppelte Dosis
Essig im Wasser und am besten noch eine Wäscheklam-
mer auf der Nase.

»Nein – warten Sie. Setzen Sie sich?«

»Aber das Bad –«

»Ist egal. Das kann warten?«

»Okay.« Karo ließ sich in einen der grünen Sessel sinken.

»Frau Rutkowsky? Ich will, dass Sie für mich arbeiten.«

Karo sah in die hellgrauen Augen (»geheimnisvoll wie
die Nebel von Avalon«, stand auf dem Cover ihres neusten
Albums, »wechselhaft wie Wolken über dem schottischen
Hochmoor«).

»Frau Gabriel, ich arbeite bereits für Sie. Seit vier Monaten. Sie erinnern sich, dass Frau Schwanke aufhörte,
weil sie nach Mallorca zog und –«

»Sie verstehen mich nicht. Sie sind doch auch Privatdetektivin? Sie sollen etwas für mich rausfinden?«

»Oh! Worum geht's denn?« Seit zwei Wochen wartete
Karo auf einen neuen Auftrag in ihrem Hauptjob als Privatdetektivin.

»Frau Rutkowsky? Ich bin schwanger?«

»Ach!« War da jetzt ein Glückwunsch angebracht oder eher Bedauern? Karo hatte keine Ahnung, so gut kannte sie Chrissie nicht. Einen festen Freund gab es jedenfalls nicht. »Und, ist das . . . mh, ein Problem?«

»Nun . . . verstehen Sie mich nicht falsch? Ich freue mich auf das Kind. Das Problem, über das ich die ganze Zeit nachdenken muss? Ich bin doch Jungfrau?«

Ah . . . ein astrologisches Problem. Karo sah ihr Honorar entschwinden. Mit den Sternen kannte sie sich eher nicht aus. Gewiss, sie las alle vierzehn Tage ihr Zwei-Zeilen-Horoskop in der Fernsehzeitung . . . »Und Sie meinen, dies sei – sternenmäßig gesehen – der falsche Zeitpunkt für eine Schwangerschaft. Ich verstehe. Aber glauben Sie nicht, für ein Kind ist es wichtiger, dass es geliebt wird, als dass irgend so ein Aszendent der Jungfrau –«

»Jungfrau? Jungfrau? Ich bin doch Löwe! Wussten Sie das denn nicht? 12. August, morgens um vier?«

Karo überkam das Gefühl, irgendwo in der Milchstraße falsch abgebogen zu sein. »Morgens um vier? Löwe? Sagten Sie nicht gerade, Sie seien Jungfrau? Nein, antworten Sie nicht. Ist ja egal. Mir jedenfalls. Sagen Sie mir einfach, wofür Sie eine Privatdetektivin brauchen. Was soll ich für Sie tun?«

Chrissie setzte sich auf. »Also, ich bin nicht katholisch?«

War es möglich, dass sie annahm, Karo habe eine rein katholische Detektivagentur? Hatte da jemand Gerüchte in die Welt gesetzt? Ein Konkurrent vielleicht? Erklärte das die schlechte Auftragslage?

»Frau Gabriel, glauben Sie mir, ich bin da ganz offen. Die Religionszugehörigkeit meiner Kundschaft spielt keine Rolle für mich, was immer Sie gehört haben mögen. Sagen Sie mir bitte einfach, worum es geht.«

Chrissie klimperte mit den Wimpern. Sie sah eindeutig ein wenig verwirrt aus. Die Hormone, vielleicht.

»Ich weiß fast nichts über die unbefleckte Empfängnis«,

sagte sie. „Finden Sie alles darüber heraus? Und erklären es mir?«

Ah, sie wollte zum Katholizismus übertreten. »Ja, kann ich machen. Das ist kein Problem.« Sie könnte ihre Freundin Moni dransetzen. Die war Auskunftsbibliothekarin bei der Stadtbibliothek und würde ihr ein paar Seiten zum Thema kopieren. »Aber, Frau Gabriel, wäre es nicht einfacher, Sie würden einen Priester fragen, wenn Ihnen dieser Aspekt noch nicht richtig klar ist?«

»Was für einen Priester? Ich kenne keinen.«

Aha. Kein Übertritt? Vielleicht wollte sie ja nur ein Weihnachtslied schreiben oder so was.

»Ich versteh's einfach nicht?« Chrissie schüttelte den Kopf. »Ich dachte immer, Wunder sind nur früher passiert?«

»Wunder gibt es immer wieder«, summte Karo. Von wem war dieser Schlager noch?

»Onkel Piet habe ich es noch nicht erzählt? Weil, er wird ausflippen. Und sofort die Presse informieren. Ich will mich erstmal selber daran gewöhnen. Können Sie sich die Schlagzeilen vorstellen? ‚Chrissie Gabriels unbefleckte Empfängnis'? Oder ‚Chrissies Baby, die jungfräuliche Geburt'?« Sie legte ihre Hände auf den Bauch und lächelte versonnen.

»Öh?«, sagte Karo. »Ich meine, wie bitte? Wollen Sie sagen, sie sind solch eine Art von Jungfrau? Sie haben noch nie –?«

»Nein. Habe ich nicht. Ich warte auf den Richtigen?«

»Ja, aber . . . Sind Sie sicher, dass sie schwanger sind?«

Chrissie nickte mehrmals. »Hat mein Doktor gesagt.«

»Vielleicht meinte er es scherzhaft? Wegen der Übelkeit?«

Chrissie schüttelte nachdrücklich den Kopf. »Es ist ein Wunder. Ist das nicht ein Ding?«

»Ein Ding?« Karo räusperte sich. »Ja. Doch. Durchaus.« Ob Chrissie sich den Arztbesuch eingebildet hatte? »Angenommen, Sie sind wirklich schwanger, Frau Gabriel –«

»Ich bin, ich bin!« Chrissie Gabriel wirkte aufgeregt.

»Ja, sag ich doch. Aber angenommen, es ist kein Wunder.«

Chrissie macht den Mund auf, doch Karo winkte ab. »Als Privatdetektivin kann ich mich nicht gleich auf die Wunder-Ebene begeben, Frau Gabriel. Ich muss alle Aspekte eines Falles beleuchten. Wenn ein Mann in einem geschlossenen Raum erstochen aufgefunden wird und es unmöglich scheint, dass jemand sich Zutritt zu diesem Raum verschaffen konnte, kann ich nicht einfach die Arme in die Luft werfen, schreien ‚Es ist ein Wunder!' und der Fall ist gelöst. Verstehen Sie das?«

Chrissie nickte. »Und? Haben Sie den Mörder gefunden?«

»Wie? Nein, das habe ich mal in einem Film gesehen. Ist nur ein Beispiel.«

»Ach so?«

»Ja. Also – im wievielten Monaten sollen Sie sein?«

»Am Ende des dritten.«

Karo rechnete zurück. Oh? »Und wo waren Sie vor Weihnachten? Was haben Sie gemacht? Und mit wem?«

»Vom 18. Dezember bis zum 14. Januar waren wir in Onkel Piets Chalet, in der Nähe von Oberstdorf. Schön war das. Wir waren fast die ganze Zeit richtig eingeschneit. So romantisch.«

Eingeschneit mit Onkel Piet, soso. »Ist er eigentlich Ihr richtiger Onkel?«

»Ja, ich glaube schon. Er ist ein Cousin von Mamma.«

Ein Cousin. War das noch Inzest? »Können Sie sich an eine Gelegenheit erinnern, an so einen eingeschneiten romantischen Abend, an dem Sie etwas mehr getrunken haben, und nicht mehr wissen, wie Sie ins Bett gekommen sind?«

Die Sängerin schüttelte den Kopf. »Chrissie Gabriel trinkt keinen Alkohol. Das wissen Sie doch?«

»Chrissie Gabriel isst auch nicht das Fleisch von armen geschlachteten Tieren«, zitierte Karo. »Und trotzdem ist Ihr

24

Gefrierschrank voll mit handbeschrifteten Plastikbehältern, auf denen ‚Sauerbraten' steht, und ‚Szegediner Gulasch', ‚Kalbsnierenbraten', ‚Schnitzelchen' und ‚Hirnfrikassee'. Ist in den Dosen etwa Ihr Schmuck drin?«

Chrissie zog einen Flunsch. »Und warum waren Sie an meinem Gefrierschrank?«

»Ähm . . . ich wollte sehen, ob er abgetaut werden müsste.« Was nicht zu ihren Aufgaben gehörte. Aber sollte die Stromverschwendung, die durch vereiste Gefriertruhen verursacht wurde, nicht jeder umweltbewussten Bürgerin am Herzen liegen? »Die Stromverschwendung, Frau Gabriel –«

»Ist schon okay. Meine Mamma kocht meine Lieblingsgerichte für mich und friert sie ein? Alkohol trinke ich aber wirklich nicht. Und Onkel Piet meint, es passt besser zu meinem Image, dass ich auch Vegetarierin bin.«

»Aber das mit dem Alkohol stimmt? Kein wärmender Glühwein oder so etwas, während draußen der Schnee rieselte?«

»Orangenpunsch hat Onkel Piet einmal gemacht.«

Aha!

„Aber den haben nur die anderen getrunken. Ich habe –«

Karo setzte sich auf. »Welche anderen?«

»Na, meine Mamma, Tante Trude, Onkel Piet und Arndt.«

»Sie waren nicht allein dort mit Onkel Piet? Und wer ist Arndt? Hat der Ihnen mal eine Pille angeboten oder etwas zu rauchen?«

»Nein. Ich rauche auch nicht? Arndt ist Onkel Piets Freund. Sie wissen schon?«

»Sie meinen, Ihr Onkel Piet ist schwul?«

Chrissie nickte. »Arndt auch.«

So ein verdammtes Pech. »Gut, Frau Gabriel. Ich kümmere mich drum. Wir werden schon dahinter kommen. Ich mache noch eben die Bäder und die Küche und sauge kurz durch. Den Rest lasse ich für nächste Woche, ja?«

»Okay.«

In der Küche stärkte sich Karo erstmal mit einem Becher Grießpudding mit Himbeersoße. Der Kühlschrank war neuerdings voll davon. Vielleicht war Chrissie ja wirklich schwanger.

Karo rief die Information der Stadtbibliothek an. Sie hatte Glück und landete gleich bei Moni.

»Stadtbibliothek Essen, Information, Sydow. Wie kann ich Ihnen helfen?«

»Hallo, Moni, ich bin's. Hast du Zeit für eine Recherche? Es eilt aber ziemlich.«

»Schieß los.«

»Ich brauche ein paar Infos über die unbefleckte Empfängnis, jungfräuliche Geburt und so, du weißt schon.«

»Zwei Recherchen also.«

»Wieso? Ist das nicht das Gleiche?«

»Nein. Das eine bezieht sich auf Marias Empfängnis, also auf ihre Mutter Anna. Das andere auf die Geburt Jesu.«

»Seit wann bist du denn katholisch?«

»Karo, wirklich. Das weiß doch jeder.«

»Na, ich zum Beispiel nicht.« Und Chrissie Gabriel auch nicht. »Dann brauche ich nur etwas über die jungfräuliche Geburt. Nicht zuviel. Ein paar Kopien reichen mir.«

»Jungfräuliche Geburt. Ist notiert. Aus der theologischen, naturwissenschaftlichen oder literarischen Sicht?«

»Ach, mehr so allgemein. Ob es heutzutage noch vorkommt, zum Beispiel. Ich hole mir die Kopien nachher ab. Ich wollte sowieso vorbeikommen und in meine E-Mail gucken.«

Monis Stimme senkte sich. »Karo, komm besser erst nach meinem Dienst. Es ist, glaube ich, aufgefallen, dass ich dich in der Warteliste für die PCs manchmal nach oben schmuggle. Meine Chefin machte gestern so eine eigenartige Bemerkung. Es ist besser, man sieht uns jetzt nicht zusammen. Mein Vertrag, du weißt.«

Monis zeitlich befristete Teilzeitstelle lief demnächst aus. Sie hoffte auf eine Verlängerung. Klar, dass sie die nicht durch zu offensichtliche Freundschaftsdienste gefährden wollte.

»Okay, Moni. Wo finde ich die Kopien?«

»Unten in der Musikabteilung. Moment . . . Ja, ich lege sie in eine Sammlung von Weihnachtsliedern. Die Christnachtigall. Die wird zu dieser Jahreszeit bestimmt niemand vorher aus dem Regal nehmen. Schreib dir die Signatur auf MU:R 21.«

»Okay. Danke dir. Tschüss dann.«

Karo putzte, fuhr zurück zu ihrem Büro in der Lichtburg und hörte den Anrufbeantworter ab. Nichts. Sie sah auf ihre Uhr. Noch zu früh für die Stadtbibliothek. Sie schloss ihr Büro ab und stärkte sich eine Etage tiefer, in der Film-Bar, mit ein paar Handvoll Erdnüssen. Giorgio konnte nun großzügig mit seinen Vorräten umgehen. Die Film-Bar und das Kino würden in wenigen Tagen schließen. Nicht permanent, zum Glück, sondern für die Restaurierung des Gebäudes. Der jahrelange Kampf der Initiative ,Rettet die Lichtburg' hatte sich gelohnt. Und auch ihre Unterschrift befand unter den 13.000, die vor der entscheidenden Schlacht gesammelt worden waren.

Wim Wenders ahnte nicht, wie dankbar Karo ihm war. Mit seinem leidenschaftlichen Plädoyer vor dem Stadtrat hatte er wesentlich dazu beigetragen, die Lichtburg zu retten. Und damit Karos Büro.

Und im Gegensatz zu Giorgio musste sie ihren Arbeitsplatz während der Restaurierung nicht einmal räumen. Ihr Büro würde in ein paar Monaten einen neuen Anstrich bekommen und hoffentlich einen neuen Fußboden. Abgesehen von diesen paar Tagen, würde sie weitermachen können wie bisher. Außer, dass sie ihre Kundschaft durch die Baustelle zur ihrem Büro geleiten und die Toilette im Grillo-Theater benutzen müsste.

Giorgio hatte sich bis zur Neueröffnung im Spätherbst

auf ein Kreuzfahrtschiff anheuern lassen. Ein paar Monate Karibik. Auch nicht schlecht.

Karo ließ sich von ihm in ein Gespräch über Mokka-Maschinen verwickeln. Er schwärmte ihr von dem Gerät vor, das ihn hier nach seiner Rückkehr erwarten würde. Ein paar hundert Erdnüsse und viele technische Details später gelang Karo die Flucht.

Leicht benommen von ihrem unfreiwillig erworbenen Mokka-Wissen drängte sie sich durch das Gewühle am Kino-Eingang. Der neue Wim Wenders war ein Kassenmagnet. Nicht nur, weil er zum Teil in der Lichtburg gedreht worden war und wohl auch nicht, weil Karo als Statistin mitgewirkt hatte. Obwohl das einige Karten verkauft hatte. Selbst ihre Mutter hatte sich den BAP-Film angesehen, dabei war sie seit Ende der fünfziger Jahre, als Ruth Leuwerik bei einer Lichtburg-Premiere als Essener Mädchen bejubelt werden musste, in keinem Kino gewesen.

Karo stand vor der Lichtburg. Es war immer noch zu früh für die Bibliothek. Etwas Schwarzes eilte an ihr vorüber. Ein Priester. Karo setzte sich in Bewegung.

Sie folgte ihm in einem großzügigen Abstand, rückte erst näher, als er kaum hundert Meter weiter das Münster ansteuerte und durch eine Tür verschwand. Im Kreuzgang holte sie ihn ein.

»Entschuldigung, darf ich Sie etwas fragen?«

Der Priester drehte sich um. »Falls Sie die Toiletten su –«

»Nein, danke. Haben Sie eine Sekunde Zeit?«

»Ja. Worum geht es denn?« Er war blond, nicht viel über dreißig und hätte auch ein Jungmanager sein können. Karo konnte ihn sich als Sekretär des Ruhrbischofs vorstellen.

»Ich wollte nur wissen . . . wie würden Sie reagieren, wenn Ihnen eine Frau sagen oder beichten würde, sie sei eine schwangere Jungfrau. So wie Maria, verstehen Sie?«

Er hob seine Brauen.

»Würden Sie sie für ein Wunder halten und dem Bischof vorführen oder so was?«

28

»Kaum. Ich würde ihr raten, sich einer psychologischen Beratung zu unterziehen. Die Wahrscheinlichkeit, dass es sich um eine religiöse Wahnvorstellung handeln würde, wäre hoch.«

»Aber wenn es keine wäre?«

Er zuckte mit den Schultern. »Wir würden uns da raushalten. Wenn es sich gar nicht vermeiden ließe, vielleicht ein kleines Komitee gründen.«

»Was? Keine Mail an den Papst oder so was?«

»Eher nicht. Wenn Sie mich jetzt entschuldigen würden?«

Karo nickte. Er eilte davon.

Ohne je darüber nachgedacht zu haben, hatte sie doch erwartet, die Kirche würde sich auf ein mögliches Wunder nur so stürzen. Na ja, anscheinend nicht. Es schlug fünf. Zeit für die Stadtbibliothek.

Dort begab sie sich schnurstracks runter in die Musikbibliothek, fischte die Kopien aus dem Weihnachtsliederbuch hervor und setzte sich an einen der Arbeitstische.

Es waren nur ein paar Seiten, zum Glück. Artikel aus einem Biologielexikon, einer theologischen Enzyklopädie und zwei aus einer medizinischen Datenbank. Karo begann zu lesen.

Jungfernzeugung oder Parthenogenese ... aha ... die Entstehung von Nachkommen aus unbefruchteten Eiern ... na so was ... Entwicklung prinzipiell auch ohne Befruchtung durch eine Spermazelle möglich ... im Biologie-Unterricht hatte das aber niemand erwähnt ... eingeschlechtliche Fortpflanzung ... Würde die Schlagzeile lauten: »Chrissies eingeschlechtliche Fortpflanzung«? ... tritt unter den Plattwürmern, Saugwürmern auf ... blabla ... auch bei Bienen, Hummeln, Rüsselkäfern ... kein Wort von Schlagersängerinnen, aber halt, da gab es noch die künstliche Parthenogenese ... auch schon bei Säugern gelungen ... das hörte sich doch gut an ... bei Kaninchen und Mäusen ... na ja, aber immerhin ... verschiedene

Methoden ... blablabla ... durch Schütteln, Bürsten, An-
stechen mit einer Glasnadel ... und wie bürstete man bitte ein Ei? ... durch Ultraviolettbestrahlung ... war die
nicht in den Bergen besonders hoch? Vielleicht hatte
Chrissie einfach überempfindlich reagiert? ... durch Elek-
troschocks ... ob sie sich beim Baden die Haare geföhnt
hatte? ... auch durch Temperaturschock ... alles deutete
auf die Alpen hin ... AHA! ... 1995 ... der Fall eines
Jungen ... Tests ... Untersuchung seiner Chromosomen
... vermutlich Parthenogenese ... na, wer sagt's denn? ...
sicher kein einmaliger Fall, schloss der Wissenschaftler seinen Bericht. Was Karo sehr einleuchtend fand.

Wenn die Mutter verheiratet war oder jedenfalls zu frag-
lichen Zeit mit einem Mann geschlafen hatte, kam sie doch
gar nicht erst auf den Gedanken, dass ihr Ei sich selbst-
ständig gemacht haben könnte. Höchstens gab sie der Pille die Schuld; es war ja bekannt, dass die nicht hundert-
prozentig zuverlässig war. Oder einem undichten Kondom.
Wahrscheinlich sprangen überall jungferngezeugte Menschen rum. Die sich wunderten, warum sie so gar nichts
von ihrem Vater hatten.

Aber was bedeutete das für ihren Fall? Sollte sie Chrissie
etwas über Bienen erzählen, über Plattwürmer und Rüssel-
käfer, und ihr raten, die Chromosomen des Kindes nach
der Geburt testen zu lassen?

Karo steckte die Kopien ein und machte sich auf die
Suche nach einem unbesetzten PC. Sie hatte Glück, gerade wurde einer frei.

In ihrem E-Mail-Briefkasten lag eine einzige Mail, von
der Privatissima-Mailingliste. Karo überflog die darin enthaltenen Anfragen, auf die sie keine Antwort wußte, und
blieb beim einzigen Jobangebot hängen. Eine reitende,
golfende, rauchende Privatdetektivin mit bayerischem
Zungenschlag wurde für einen Einsatz im Chiemgau gesucht. Selten war Karo sich unqualifizierter vorgekommen.
Sicher wimmelte es in Bayern von geeigneten Kolleginnen

und sie hätte ohnehin keine Chance gehabt. Na ja.

Mehr um die bezahlten Minuten am PC auszunutzen als aus Entdeckerlust rief Karo Google auf und gab »Chrissie Gabriel« ein. Tausende von Treffern. Sie fügte »Dezember« ein und setzte das Jahr dazu. Schon besser, nur sechsundfünfzig Hits. Sie rollte die Zeilen runter . . . was war das? . . . »gesichtet, wie sie die Klinik betrat«. Karo klickte auf den Link.

Es handelte sich um eine dieser Ich-habe-einen-Promi-gesichtet-und-fotografiert-Seiten. Foto, Ort, Datum, Uhrzeit und ein kurzer Erlebnisbericht.

Hier hatte sich ein gewisser Eddie S. auf dem Weg zu einem Kunden verfahren und war auf dem Parkplatz der Professor-Beumer-Klinik gelandet. Dort meinte er gesehen zu haben, wie Chrissie Gabriel die Klinik betrat. Sein Foto zeigte eine Frau in einem Trenchcoat, mit Kopftuch und großer Sonnenbrille, die einen Handkoffer trug. Kein eindeutiger Beweis. Außer, man erkannte wie Karo das Kopftuch. Datum: 15. Dezember.

Wieso checkte jemand drei Tage vor dem Urlaub in eine Klinik ein? Und warum hatte Chrissie dies nicht erwähnt?

Die Professor-Beumer-Klinik umgab eine gewisse Aura. Idyllisch und einsam lag sie in den Hügeln hinter Hösel. Diskret und erstklassig wurde hier behandelt, wer Geld hatte. Karo tippte die Professor-Beumer-Klinik ein. Sie überflog einige Berichte und rief die Homepage auf.

Unter der Leitung von Professor Doktor Carsten Beumer wurden Ruhekuren angeboten, kosmetische Chirurgie, Vollwert-Reduktionswochen und . . . Beratung und Behandlung bei Fertilisationsproblemen.

Karo lehnte sich zurück. Wenn das mal nicht künstliche Befruchtung bedeutete. Chrissie freute sich auf das Kind. Hatte sie sich etwa, vom Ticken ihrer biologischer Uhr angetrieben, Spendersamen einsetzen lassen? Und versuchte nun, dies zu verschleiern und sogar in ein Medienspektakel zu verwandeln? Mit Karos Hilfe?

»Mit mir nicht!«, sagte Karo laut.

Fünfundzwanzig Minuten später war sie wieder in der Altstadt von Werden, parkte im Halteverbot vor Nummer fünf und stürmte in den vierten Stock. Zu Fuß. Im Aufzug wäre sie explodiert. Sie schellte Sturm und drängte, als Chrissie die Tür öffnete, an ihr vorbei in die Wohnung.

»Frau Rutkowsky? Was ist los? Haben Sie schon was rausgefunden?«

»Zu welchem Zweck betraten Sie am 15. Dezember um elf Uhr vierunddreißig die Professor-Beumer-Klinik?«

»Die Professor-Beumer-Klinik?«

»Leugnen nützt nichts. Es gibt Zeugen.«

»Das war wegen der Schlange.«

»Welcher Schlange?« War sie gebissen worden? Das würde manches erklären. Wenn auch nicht alles.

»Der auf meinem Rücken? Onkel Piet meinte, so große Tätowierungen seien nicht mehr in. Sie haben sie weggemacht. Es tat ziemlich weh.«

»Wurde es denn nicht betäubt?«

»Doch. Ich hatte eine Vollnarkose. Das war meine Bedingung. Es tat hinterher weh.«

»Hm. Und was ließen Sie sonst noch machen?«

»Nichts. Wieso?«

»Schon gut.« Irgendwie glaubte Karo ihr. Jetzt war wohl der Zeitpunkt gekommen, um mit ihr über gebürstete Eier und solche Dinge zu sprechen.

Karo zögerte. Ihrem Konto würde ein zweiter Tagessatz gut anstehen, keine Frage. Und würde eine wirklich gewissenhafte Detektivin sich die Klinik nicht wenigstens von außen angucken? Oder gar einen Vorstoß ins Sekretariat wagen?

»Morgen werde ich mal die Klinik unter die Lupe nehmen.«

»Aber warum?«

»Ach, man kann nie wissen.« Einfach würde es nicht werden. Sicher wusste man sich dort gegen die neugierige Außenwelt abzuschotten. Karo liebte solche Herausforderungen.

»Sollte Sie jemand von der Klinik anrufen und sich nach mir erkundigen, Frau Gabriel, geben Sie bitte Auskunft. Aber nicht erwähnen, dass ich auch Privatdetektivin bin, okay?«

Chrissie Gabriel nickte.

Am nächsten Morgen um zehn saß Karo Frau Barlow gegenüber, der Personalchefin der Professor-Beumer-Klinik.

»Wie gesagt, Frau Rutkowsky, es freut mich, dass Frau Gabriel einen so positiven Eindruck von unserer Klinik gewonnen hat. Ich kann auch verstehen, dass Sie ein festes Arbeitsverhältnis bei einer so erstklassigen Institution wie der unseren anstreben, um nicht mehr von den Launen ihrer privaten Arbeitgeber abhängig zu sein . . .«

Karo leistete stumme Abbitte bei ihren Putzkunden, die sie soeben hemmungslos verleumdet hatte. In Wahrheit war es andersrum. Die meisten waren Wachs in Karos Händen.

». . . und dass Sie aus der Illegalität raus wollen, spricht für Sie. Der Schwarzarbeitsmarkt fügt unserer Volkswirtschaft ungeheuren Schaden zu, erst kürzlich las ich einen Artikel darüber. Aber, leider, zur Zeit haben wir keine Vakanzen beim Reinigungspersonal. Beim gesamten Personal gibt es sehr wenig Wechsel. Überdurchschnittliche Gehälter, gute Sozialleistungen, ein interessantes Publikum – Sie verstehen.«

Karo nickte.

»Sie können mir gerne eine Bewerbung hierlassen. Vielleicht ergibt sich mal was. Nach Frau Gabriel und den anderen Herrschaften, die Sie erwähnten, wissen Sie ja, wie man mit einem anspruchsvollen Publikum umgeht. Insofern . . .«

»Ja, eigentlich bin ich wie geschaffen für Ihre Klinik, nicht wahr?« Karo erhob sich. »Aber da kann man nichts machen. Dann versuche ich es eben in der Clinique de Beauté in Kettwig. Ich habe gehört, die suchen – «

»Einen Moment!« Frau Barlow griff nach dem Telefon.

Karo wandte sich ab, nahm den weißen Baumwollhandschuh aus ihrer Umhängetasche und zog ihn über. Sie ging zur Tür, öffnete sie und fuhr mit den behandschuhten Fingern über die Oberseite. Bingo! Schwarz vor Staub. Es wäre gar nicht nötig gewesen, den Handschuh zu präparieren.

Sie drehte sich um und präsentierte das Ergebnis Frau Barlow.

»Wird gerne vergessen«, sagte Karo. »Ich weiß ja nicht, wie Sie dazu stehen, aber ich lege großen Wert darauf, dass auch die Stellen sauber sind, die nicht gleich ins Auge fallen. Also, dann auf Wieder – «

»Warten Sie. Ich habe mit unserem Geschäftsführer gesprochen. Eventuell lässt sich was machen. Nächste Woche weiß ich mehr. Wenn Sie noch etwas Geduld haben könnten?«

Karo konnte. Sie bot sogar an, sofort ein paar Probeputzstunden zu absolvieren, kostenlos selbstverständlich, und in einem nicht sensitiven Bereich, damit man sich ein Bild von ihr machen konnte. Anschließend vielleicht ein Tässchen Kaffee mit den Kolleginnen in spe? »Denn Sie verstehen, Frau Barlow, auch ich will nicht die Katze im Sack kaufen.«

Eine ausgezeichnete Idee, fand Frau Barlow.

Keine halbe Stunde später, nach einer Einweisung durch Renate, der Chefin des Hygiene-Teams, putzte Karo die öffentlichen Toiletten. Der hellblaue Hygiene-Team-Kittel, den man ihr geliehen hatte, war etwas weit und lang und einen Ton zu blass, um wirklich kleidsam zu sein, aber dessen ungeachtet, putzte Karo alles geschwind und gründlich, vom Terrakotta-Fußboden über die Waschbecken und

34

Toiletten bis zu der Unterseite der Seifenspender und –
natürlich – der Oberseite der Türen.

Renate inspizierte, war zufrieden, und nahm Karo mit
in den Pausenraum des Hygiene-Teams, wo sich acht Hellblaue zur Pause versammelt hatten.

»Mädels, das ist Karola. Sie wird möglicherweise nächste Woche bei uns anfangen.«

»Ach, ich glaube, das ist so gut wie sicher«, sagte Karo
nach einem Gruß in die Runde. »Chrissie Gabriel hat mich
empfohlen.«

»Die war doch vor kurzem hier!«

»Echt, bei der arbeitest du?«

»Oh, ihre Lieder bringen mich zum Schmelzen . . .«

»Erzähl mal, wie ist sie denn so?«

»Komm, nimm Platz. Käffchen?«

»Ja, gerne.« Karo setzte sich an den Tisch. »Vielen Dank.«
Sie goss Milch in den Becher und rührte um. »Also . . .«

Die Frauen beugten sich vor.

»Also, sie ist wirklich ganz süß.«

Sie nickten.

»Eine ganz Liebe. Und irgendwie tut es mir auch leid,
dass ich bei ihr aufhören werde. Besonders jetzt, wo . . .«

Die Frauen krochen ihr fast in den Kaffeebecher.

Karo trank einen Schluck. »Ich bin selbstverständlich
sehr diskret. Muss man ja sein. Ich meine, die Sachen, die
man so mitkriegt . . .«

Renate nickte. »Müssen wir hier natürlich auch sein.
Hier kommen ja viele Promis hin. Der Professor sagt, es
ist auch für uns so was wie die ärztliche Schweigepflicht.
Wer redet, fliegt. Untereinander können wir natürlich. Das
machen die Ärzte ja auch. Nur nicht nach draußen.«

»Na dann . . . vielleicht . . . wo ich doch demnächst hier
anfangen werde . . .«

»Genau. Erzähl schon. Es bleibt unter uns.«

«Na gut. Also: Chrissie bekommt ein Baby! Aber: pssst,
ja?«

Das Entzücken war groß – sowohl über das Baby als auch darüber, in ein dermaßen exklusives Geheimnis eingeweiht worden zu sein.

Renate bot Pralinen an. Nun wurde es ausgesprochen gemütlich.

Als Gegengabe für ihre köstliche Nachricht servierte man Karo häppchenweise Klinik-Klatsch, den sie ganz unterhaltsam fand, aber für ihren Fall nicht hilfreich. Vielleicht gab es für sie in der Klinik ja wirklich nichts zu holen. Oder es gab etwas, aber die Putzfrauen hatten keine Ahnung. Was möglich, aber verwunderlich wäre. Vor allem, da eine mit einem Pfleger befreundet war und die beste Freundin einer anderen in der Verwaltung arbeitete. Na, dann würde sie sich wohl opfern und hier eine Woche arbeiten und herumschnüffeln müssen.

»Tja«, sagte Karo. »Das ist ja alles ganz nett, aber da weiß ich wirklich etwas Saftigeres als ihr . . .« Sie sah in die Runde und war mit der Wirkung zufrieden. »Ich arbeite da noch für diesen Professor in Heisingen. Na ja, und er ist mit einem der Ärzte hier befreundet. Habe den Namen vergessen. Irgendwas mit M oder N . . . oder mit H . . .«

»Ja? Und?«

»Vor ein paar Wochen war der zu Besuch und . . . nicht, dass ihr denkt, ich lausche . . .«

Heftiges Kopfschütteln und gespannte Blicke.

»Aber ich wischte Staub im Wohnzimmer, und die Tür zu seinem Arbeitszimmer war wohl nicht ganz zu – jedenfalls, dieser Arzt machte da Andeutungen . . . Junge, Junge.«

»Nun sag schon. Worum ging es?«

»Also, ich glaube nicht, dass ich darüber reden sollte. Ich meine, es wäre etwas anderes, wenn ihr es schon wüsstest. Aber so . . . die Diskretion meinem Arbeitgeber gegenüber, ihr versteht . . .«

Die Frauen tauschten Blicke miteinander aus. Sie drucksten herum. Karos Antennen fuhren aus.

»Du meinst sicher die Sache mit Ralph«, sagte Renate. »Darüber wissen wir natürlich Bescheid. Supergeheimhaltungsstufe. Sonst werden wir rausgeschmissen. Und verklagt. Und jetzt hat einer der Ärzte darüber geredet? Finde ich ja ein starkes Stück. Wie hieß er?«

»Ist doch egal«, sagte Karo. »Weiß ich nicht mehr. Hat er sicher ganz im Vertrauen getan. Aber ich meine, als ich das hörte, ich war wirklich . . . sehr . . . ihr wisst schon.«

»Schockiert?«, warf eine der Frauen ein.

»Mh! Ja. Genau. Man fragt sich natürlich . . .«

»Das Motiv? Es war wegen der Rente.«

»Wegen der Rente.« Musste sie das jetzt verstehen?

»Ja, Ralph machte sich Sorgen über seine Rente. Die zurückgehende Geburtenrate. Weniger Einzahler, weniger Rente.«

Geburtenrate! Ihr Stichwort! »Und deshalb . . .«

»Genau. Für ein paar mehr Babys hat er ja gesorgt.«

Er hatte Patientinnen vergewaltigt? So einen Fall hatte es doch neulich erst in einem süddeutschen Krankenhaus gegeben. Frauen, die in der Narkose lagen, vergewaltigt von einem Besucher, der sich immer wieder eingeschlichen hatte. Und so ein Skandal wurde hier unter den Teppich gekehrt? »Er hat es getan, während sie . . .«

»Ja, meist erst nach der OP, wenn sie zurück in ihren Zimmern waren, aber noch weg vom Fenster. Da hat ihn die Oberschwester dann auch erwischt.«

»Und, weiß man, wie viele Patientinnen er vergewaltigt hat?«

Den Frauen wurde unbehaglich.

»Na, Vergewaltigung . . . ich weiß nicht«, sagte Renate. »Das wird doch bei jeder künstlichen Befruchtung so gemacht. Mit einer Art Spritze. Das tut nicht weh, glaube ich.«

»Sie haben alle Patientinnen angerufen, die in der Zeit, als Ralph hier Pfleger war, eine Vollnarkose hatten. Unter einem Vorwand natürlich. Vierzehn haben etwa neun

Monate später ein Baby bekommen. Welche davon durch Ralph zustande gekommen sind, weiß man natürlich nicht.«

Vierzehn Frauen, die nicht auf der Pille waren, bei denen der Zeitpunkt zufällig stimmte. »Das heißt, er hat es bei Dutzenden, vielleicht Hunderten getan.«

»Ach nein. So viele waren es bestimmt nicht«, sagte Renate.

Eine ältere Frau meldete sich zum ersten Mal zu Wort. »Ich glaube ja auch, dass es ihm leid tat, den Samen einfach wegzuschütten. Ralph hasste Verschwendung. Die Spender kommen doch an festen Tagen. Und wenn dann gerade kein Bedarf war oder nicht soviel, dann musste Ralph die . . . die Spenden entsorgen. Nicht alle werden eingefroren. Das tat ihm einfach leid, glaube ich.«

Karo fasste sich an den Kopf.

Chrissie lag auf dem grünen Sofa, als Karo ihr Bericht erstattete.

»Was hat er gemacht? Igittigittigitt? Da will ich gar nicht dran denken? Igitt!«

»Werden Sie die Klinik verklagen, Frau Gabriel?«

»Nein! Gar nichts werde ich machen. Ich will keinen Skandal? Denken Sie an das Baby? Onkel Piet darf das auch nicht wissen.«

»Von mir erfährt keiner was.«

»Wissen Sie, was das für Männer sind sind, die da hinkommen? Diese Samenspender?«

»Habe ich gefragt. Es sind alles Medizinstudenten.«

»Oh?« Chrissie strahlte. »Ein Arzt in der Familie? Das ist doch was?«

Café mit Schuss

Von Gesine Schulz & Mischa Bach

Frau Kramer-Weedemann trat ins Café, entdeckte Karo und ließ sich nach kurzem Zögern am Nachbartisch nieder.

Sie hielt die Speisekarte dicht vor ihr Gesicht und sagte, fast ohne ihre Lippen zu bewegen: »Hier kann ich nicht reden. Nicht in aller Öffentlichkeit. Wie stellen Sie sich das vor?«

Karo nickte. Sie hatte nie behauptet, das Theater-Café sei das ideale Ausweichquartier für ihr Detektivbüro. Aber es lag in der Nähe und war quasi mietfrei, sah man davon ab, dass sie regelmäßig etwas bestellen musste.

Kein allzu großes Opfer, wenn sie an die Mandeltorte dachte oder an die skandinavische Lachscremesuppe, die als nächstes auf ihrer Agenda stand.

Die Betreiber des Café Central hatten sich bereiterklärt, ihr für die zwei Wochen, die der Schlagbohrhammer in der Etage über ihrem Büro tobte, jeden Nachmittag einen Tisch zu reservieren, solange sie ihr Geschäft diskret betrieb.

Karo erhob sich und forderte Frau Kramer-Weedemann mit einer Kopfbewegung auf, ihr zu folgen. Dies war bereits die dritte Kundenbesprechung, die sie im Vorraum der nach Pinien riechenden Damentoilette abhielt, wenn auch die erste mit einer Frau.

»Höchst irregulär«, sagte Frau Kramer-Weedemann. »Wieso können wir uns nicht in Ihrem Büro treffen, Frau

Rutkowsky? Und was ist mit Ihrem Kopf? Ein Dienstunfall?«

»In gewisser Weise. Ja.« Durch die Umbauarbeiten in der Etage über ihrem Büro hatte sich ein Stück des Deckenputzes gelöst und Karos Kopf getroffen. Ein großes Pflaster verbarg die kahle Stelle mit den sechs Stichen auf ihrem Kopf. Das meiste Blut war vom Strafgesetzbuch aufgesaugt worden, das sie aufgeschlagen hatte, um den letzten Klienten zu beeindrucken und das jetzt noch eindrucksvoller aussah.

»Im Büro ist es zur Zeit zu laut. Die Volkshochschule baut über dem Kino um. Also, worum geht es?« Als wüsste sie es nicht. Seit zwei Jahren war die Frau eine angenehme und fast regelmäßige Einnahmequelle für sie.

»Ja, ich fahre übernächste Woche wieder für ein paar Tage zu meiner Mutter nach Neustadt-Glewe. Wenn Sie dann ein Auge auf meinen Mann halten würden. Sie wissen, ob irgendwelche Frauen . . .«

Karo nickte. Die einzige Ausschweifung, der sich Herr Weedemann während der Abwesenheiten seiner Frau hingab, war eine cholesterin-überladene Ernährung. Pizza oder Pommes mit Currywürsten vom Chinesen an der Ecke. »Ich werde ihn nicht aus den Augen lassen.«

»Danke. Übrigens, das war doch Adam Czerny, der oben im Café am Fenster saß! Ich glaube, ich gehe noch mal zurück und trinke einen Kaffee. Welch ein Mann! Immer noch, finden Sie nicht auch? Und welch ein Schauspieler war er. Tragisch, dass er durch den Krebs seine Stimme verlor. Haben Sie ihn mal auf der Bühne gesehen?«

»Nein. Nur im Kino. In den beiden Fassbinder-Filmen und im Faust.«

»Ah, wissen Sie, dass ich ihn damals erlebt habe, als Faust bei den Ruhrfestspielen? 1949 war das. Gott, was haben wir für ihn geschwärmt.« Frau Kramer-Weedemann bekam feuchte Augen. »Mein Mann und ich haben Karten für die Premiere von Czerny. Er ist wohl wegen des Stückes da. Nimmt er an den Proben teil?«

»Keine Ahnung. Aber er sitzt jeden Nachmittag an seinem Tisch, die Schauspieler kommen und reden mit ihm, und natürlich die Gondek.«

»Ah. Natalja Gondek, so ein Energiebündel. Zu dünn, natürlich. Wir sahen uns neulich auf Arte ihr erstes Lebens-Spiel an, über . . . na, wie heißt sie noch, die Gründgens-Witwe . . . Marianne Hoppe! Die Aufführung vom Berliner Theatertreffen. Wirklich superb! Diese Collage aus Fakten und Mythos, Tanz, Theater und Film. Ungewöhnlich. Ich bin gespannt, was sie aus unserem Czerny macht.«

Im Ruhrgebiet war er nicht »der Czerny«, einer der großen deutschen Schauspieler der Nachkriegszeit; hier hieß er »unser Czerny«, auch wenn er seine meisten Bühnenjahre in Berlin, München und Wien verbracht hatte.

Er war sozusagen mit Ruß in der Wiege geboren, in Essen-Altenessen, als Sohn einer Konsum-Verkäuferin und eines Bergmanns. Nach seinem Schauspielstudium engagierte er sich auf den Ruhrfestspielen in Recklinghausen und erregte Aufsehen als Faust. Immer wieder war er ins Ruhrgebiet zurückgekehrt. Zu Gastspielen unter Zadek nach Bochum, unter Heyme nach Essen, zu Protesten gegen den Abriss der Arbeitersiedlung Eisenheim nach Oberhausen und zu wichtigen Spielen von Borussia nach Dortmund.

Nach dem Verlust seiner Stimme war er wieder nach Essen gezogen. Er unterrichtete an der Folkwanghochschule, reiste zu wichtigen Theaterpremieren, mischte im Vorstand von Borussia Dortmund mit, war sogar ein gern gesehener Gast in Fernseh-Talkshows. Ein- bis zweimal in der Woche war er an seinem Tisch im Café Central zu finden, nahe am Fenster, so dass sein markanter Kopf über dem Borussen-Schal schon vom Theaterplatz aus zu erkennen war.

Er kam, um Theaterluft zu schnuppern, las bei einem Café mit Schuss und einem Glas Wasser Zeitungen, spielte mit seinem Bühnenkollegen Claus Boysen Schach und

41

genoss es, wenn Schauspieler, Regisseure, Beleuchter in den Probenpausen an seinen Tisch kamen.

Frau Kramer-Weedemann war mit dem Nachziehen ihrer Lippen fertig. »Ich möchte nur wissen, wie die Gondek die Episode darstellen wird. Ob ich ihn um ein Autogramm bitten kann? Jedenfalls, Frau Rutkowsky: Wir kennen uns oben im Café nicht. Die Diskretion, Sie verstehen.«

Karo nickte. Ihr Kopf schmerzte.

Der Rest des Nachmittags verlief ruhig. Es war ihr recht. Sie aß sich durch die Torten und schrieb schon mal den Bericht über die Beobachtung von Herrn Weedemann übernächste Woche. Sie verlief ja doch immer gleich.

Frau Kramer-Weedemann hatte es ihrem Idol gleichgetan und kühn den Café mit Schuss bestellt. Der Whiskey zeigte Wirkung. Ihre Augen glänzten, ihre Bäckchen glühten. Nachdem Czerny ihr quer durchs Café ein amüsiertes Lächeln geschenkt hatte, griff sie hastig nach einer Zeitung und beobachtete ihn über den Rand des Sportteils. Karo konnte die Schlagzeile erkennen. »Verhandlungen mit Mittelstürmer Finzi drohen zu platzen – Drogenverdacht – Borussia in Aufruhr.«

Als dann noch Natalja Gondek erschien, um nur zwei Tische weiter für ‚Theater Heute' interviewt zu werden, beugte sich Frau Kramer-Weedemann so weit zur Seite, dass sie fast vom Stuhl gekippt wäre, in dem Bemühen, nur kein Wort zu versäumen.

»Frau Gondek, können Sie uns verraten, wie Sie die Episode behandeln werden? Die große Frage ist doch: Wie stellt man etwas dar, über das nichts bekannt ist?«

Die Gondek fuhr mit den Fingern durch ihre igelkurzen Haare. »Es ist noch nicht entschieden«, sagte sie.

»Aber die Premiere ist in drei Wochen . . .« Der Journalist schien angenehm schockiert.

»Geplant hatte ich, um die Episode herumzuspielen, sie wie ein Schwarzes Loch zu behandeln, verstehen Sie? Existent, aber unsichtbar, alle Fragen in sich verschluckend.

42

Vielleicht ein paar Fetzen Indiomusik – vorbei, ehe man sie richtig gehört hat. Das Porträt von Che Guevara so kurz auf die Bühne geblendet, dass man es eigentlich nur auf der Netzhaut wahrnimmt ... aber nun ... Nein. Ich will nicht zuviel sagen.«

»Wollen Sie andeuten, Sie haben Hoffnung, dass Czerny Ihnen noch verrät, was damals in Bolivien passierte? Und Sie es noch in Ihre Inszenierung einbauen? Das wäre eine Sensation!« Der Journalist kritzelte in sein Notizbuch.

»Es ist alles noch völlig unentschieden«, sagte Natalja Gondek. Sie tauschte einen Blick mit Adam Czerny.

Er wusste genau, wovon die Rede gewesen war, dachte Karo. Und genoss es, die Fäden in der Hand zu haben.

Frau Kramer-Weedemann kam nun jeden Nachmittag ins Café Central. Ihren Kaffee nahm sie jetzt mit Latte statt mit Schuss. Sie genoss die Nähe zu ihrem Idol und lauschte dem Klatsch der Schauspieler und den rein technischen Bemerkungen eines Beleuchters mit dem selben Entzükken. Sie plauschte mit Wolfgang Walther, der seinen Lebensabend als Theaterzuschauer verbrachte und Insidern als die heimliche Seele des Theaters bekannt war. Sie überlegte sogar, den Besuch bei ihrer Mutter zu verschieben, wie sie Karo auf einer unauffällig einberufenen Besprechung im Vorraum der Damentoilette verriet.

Die letzte Woche von Karos Exil war angebrochen. Sie freute sich darauf, bald in ihr kleines schäbiges Büro in der Lichtburg zurückkehren zu können. Auf die Dauer war es im Café zu lebhaft. Sie wollte ihre Ruhe, wollte eine Tür hinter sich zu machen können. Und vor allem wollte sie Besprechungen in Räumen abhalten, in denen es nicht künstlich nach Pinien roch.

Immerhin hatten die Kandidatinnen, und der eine Kandidat, die sie für die neue Putzstelle interviewte, nichts gegen die relative Öffentlichkeit des Cafés. Eine von Karos liebsten Kundinnen, Frau Zwirzinski, hatte kürzlich ihre Buchhandlung in Rüttenscheid verkauft, um künftig in einer weißen Villa an der Riviera Rosen zu züchten.

Karos Detektei lief inzwischen ganz gut, aber den größten Teil ihres Einkommens bezog sie immer noch aus ihrer schwarzen Tätigkeit als hochbezahlte Putzfrau in den Villen des Essener Südens und einem Loft auf Zollverein. Kaum hatte sie bei ihren Kunden erwähnt, sie habe eine Stelle frei, meldeten sich aus deren Verwandten- und Bekanntenkreis begierige Interessenten.

Die fünf, die nicht schon nach dem ersten Telefongespräch durchs Sieb gefallen waren, hatte Karo zu Bewerbungsgesprächen ins Café Central gebeten. Darunter war auch ein Gerichtsmediziner, zwar villen-los und vermutlich nicht in der Lage, ihren üblichen Stundensatz zu zahlen, aber potentiell ein nützlicher Kontakt für eine Detektivin. Sollte er sich kooperationsbereit zeigen, würde sie ihn in die engere Auswahl nehmen.

».. . und dann haben wir noch so ein kleines Pied-à-Terre in Paris; das könnten Sie gerne auch mal nutzen«, sagte Frau Porstorff gerade, als das Café durch das Klirren und Scheppern von Geschirr aufgeschreckt wurde.

Alle Augen richteten sich auf Czerny, der sich auf seinem Stuhl wand, sich an den Hals griff und rot anlief, dessen Augen aus den Höhlen traten. Ein junger Schauspieler stand ihm gegenüber und starrte Czerny an. Zeigte Czerny ihm, wie er eine bestimmte Szene zu spielen hatte? Der alte Mann wurde blau im Gesicht und sackte zusammen.

Karo sprang auf. Sie rannte los und stieß mit Frau Kramer-Weedemann zusammen.

»Aus dem Weg«, rief die und schubste Karo zur Seite. Karo rutschte aus. Ihr Kopf kollidierte mit einer Stuhlkante, sie ging zu Boden und blieb benommen unter einem Tisch liegen. Die um sie herumeilenden Beine, zwei davon mit Laufmaschen, schienen Karo merkwürdig ferne. Ebenso die aufgeregten Stimmen, die Rufe nach einem Arzt, dem Krankenwagen, der Polizei. Sie wäre gerne liegengeblieben, wäre es nicht so feucht geworden. Sie hob den Kopf und sah die Blutlache.

»Scheiße«, sagte Karo. In ihrem Büro hatte sie Pflaster. Sie erhob sich mit Mühe. Langsam und schwankend bahnte sie sich einen Weg durch die Menge, hinaus aus dem Café, aus dem Stimmengewirr. Sich aufs Treppengeländer stützend schaffte sie die flachen roten Stufen hinunter ins Erdgeschoss. Vor ihr eilte der Verkäufer der Obdachlosenzeitschrift aus dem Gebäude.

Sie wollte den Theaterplatz überqueren und die Lichtburg ansteuern. Vielleicht lieber nicht. Sie taumelte ins Theater, durchquerte die Kassenhalle, erreichte die kleine Buchhandlung. »Führen Sie auch Pflaster?«, fragte Karo und sank zu Boden.

Als sie zu sich kam, lag sie in der Buchhandlung auf dem Sofa. Die Buchhändlerin hatte Tränen in den Augen. Günter Lamprecht guckte besorgt, ach, nur auf einem Plakat, das seine Lesung ankündigte. Lutz Berner, Kripo Essen und Karos Ex-Freund, sah wütend aus. Karo schloss ihre Augen. Machte sie wieder auf. Lutz war immer noch da.

»Hätte ich wissen können, dass ich dich am Ende der Blutspur finde!«, sagte er. »Es ist strafbar, den Schauplatz eines Verbrechens zu verlassen, das weißt du doch. Wie typisch für dich!«

»Quatsch«, sagte Karo. »Außerdem war es kein Verbrechen. Ein bisschen Übereifer, vielleicht. Mach nicht so ein Aufheben darum. Sie hat mich zur Seite gestoßen, und ich bin blöd gefallen.«

»Wer redet denn von dir?« Lutz wurde laut. »Da oben ist ein Mord passiert! Du bist eine Zeugin.«

»Unser Czerny ist tot.« Die Buchhändlerin weinte. Günter Lamprecht guckte ernster.

Karo erinnerte sich. »Es war nicht sein Herz?«

»Gift«, sagte Lutz. »Im Kaffee. Wir brauchen auch deine Aussage. Komm mit nach oben.«

»Sie ist zu schwach«, sagte die Buchhändlerin.

»Viel zu schwach«, sagte Karo und machte die Augen zu. »Außerdem hätte ich gerne einen Kognak.«

Lutz schnaubte und ging. Karo döste ein.

»Ihr Kognak«, sagte eine Männerstimme. Der Betreiber des Cafés hielt Karo einen großzügig gefüllten Kognakschwenker hin. »Der geht aufs Haus«, sagte er. »Wenn Sie den Fall übernehmen. Den Mord an Czerny aufklären. Tun Sie's?«

»Tja«, sagte Karo. »Eigentlich fühle ich mich nicht so.«

»Aber Czerny! Ermordet! In unserem Café! Ich weiß nicht, ob die Polizei ... Und wenn es schon unter den Augen einer Privatdetektivin passiert, liegt es doch nahe ...«

Karo kippte den Kognak. »Unter meinen Augen, ist ja wohl etwas übertrieben. Ich saß mit dem Rücken zu ihm.«

»Geht es Ihnen nicht gegen die Berufsehre?«

»Nein.«

»Wir zahlen sehr gut.«

»Hm«, machte Karo. Sie sparte ja immer noch, wenn auch mit abnehmender Hoffnung, auf den Loft auf Zollverein. »Legen Sie noch 'ne Karte für ‚Männerschmerz' drauf und ich tu's.«

»Die nächsten zwölf Vorstellungen sind bereits ausgebucht!«

»Die Veranstaltung findet in Ihrem Café statt. Sagen Sie mir nicht, Sie –«

»Na gut, ich versuche es.«

»Helfen Sie mir auf.«

Die Polizei war immer noch damit beschäftigt, die Personalien der Café-Besucher und erste Aussagen aufzunehmen. Es waren an die hundert Leute im Café gewesen.

Karo hielt sich an ihren Gerichtsmediziner. »Ich kann mittwochs«, sagte sie.

Er nickte. »Alles klar.« Man verstand sich. »E 605 im Kaffee, vermute ich«, sagte er. »Bin mir ziemlich sicher, dass die Analyse dies bestätigen wird. Die Frau kommt durch, denke ich."

»Welche Frau?«

»Hat sich auf ihn geworfen und versucht, ihn künstlich zu beatmen. Abgeküsst hat sie ihn auch. Oder sie konnte nicht gut zielen. Sein ganzes Gesicht war voller Lippenstift . . .«

»Nicht . . . eh, das war nicht zufällig Frau Kramer-Weedemann? Silberblonder Knoten, rotes Kostüm?«

»Genau«, sagte der Arzt. »Konnte sie nicht wissen, aber Mund-zu-Mund-Beatmung ist bei E 605 tabu, allerhöchstens mit Mundschutz. Und selbst da . . .« Er schüttelte den Kopf. »Es war in den fünfziger Jahren ein beliebtes Gift. Sogar für Selbstmorde, obwohl es ja ein unangenehmer Tod ist. Vor Ihrer Zeit.« Er lächelte.

Aber nicht vor Frau Kramer-Weedemanns Zeit! Wollte sie, in hoffnungsloser Leidenschaft entbrannt, mit ihrem Idol den Liebestod sterben? War ihr die ganze Theateratmosphäre zu Kopf gestiegen?

Karo fuhr ins Klinikum.

»Czerny umbringen? Ich? Sind Sie wahnsinnig, Frau Rutkowsky? Liebestod? Czerny habe ich verehrt, aber lieben tue ich meinen Mann. Was denken Sie, warum ich ihn beschatten lasse?«

Da sie Czerny kaum aus den Augen gelassen hatte, konnte Frau Kramer-Weedemann einige Leute beschreiben, die im Laufe des Nachmittags an seinem Tisch gewesen waren. Die Gondek hatte ihn mehrmals aufgesucht, diverse Schauspieler, Fans, die um Autogramme baten – darunter Damen mit Hut, ein Befürworter der CDU-FDP-Koalition mit Schirm und ein Mann in Motorradkleidung mit Tätowierungen. »Aber dass sich irgendjemand an seiner Tasse zu schaffen gemacht hat, habe ich nicht gesehen.«

Karo befragte Kellnerinnen, Schauspieler, die Gondek. Alle liebten oder verehrten ihn. Sie entdeckte keinerlei Hinweis auf ein noch so schwaches Motiv. Karo interviewte seine Nachbarn in Werden, das Kollegium an der Folkwanghochschule, den Vorstand von Borussia und erzielte das gleiche Ergebnis: Nada. Nix. Ein schätzenswerter Mensch, voller Humor, auch Eitelkeit, der sein Schicksal mit Würde trug. Der Krebs, der ihm die Stimme nahm. Sein Sohn Che, der mit siebzehn Jahren an einer Überdosis Drogen gestorben war. Seine Frau, vor einem Jahr mit Alzheimer diagnostiziert. Alle, selbst seine Hausärztin, schlossen Selbstmord aus. Die Polizei war der Lösung auch nicht näher.

Der Café mit Schuss wurde von der Getränkekarte gestrichen. An der Wand neben seinem Stammplatz erinnerten ein Porträt und sein schwarz-gelber Schal an den Schauspieler.

Die Proben zu Czerny gingen weiter. Die Gondek schrieb das Ende um. Sie wollte in einer expressiven wortlosen Folge von Bildern und Farben das gewaltsame Ende seines Lebens umschreiben. Die Beleuchter drehten fast durch, taten aber ihr Bestes für unseren Czerny.

Vom Rätsel um sein Ende kam Karo auf die rätselhafte Episode in der Mitte seines Lebens, als er 1967 zwei Monate in Bolivien untertauchte, den Brecht-Workshop am Goethe-Institut nie abhielt, und dann abgemagert und bärtig nach Deutschland zurückkehrte. Bis zuletzt hatte er zu der Episode geschwiegen.

Da seine Sympathien für die Linke bekannt waren und Che Guevaras Tod in Bolivien in diese Zeit fiel, wuchsen die ersten Vermutungen und Gerüchte, er sei mit Che und seinen Guerilleros zusammengewesen, angefacht durch sein Schweigen, zu einem Mythos aus.

Hatte die Gondek dem Theater-Heute-Menschen nicht erzählt, sie hoffe, von Czerny zu erfahren, was damals tatsächlich passiert war? Konnte eine über dreißig Jahre zurückliegende Episode mit seinem Tod zu tun haben? Eher unwahrscheinlich. Aber die einzige vage Spur, die Karo im Moment sah.

Sie rief ihre Freundin Moni an, unterbezahlte Auskunftsbibliothekarin auf zeitlich begrenzter Halbtagsstelle in der Stadtbibliothek und talentiert in der Beschaffung von Informationen.

»Bolivien 1967 – Czerny – Workshop beim Goethe-Institut«, wiederholte Moni. »Habe ich notiert. Ich werde Birgit anrufen, die war doch früher beim Goethe-Institut Bibliothekarin. In Afrika und Asien zwar, aber sie hat noch Kontakte. Ich melde mich.«

Über Birgit geriet Moni an eine inzwischen pensionierte ehemalige Regionalbibliothekarin für Südamerika, die jetzt in der Toskana malte und sich an eine Carmen erinnert, eine Bolivianerin, die mehrere Jahrzehnte im Institut in La Paz unter diversen deutschen Direktoren das wahre Zepter geschwungen hatte.

Wenige Tage darauf sprach Karo mit Carmen, inzwischen mehrfache Urgroßmutter mit lebhaften Erinnerungen an ihre Zeit am Institut.

»Ah, el Señor Adam«, sagte sie mit rauchiger Stimme. »Quel hombre, eh? Es war ihm sehr peinlich. Ein Furunkel am Popo.« Ein kehliges Lachen. »Es musste geschnitten werden, im Hospital. Dann eine üble Wundinfektion und vorbei war es mit Brecht. Er musste Wochen auf dem Bauch liegen, el povrecito. Später habe ich ihn in unser Haus genommen. Im großen Krankensaal, allein unter all den Indios, das war nichts für ihn. Wir mussten schwören, nichts zu verraten. Und nun ist er tot? Santa Maria!«

Karo war begeistert. Und enttäuscht. Ein dreißig Jahre altes Furunkel als Mordmotiv? Wohl kaum. Oder doch?

Karo konfrontiert die Gondek.

»Ja, er hat's mir erzählt und nein, ich hätte die Wahrheit in meinem Stück nicht enthüllt. So eine Lappalie hätte den ganzen Aufbau zerstört, das Drama, das Geheimnis. Aber ich habe ihn doch nicht umgebracht deswegen. Meine Enttäuschung über die Wahrheit hat ihn amüsiert, aber natürlich hätte er es nicht weiterverbreitet. Der Erfolg von Czerny war ihm so wichtig wie mir.«

Karo ließ sich widerwillig überzeugen. Sie bestellte einen Café-Central-Spezial und spülte ein paar Aspirin runter.

Am Nebentisch unterbrach Matthias Kniesbeck eine Besprechung über den nächsten ‚Männerschmerz', um einem jungen Paar, das ihn aus der Krimiserie ‚Balko' kannte, Autogramme zu geben.

Karo griff wahllos nach einer Zeitschrift. Es war die neue Ausgabe von ‚Wohnungsloser'. Wie hatte sie ihn vergessen können? Der obdachlose Zeitschriftenverkäufer, der vor ihr die Treppe heruntergeeilt war! Ob ihn jemand befragt hatte?

Sie rief in der Redaktion in Rüttenscheid an, beschrieb ihn und wurde zur Passage unter dem Hauptbahnhof verwiesen. »Er hängt viel bei dem Kiosk da rum.«

Karo erkannte ihn sofort. Groß und überschlank, halblange dunkle Locken unter einer schwarzen Wollmütze, in dunklen Klamotten, die nichts zu tun hatten mit dem schwarzgekleideten Chic der erfolgreichen Jungunternehmer auf dem Wahlplakat neben ihm, das für die CDU-FDP-Koalition bei den bevorstehenden Landtagswahlen warb.

»Ja, ich war da«, sagte er. »Aber nur an der Bar. Die nette Kellnerin, Agnes, hatte mir einen Kaffee spendiert. Aus dem Staub gemacht habe ich mich erst, als jemand nach der Polizei rief. Der Mann, den neben mir an der Bar stand, auch. Der ist noch vor mir die Treppe runter. So ein stoppelhaariger BVB-Fan mit einem Vereins-Schirm, gelb-schwarz, wissen Sie?«

»Schwarz-gelb«, korrigierte Karo automatisch. Das Wahlplakat sprang ihr ins Gesicht. Die schwarz-gelbe Koalition! Frau Kramer-Weedemann, die einen Mann an Czernys Tisch gesehen hatte, den sie für einen CDU-FDP-Wähler hielt. Weil er einen Schirm in den Koalitionsfarben trug. Die auch die BVB-Farben waren.

Karo bekam einen Schluckauf.

Sie rief Lutz an.

Die Räder setzten sich in Bewegung.

Manni Müller hieß der fanatische Borussen-Fan mit Schirm, der Czerny wegen dessen vehementer Opposition gegen den neuen Mittelstürmer aus dem Weg geräumt hatte. Von seinem Opa hatte Müller nicht nur den Schrebergarten, sondern auch einen Schuppen voller Gerümpel übernommen und in der hintersten Ecke einen vergessenen Beutel mit E 605 entdeckt.

Der Spaniel einer Nachbarin war sein erstes Opfer gewesen (»So'n blöder Kläffer«), sein Chef, der ihm mit Rausschmiss drohte, das zweite (»Alle haben an Selbstmord geglaubt«), und jetzt sollte seine Schwiegermutter, letztes Jahr angeblich an Herz-Kreislaufversagen gestorben, exhumiert werden.

Borussia entzog Manni Müller umgehend und auf Lebenszeit die Mitgliedschaft, sagte ein geplantes Heimspiel gegen Schalke ab und erschien vollzählig zur Trauerfeier, die wegen des großen Andrangs vom Grillo-Theater in die Lichtburg verlegt wurde.

Günter Lamprecht hielt die Gedenkrede und sah noch ernster aus als auf dem Plakat.

Freuden der Fortbildung

Es würde eine Weile dauern, bis sie sich in ihrem Büro wieder ganz zu Hause fühlen würde.

Karo stellte die beiden Stoffbeutel auf den Schreibtisch und hängte ihre Jacke an den Wandhaken. Es war der selbe alte Wandhaken. Auch die Möbel hatten sie nicht angerührt. Der schmale graue Metallschrank war so verkratzt wie vor der Restaurierung des Gebäudes. Drehstuhl und Schreibtisch schienen ebenfalls unverändert – nun gut, sie waren staubfrei, vorübergehend, aber nicht etwa poliert oder gar aufgearbeitet. Karo fuhr mit der Hand über die raue Holzoberfläche des Schreibtischs. Schwarzblaue Tintenkleckse, die sicher wie die ganze Einrichtung aus den fünfziger Jahren stammten. Helle Gläserringe wie besoffene Olympia-Zeichen, zu denen Karo nur einen beigetragen hatte. Ein paar eingeritzte Initialen. Und vorne, am Rand, bräunliche Flecken, die man für Tee oder Rotwein halten mochte, die aber Blut waren und noch relativ frisch.

Vor knapp einem halben Jahr war Karo hier die Decke auf den Kopf gefallen, jedenfalls ein Teil davon, als die Presslufthämmer in der Etage über ihr tobten.

Nach diesem Vorfall hatte sie ihr Büro verlassen müssen, das Stadtbauamt hatte darauf bestanden. Nur für wenige Monate, hatte es geheißen. Aber aus dem versprochenen Einzug im November war nichts geworden. Nun war es März.

Ihrem Gewerbe hatte die Unbehaustheit gar nicht gut getan. Improvisierte Bürostunden an einem Tisch im Café Central wirkten auf manche Leute eben nicht vertrauenerweckend.

Aber diese Zeiten waren nun vorbei.

Karo stellte den alten Leitz-Locher auf den Schreibtisch und verteilte ein paar Gesetzbücher: BGB, HGB und ein StGB – alles nicht die neusten Ausgaben, doch wem fiel das schon auf? Sie schüttete den Inhalt des zweiten Stoffbeutels in die oberste Schublade: Büroklammern aller Größen, Bleistifte, Kulis, Gummiringe, zwei versteinerte Radiergummis, ein Stempelkissen. Die Schublade darunter nahm die Keksdose auf, eine angebrochene Tafel Schokolade, ein Röhrchen Aspirin, eine Tüte Salmiakpastillen, Tempo-Taschentücher und Tampons.

Die Hängeordner kamen zurück in die mittlere Schublade des Metallschranks. So. Karo setzte sich in den Drehstuhl und sah sich um.

Es fehlten nur noch das Telefon und die Schreibtischlampe – beides Originale, die sie lieber bei sich zu Hause aufbewahrt hatte und die noch im Auto lagen. Ebenso wie der apricotfarbene Cocktailsessel, in dem Romy Schneider nach einer Premiere gesessen hatte, und den Karo bei ihrem Auszug mit Bernys Hilfe rausgeschmuggelt hatte. Eine unnötige Vorsichtsmaßnahme, hatte er gemeint. Die Lichtburg werde ja unter denkmalschützerischen Aspekten restauriert, daher würden die Sessel in der Film-Bar gewiss bleiben. Er hatte recht behalten. Aber die anderen Cocktailsessel waren doch neu bezogen worden. Und das Lichtburg-Rot des Bezugs würde Jahrzehnte brauchen, bis es zu diesem unvergleichlichen Apricot verbleichen würde. Wenn der Stoff nicht gar lichtecht war.

Es klopfte.

Schon Kundschaft? Es ging eben nichts über ein bisschen Reklame, und so eine Erwähnung in einem Zeitungsartikel war Gold wert. Gut, dass sie gestern bei der Reporterin nicht locker gelassen hatte. Auch wenn ihr dabei jemand das Handy aus der Tasche geklaut hatte. Gleich nachher würde sie sich den Artikel im Aushang in der Akazienallee angucken.

Karo schlug das BGB auf und nahm einen Bleistift in die Hand. »Herein!«

Eine dunkelhaarige Frau trat ein. Um die dreißig. Helles Chanel-Kostüm, dazu rosa Prada-Pumps. Das sah nach Geld aus. Das war gut.

»Frau Rutkowsky? Guten Tag. Ich bin Ingalill Krantz, zusammengeschrieben beziehungsweise mit Tezett.«

Karo lächelte. »Guten Tag. Wollen Sie sich nicht setzen, Frau Krantz?« Sie stand auf und rollte der Kundin den Drehstuhl rüber. »Sie müssen entschuldigen, ich ziehe gerade erst wieder ein.« Karo setzte sich auf die Schreibtischkante. »Worum geht es? Und darf ich fragen, wie Sie auf mich gekommen sind? War es die Erwähnung im WAZ-Artikel heute?«

»In der WAZ? Nein. Ich beziehe immer noch die Süddeutsche. Ich bin vor einigen Monaten aus München hergezogen, müssen Sie wissen. Nein, Frau Rainiger hat Sie erwähnt. Ich traf sie neulich bei einer Wohltätigkeitsveranstaltung der Rotarier.«

Karos Lächeln verlor seinen Enthusiasmus. Zu früh gefreut. Frau Rainiger war eine von ihren Putzkundinnen (Villa, montags). Dort hatte sie heute morgen gewirkt.

Sie hatte genügend Putzstellen. Eine Warteliste hatte sie auch. Nein, was sie brauchte, war ein ein neuer netter Fall für Karo Rutkowsky, die Privatdetektivin. »Es tut mir leid, Frau Krantz, ich bin zur Zeit ziemlich ausgebucht und –«

»Ach, wirklich? Schade! Frau Rainiger gab mir zu verstehen, dass Sie mit Fällen nicht gerade überhäuft sind. Das ist natürlich schon ein paar Wochen her, aber ich hatte gehofft . . .«

Doch ein Fall! Halleluja. »Nun ja . . .« Keinesfalls durfte sie zu begierig erscheinen. Das drückte die Preise. »Eventuell könnte ich es doch einrichten. Warum erzählen Sie mir nicht erst einmal, worum es geht?«

Frau Wirtz schlug ein schlankes Bein über das andere. »Es ist ein etwas ungewöhnliches Anliegen . . .«

Karo lächelte ermutigend. »Ungewöhnliche Anliegen sind meine Spezialität.«

»Ich ... ähm ... bin verheiratet und – also, ich kann doch auf Ihre Diskretion rechnen?«

»Selbstverständlich.« Vermutlich ein zu beschattender Ehemann. Wie banal. Aber Auftrag war schließlich Auftrag. Vor allem, wenn man sonst keinen hatte.

»Gut. Ja. Also, ich bin wie gesagt verheiratet und ich habe einen Lover.«

»Oh. Ich verstehe.«

»Und es ist naturgemäß etwas schwierig, viel Zeit mit ihm zu verbringen. Mein Mann macht durch die Wirtschaftsflaute kaum noch Dienstreisen, so dass ich immer nur Stunden stehlen kann, um mit meinem Lover zusammensein zu können.«

»Aha. Ja, diese Rezession trifft uns alle irgendwie.«

»Aber – und da kommen Sie ins Spiel – meine Firma schickt mich auf ein Fortbildungsseminar. Drei ganze Tage! Sie verstehen, worauf ich hinaus will?«

»Nicht wirklich, Frau Wirtz.«

»Sie gehen an meiner statt. Und ich fahre mit ihm solange nach Paris!«

»Wie bitte?« Das war ja noch uninteressanter als eine Ehemann-Beschattung.

»Ich bin natürlich bereit, Ihre vollen Tagessätze zu bezahlen, Frau Rutkowsky. Bedenken Sie: fürs Nichtstun. Es handelt sich um eins dieser Larifari-Seminare für leitende Angestellte. Also keine anstrengenden Diskussionen und Arbeitssitzungen. Sie umarmen ab und zu einen Baum, lernen Entspannungstechniken, kommen Ihrem inneren Ich näher, oder tun wenigstens so. Draußen in der Natur.«

Karo sah aus dem Fenster. Es war zwar erst März, aber der Himmel war blau, die Luft milde. Ein paar Tage auf dem Lande ... Vielleicht ließe sich das ertragen.

»Wo findet das Seminar statt?«

»Am Niederrhein. Es ist also gar nicht weit. Auf einem ehemaligen Bauernhof, irgendwo hinter Neukirchen-Vluyn. Na? Was denken Sie? Ich erhielt heute die Liste aller Seminarteilnehmer. Niemand von ihnen kennt mich. Sie können also gar nichts falsch machen, müssen nur bis zum Ende da bleiben. Die Teilnahme zählt. Es gibt keine Bewertung oder so etwas.«

»Wann fängt es an?«

»Schon übermorgen. Es hat sich gerade erst ergeben, dass mein Lover jetzt einige Tage weg kann. Sonst hätte ich mich eher gemeldet. Heißt das, Sie sind interessiert? Sie werden es tun? Ich wäre Ihnen so dankbar.«

»Nun, Frau Wirtz, ich muss noch darüber nachdenken. Ob . . . ob ich die anderen Fälle vorher erledigen oder verschieben kann. Ich gebe Ihnen morgen Bescheid.« Bis dahin würden aufgrund des Artikels sicher interessantere Fälle des Weges kommen. Hoffentlich. Es musste ja nicht gleich ein Mord sein. Obwohl, warum nicht?

»Oh. Das ist aber sehr kurzfristig, Frau Rutkowsky. Aber gut, ich werde Sie morgen früh anrufen. Auf Wiedersehen.«

Karo schloss ihr Büro ab und lief an der Film-Bar vorbei die Treppe runter. In der Lobby der Lichtburg wimmelte es von Leuten. Halb Essen schien sich hier rumzutreiben, um zu sehen, was ein Jahr Restaurierung aus dem traditionsreichen Filmpalast gemacht hatte.

»Also, mir fehlt diese ulkige Verkaufsinsel hier in der Mitte«, sagte eine Frau. »Sie war so Fünfzigerjahre! Es ist nicht das gleiche, Brausewürfel oder Cola an der Theke drüben zu kaufen.«

»Sie war aber total unpraktisch«, sagte eine junge Frau. »Einen Cappuccino machen und noch die Kühlschranktür zu öffnen war fast unmöglich, das kannst du mir glauben.«

»Vielleicht haben sie's ja nur wegen des großen Eröffnungsempfangs gestern noch nicht wieder aufgestellt. Vielleicht kommt sie ja noch zurück.«

Träum weiter, Mädchen, dachte Karo. Das Ding war über eBay nach Polen verscherbelt worden. Sie vermisste es auch. Als geisterhafte Spur war der Umriss auf dem Steinfußboden noch zu erkennen und hatte bisher allen Restaurierungsversuchen widerstanden.

Vor dem Kino, auf der Kettwiger Straße, war Italien ausgebrochen. Menschen schlenderten in hastig ausgegrabenen Sommersachen die breite Fußgängerstraße entlang. Alle Tische vor dem neuen Café Solo waren besetzt. Man trank Latte oder Macchiato, streckte sein Gesicht der Sonne entgegen und genoss die Tatsache, dass sich das Ruhrgebiet schneller erwärmte als weniger begünstigte Landstriche. Früher hatte man dies der industrieverschmutzten Luft zugeschrieben, die wie eine Käseglocke über der Region gelegen hatte, aber davon konnte ja nicht mehr die Rede sein. Mal abgesehen von ganz normalen Smog-Tagen.

Karo blickte in den tiefblauen Himmel. Tagelang sah er schon so aus. Früher hatte es hier so etwas nicht gegeben. Ein gewisses Bleu war das äußerste gewesen, das man erwarten konnte. Karo war sich nicht sicher, ob ihr dieses vor-industrielle grelle Blau an ihrem Himmel gefiel. Eher nicht. Ebensowenig wie das neue leuchtende Rot auf den Film-Bar-Sesseln. Sie bog um die Kino-Ecke in die I. Dellbrügge und gleich wieder rechts ab, ins Schwarze Meer, eine nüchterne kurze schmale Straße, lichtlos und voller Liefereingänge, grau, vollgeparkt und menschenleer.

Irgendwie mochte sie diese Straße, und keineswegs nur, weil sie eine nützliche Abkürzung zur Akazienallee bildete. Eine ganze Weile hatte sie die Straße meiden müssen. Das war, nachdem sie bei Stempel Kraemer ihr Büroschild abgeholt und nebenan, im Schaufenster vom Alpha Fotostudio plötzlich Lutz gesehen hatte. Mit seiner Braut. Beide strahlend. Auf einem großformatigem Hochzeitsfoto.

Vorbei am heute geschlossenen H+. Hier hatte sie noch einige Haarschnitte und Kopfmassagen gut, seit sie den entführten antiken Kinderfrisierstuhl mit Pferdekopf heil zurückgebracht hatte. Als sei er nie fort gewesen, stand er hinter der großen Scheibe, wieder bereit für die jüngste Kundschaft. Ein paar Schritte weiter, im Schaufenster der Anzeigenannahme, waren die aktuellen Seiten der WAZ angepinnt. Zwei Männer in blau-weißer Schalke-Kluft lasen den Sportteil. Karo überflog im Lokalteil Essen die Artikel über die gestrige offizielle Wiedereröffnung der Lichtburg.

Roter Teppich . . . bla-bla-bla . . . Bergmannskapelle spielte ‚Der Steiger kommt' . . . ein Lied, bei dem ihr immer die Tränen kamen, zu peinlich . . . die Rede des Ministerpräsidenten . . . ob das mit seinem traumatischen Kino-Erlebnis als kleiner Junge stimmte? War jedenfalls gut angekommen . . . der größte und schönste Kinosaal Deutschlands . . . Grußbotschaft von Tom Tykwer . . . ob sie mal neben ihm gesessen hatte, als er in der Lichtburg jung und unbekannt Filme geguckt hatte? Könnte sie heute Franka Potente sein? . . . Ilja Richter kam spontan auf die Bühne . . . ja, und beim Empfang hatte er ihr spontan zugelächelt, bis in die Kniekehlen hatte sie es gespürt . . . Joachim Król, obwohl erkältet . . . ah! hier musste es kommen . . . Unter den Essenerinnen und Essenern aus Wirtschaft, Politik und Kultur . . . Kultur natürlich am Schluss . . . entdeckten wir . . . bla-di-bla . . . vom KVR . . . wo blieb sie denn? Hatte sie die Reporterin nicht genug bearbeitet? . . . von der Krupp-Stiftung . . . OH NEIN! Karo stöhnte auf und erntete einen interessierten Blick der beiden Schalke-Fans. Das durfte doch nicht wahr sein: Kaba Ruhrkowski, die ihr Büro im Lichtburg-Gebäude hat . . . Kaba??? Ruhrkowski?? Und hatte sie nicht mindestens dreimal Detektivbüro gesagt?

Karo lehnte sich gegen die Scheibe und ging langsam in die Knie. Niemand würde sie aufgrund dieses Artikels anrufen, um ihr einen Auftrag zu erteilen. Niemand. Die ganze Mühe, sich die Einladung zu erschleichen, vergebens. Jetzt konnte sich nur noch erschießen. Oder diesen

Auftrag auf dem Lande annehmen. Was im Moment kaum attraktiver erschien. Am liebsten würde sie diese Reporterin würgen und schütteln. Oder umbringen.

Karo raffte sich auf, ging rüber zur Hauptpost, rief Ingalill Krantz an und übernahm den Auftrag.

Am Mittwoch gegen vierzehn Uhr stand sie vor dem Blumengeschäft im Duisburger Hauptbahnhof, dem von der Seminarleitung angeordneten Treffpunkt. Nach und nach versammelten sich dort sieben Frauen und ein Mann. Karo nickte ihm zu. Er wurde rot und wandte sich einer Azalee zu. Vielleicht doch kein Seminarteilnehmer.

Um sechs nach zwei trabten zwei blonde gebräunte Gestalten vom Haupteingang her auf die Gruppe zu. Ein Mann und eine Frau, wie man sah, als sie näher kamen. In gebügelten hellblauen Jeans und grauen Sweatshirts. ,PotMan' stand in schwarzen Buchstaben darauf; darunter, etwas kleiner ,Potential for Managers: Seminare & Coaching'.

»Sorry«, rief die Frau und blieb vor der Gruppe stehen. »Diese Baustellen! Wir fanden keinen Parkplatz für unseren Van. Hallo, ich bin Pinky Tohn.«

»Und ich bin Tom Tohn«, sagte der Mann. »Sie können Tom zu mir sagen. Aber wir siezen uns. Regel Nummer eins. Keine Verbrüderung. Und Ihr seid die neue Truppe. Alle neune, wie ich sehe. Haha.«

Der Mann hatte wohl genug von der Azalee und wandte sich um.

Tom Tohn runzelte die Stirn. »Da fehlt ja doch noch eine. Wer sind Sie?«

»Ähm . . .« Der Mann räusperte sich. »Gestatten, Eike Hansen, Ruhr-Stahl, Niederlassung Oberhausen.«

Pinky und Tom guckten sich an. Pinky zuckte mit den Schultern. »Ich dachte, das wäre ein Frauenname.«

»Sowohl als auch«, sagte Herr Hansen. »Sowohl als auch.«

PotMan zeigte sich kurz verunsichert. »Es ist nur so: Wir

hatten so viele Anmeldungen für dieses Seminar, dass wir es teilten. In eins für Männer und eins für Frauen. Das ist manchmal sogar besser.«

»Ja . . .«, sagte Herr Hansen. »Soll ich dann nochmal wiederkommen? Das wäre kein Problem. Ganz bestimmt nicht.«

»Geht nicht«, sagte Pinky. »Das andere fand schon letzte Woche statt. Nein, bleiben Sie hier. Die Damen werden Sie schon verkraften, nicht?«

Ein paar Damen lächelten. »Kein Problem«, sagte eine Frau in Karos Alter mit kurzen dunklen Haaren und einer Brille gelassen. »Übrigens, ich bin Frau Schnick.«

»K – eh, Ingalill Krantz«, sagte Karo. Verdammt, sie musste aufpassen. Hatte die ältere Frau mit dem Strickkorb sie bei dem Versprecher misstrauisch angeguckt? Ach, wahrscheinlich guckte die immer so streng.

»Frau Möller«, sagte die nun in die Runde. Sie hatte eine tiefe angenehme Stimme. Ein Lächeln verwandelte ihr Gesicht. Eine Oma, die einen Pullover für ihre Lieblingsenkelin strickte, entschied Karo, und wahrscheinlich ganz nett.

Die drei jüngsten, Steffi, Evi und Ellie waren Mitte zwanzig, schlank und gestylt. Leitende Angestellte aus der Modebranche?

Bettina Suhr, Anfang vierzig, mit frischer Dauerwelle und neuem Kostüm, war nervös. Sie klimperte mit den Augenlidern, ein halbherziges Lächeln kam und ging, ihre Finger rieben aneinander.

Die letzte Teilnehmerin stellte sich vor. »Ich bin Ruth Sawatzki. Und ich wollte sagen, dass ich mich sehr auf das Seminar freue. Ich verspreche mir sehr viel davon. Ich habe nämlich eine Chance befördert zu werden. Aber mein Chef meint –«

»Sehr schön«, rief Pinky und klatschte zweimal in die Hände. »Dann wollen wir mal los. Schnappen Sie ihr Gepäck und folgen Sie uns.«

Sie schleppten und rollten ihr Gepäck zum ein paar Straßen entfernt parkenden Kleinbus. Er war kreuz und quer und in verschieden Farben mit dem PotMan-Logo bedruckt. Karo saß am Fenster und sah hinaus. Pinky sammelte die Handys ein. Sie verließen Duisburg in Richtung Westen, fuhren ein Stück über die A 3, nahmen die Ausfahrt Neukirchen-Vluyn. Es wurde immer ländlicher. Karos Stimmung sank. Das Land hatte oft diese Wirkung auf sie. Eine emotionale Landallergie oder so etwas.

Der Bus rumpelte auf einer schmalen geteerten Straße durch den Wald. Ein schmuckes renoviertes Bauernhaus kam in Sicht.

»Wie süß«, rief Frau Sawatzki. „Ich liebe Fensterläden!" Hälse reckten sich. »Wohnen wir hier?« Sie ließen das Bauernhaus hinter sich. Der Wald wurde dichter.

»Gleich sind wir da«, sagte Pinky und bog in einen Waldweg ein.

Streng, war der Ausdruck, der Karo in den Sinn kam, als sie das Haus sah. Und das war noch geschmeichelt. Ein graues zweistöckiges Haus undefinierbaren Alters mit einer ungepflegten Auffahrt. Das Innere entsprach dem Äußeren, grau, nüchtern und kühl. Immerhin gab es Einzelzimmer. Alle Schlafzimmer, bis auf zwei lagen in der ersten Etage. Karo und Herr Hansen mussten ihr Gepäck noch eine steile Stiege hochhieven. Ihre Zimmerchen lagen unter dem Dach. Karo nahm das erste, das gleich am schmalen Treppenabsatz lag. Herr Hansen verschwand ein paar Türen weiter.

Mönchisch, dachte Karo, als sie das schmale Bett, den Metallspind und das winzige Waschbecken betrachtete. Und saukalt. Sie drehte am Thermostat neben den drei Heizrippen. Nichts tat sich.

Sie lief erst die Stiege und dann die Treppe runter ins Parterre. »Gibt es hier keine Heizung?«, fragte Karo, als sie in den Seminarraum trat.

»Aber natürlich«, sagte PotMan. »Wir müssen nur den

Herd in der Küche gründlich einfeuern. Dann gibt es Heizung und heißes Wasser.« Er griff hinter seinen Sessel und hielt Karo eine Axt hin. »Der Holzschuppen liegt hinterm Haus.«

»Soll das ein Witz sein?«

»Nein. Wer fragt, ist dran. Nur los. Trauen Sie sich. Schauen Sie tief in sich hinein. Bestimmt wollten Sie schon einmal zuschlagen. Jetzt ist Ihre Chance. Lassen Sie's raus.«

Karo starrte ihn an. Er meinte das ernst.

»Na, los. Das Seminar hat begonnen.«

Und sie hatte versäumt, ihre Auftraggeberin zu fragen, wie das Seminar hieß. War es ein Umschulungsseminar? Endete es mit einem Holzfäller-Diplom? Konnte man damit nach Kanada auswandern?

»Frau Krantz?«

»Frau Krantz! . . . Ingalill!« Frau Schnick stieß Karo an. Oh, sie war gemeint. »Ähm . . . ja?«

»Kommen Sie mit, ich helfe Ihnen.«

PotMan reichte Karo die Axt und sie folgte Frau Schnick nach draußen. Vor dem Schuppen stand ein Baumstumpf. Der Boden war von Spänen und abgesplitterten Holzstückchen übersät. Frau Schnick holte einen Stück Baum aus dem Schuppen und setzte es auf den Stumpf.

»Danke, Frau Schnick«, sagte Karo. »Haben Sie auch einen Vornamen?«

»Selbstverständlich. Schlagen Sie zu. Alle Kraft aus der Schulter. Und dann mit Schwung.«

Karo umfasste den Stiel fest mit beiden Händen. Sie stellte sich breitbeinig hin, atmete tief ein, grunzte und schwang die Axt hoch, bis über ihren Kopf. So weit so gut, aber sie konnte den Schwung nicht bremsen, die Axt zog sie mit. Karo fiel auf den Rücken, die Axt immer noch umklammert.

Frau Schnick schüttelte den Kopf. »Geben Sie mal her.«

Karo setzte sich auf und klaubte Holzstückchen aus ihrem Haar. »Ich . . . eh . . . Hätten Sie erwartet, dass man auf diesem Seminar Holz hacken muss?«

Frau Schnick stellte ein Bein vor, hob die Axt, ließ sie runtersausen in das Holzstück, hob es mit der Axt hoch, haute es auf den Stumpf und hatte zwei Stücke. »Na ja, immer wenn es um unterdrückte Aggressionen geht, Bekämpfung von Schüchternheit, Entspannung und solche Sachen, muss man mit allem rechnen.« Frau Schnick schlug wieder zu, und noch einmal und hatte vier Scheite. »Jetzt Sie.«

Karo holte sich ein Stück Holz aus dem Schuppen. Merkwürdig. Frau Schnick machte doch einen ganz selbstbewussten Eindruck. Und die drei Mädels, Steffi, Ellie und Evi schienen nicht gerade Prototypen verunsicherter Mittzwanzigerinnen zu sein. Doch die kannten einander schon. Vielleicht fühlten sie sich nur in der Gruppe stark. Aber Herr Hansen – ja, der kam viel zu beflissen rüber, und schüchtern war er auch, das war schon auf dem Bahnhof nicht zu übersehen gewesen. Und die anderen? Na ja, könnte sein. Frau Möller, mit ihrem Strickzeug, war mindestens dreiundfünfzig. Mochte sein, dass sie Probleme hatte, ihre Position gegen jüngere dynamische Führungskräfte zu verteidigen. Egal. Es ging sie nichts an. Karo schob das Holzstück etwas weiter nach rechts, schön in die Mitte.

»Na los, Ingalill! Machen Sie schon. Hopphopp!«

Hopphopp? Karo wandte sich um und legte eine Hand auf ihre Hüfte. »Und darf ich fragen, Frau Schnick, warum Sie an diesem Seminar teilnehmen? Zum Abbau Ihrer Schüchternheit etwa?«

»Wahrscheinlich aus dem Grund, aus dem auch Sie hier sind. Um ein paar arbeitsfreie Tage zu genießen, die nicht vom Urlaub abgehen. Seien wir doch ehrlich! Außerdem macht sich ja jede Fortbildungsteilnahme gut in der Personalakte, nicht? Die Stress-Seminare sind natürlich angenehmer, aber die sind bei uns so beliebt, mehr als einmal im Jahr kriege ich keins. Seit die Stadt kein Geld mehr hat, komme ich an die Top-Seminare ohnehin nicht mehr ran, da wird es Ihnen in der freien Wirtschaft besser gehen, nehme ich an.«

Karo schnaubte. Kreiste über ihrem Detektivbüro nicht der Pleitegeier? »Besser? Hah! . . . Ich meine . . . selbstverständlich. Viel besser. Unserer Firma geht's blendend.« Bei welcher Firma war ihre Auftraggeberin überhaupt? Und warum hatte sie an diesem Seminar teilnehmen wollen? An diesem Ort, der so gar nicht zu Chanel und Prada passte? Karo hob die Axt und schlug zu. Schon besser. Das hatte was.

»Na, sehen Sie«, sagte Frau Schnick. »Es geht doch. Ich nehme diese Scheite schon mal mit rein. Zum Anfeuern. Aber wir brauchen noch jede Menge mehr.«

«Kein Problem. Ich glaube, ich habe ein Talent dafür.«

Und – zack! – fuhr die Axt in den nächsten Holzklotz und spaltete ihn zur Hälfte. Karo hob ihn mit der Axt in der Kerbe hoch, schlug ihn zurück auf den Hauklotz und hatte zwei Scheite. Und aus zwei mach vier. »Hah!« Nächstes Stück. Wenn sie so weitermachte, brauchte sie keine Heizung mehr. Karo zog ihr Sweatshirt aus und attackierte den nächstes Klotz. Heben – Hauen – Spalten. Heben – Hauen – Spalten. Ihr Atem ging schneller, aber sie ließ nicht nach. Späne flogen durch die Gegend. Einer pfiff an ihrer linken Backe vorbei. Was?!

Karo ließ sich fallen. Seit wann pfiffen Späne?

Kugeln pfiffen.

Jemand hatte auf sie geschossen.

Karo rollte sich auf den Bauch und robbte auf die andere Seite des Hauklotzes. Im Wald knackte etwas. Schlich jemand heran? Oder verschwand? Oder knackte es im Wald immer?

Vom Haus her näherten sich Schritte. Karo tastete nach der Axt und zog sie zu sich heran.

Die Schritte hörten auf. »Ingalill?« Es war Frau Schnick. »Wo sind – ja, wieso liegen Sie denn auf dem Boden? Ein Schwächeanfall?«

»Passen Sie auf!«, flüsterte Karo. »Jemand hat auf mich geschossen!«

»Wirklich?« Frau Schnick sah sich um. »Sind Sie verletzt? Bluten Sie?«

»Nein. Die Kugel hat mich haarscharf verfehlt.«

Frau Schnick hob ihre Brauen. »Sind Sie sicher? Ich sehe niemanden. Vielleicht ist im Wald nur ein trockener Ast abgebrochen oder so etwas. Das kann ziemlich laut klingen.«

Karo setzte sich auf und klopfte ihr T-Shirt ab. Sie war mit Sägemehl paniert. »Ein Ast? Meinen Sie?« Mit Ästen kannte sie sich nicht aus. Aber wer oder was war dann an ihrer Backe vorbeigepfiffen? Eine manische Biene? »Nein, nein, ich glaube, das war ein Schuss. Ich geh' jetzt rein. Soll jemand anders Holz hacken.«

»Aha.«

Glaubte die Schnick, sie wolle sich drücken? »Das Holz dürfte ja wohl erst mal reichen, oder?«

»Ja. Doch. Gar nicht schlecht. Es gibt jetzt Tee. Ich soll Sie holen.«

Tee. Sicher gab's auch Kaffee. Den könnte sie jetzt brauchen. Am besten mit einem Schuss Kognak drin, gegen den Schreck. Und dazu ein schönes Stück Kuchen.

Tom, Pinky und die anderen hatten sich schon im Seminarraum versammelt. Pinky nahm weiße Becher von einem Tablett und reichte sie herum. Karo schaute in ihren hinein. Definitiv kein Kaffee. In blassgelbem Wasser schwamm ein Grashalm.

Frau Sawatzki nahm einen Schluck. »Mh! Köstlich. Sehr aromatisch.«

»Danke«, sagte Karo. »Aber ich hätte lieber einen Kaffee. Oder einen Cappuccino. Mit viel Zucker. Ich hatte nämlich eine Schock. Draußen –«

»Kaffee gibt es hier nicht, Frau Wirtz«, sagte Pinky. »Aber Sie dürfen den Tee gerne süßen. Dieser toskanische Salbeiblütenhonig ist sehr aromatisch und harmoniert hervorragend mit den Zitronengrastee.«

»Oh, Zitronengras . . .«, sagte Frau Suhr. »Das erinnert mich an meinen Thailand-Urlaub. Ein exotisches Aroma.«

Karo nippte an dem Tee. Exotisch war nicht der Ausdruck, den sie benutzen würde. Jedenfalls nicht, bevor ein Schuss weißer Rum und etwas Ananassirup oder so etwas ihren Weg in den Becher gefunden hätten. Und ein Haufen Eiswürfel. Oder wenigstens ein zweiter Grashalm.

»Ich finde, es schmeckt nach nichts«, sagte Karo.

Sie erntete schockierte Blicke von den Damen Suhr und Sawatzki. Die Mädels grinsten. Herr Hansen zog den Kopf ein. Frau Schnick guckte amüsiert. Über Frau Möllers Gesicht huschte ein Ausdruck der Verachtung. Für Karo? Für den Tee?

»Na na«, sagte Pinky. »Ihre Geschmacksknospen sind abgestumpft. Ihre Sinne verstopft. Warten Sie ab. Nach diesen drei Tagen werden sich Ihnen die Feinheiten des Lebens wieder voll erschließen. Ihre Geschmacksknospen werden aufblühen, Ihre Ohren sich öffnen für die zartesten Töne der Natur . . .«

»Jemand hat draußen auf mich geschossen«, sagte Karo.

»Wie bitte?«

»Das meinen Sie nicht im Ernst!«

»Wer denn?«

»Aber wieso sollte jemand auf Sie schießen?«

Ja, wieso? Oder hatte der Schuss Ingalill Krantz gegolten? Der eifersüchtige Ehemann? War er hinter ihre Affäre gekommen? Aber der hätte sie wohl kaum mit seiner Frau verwechselt.

»Ich glaube ja, es war nur ein trockener Ast.«

»Kein Ast. Etwas pfiff an meiner Backe vorbei – «

»Vielleicht hat Sie jemand für ein Wildschwein gehalten.«

»Wie darf ich denn das verstehen?«

»Na, ich meine ja nur. Es kommt doch vor, dass Jäger -«

»Ich will, dass die Polizei gerufen wird.«

»Aber Frau Wirtz . . .«

»Ich bestehe darauf.«

»Na gut.« PotMan stand auf. »Wenn es Sie beruhigt.« Er verließ den Raum.

»Also«, sagte Pinky. »Nach der Teestunde dürfen Sie sich für vierzig Minuten auf Ihre Zimmer zurückziehen und still sein. Horchen Sie in sich hinein. Achten Sie darauf, wie es in Ihnen lärmt. Wenn der Gong ertönt, kommen Sie bitte runter. Wir machen dann einen Waldgang. Schweigend. Langsam. Lauschend. Anschließend versammeln wir uns wieder hier und teilen miteinander, was wir der Natur abgelauscht haben.«

»Wie ich die Natur liebe . . .«, sagte Frau Sawatzki.

»Können wir joggen?«, wollte Evi wissen.

»Joggen können Sie morgen früh. Joggen oder walken. Um sieben. Heute abend gehen wir. Langsam.«

Wie bitte? Joggen, walken? Um sieben? Welche Symptome brauchte man wohl, um überzeugend einen Meniskusschaden vorzutäuschen? Außerdem hatte sie Hunger. »Ich wüsste gerne, wann es Abendessen gibt. Vor oder nach dem Waldgang?« Vorher hoffentlich. Sie wollte nicht vor Entkräftung ins Unterholz sinken.

»Abendessen?«, wiederholte Pinky.

Die anderen sahen Karo an. Frau Möller presste die Lippen zusammen. Frau Schnick hob die Brauen.

»Ja! Abendessen. Abendbrot. Dinner. Wann ist es?«

»Tja«, sagte Pinky. »Könnte es sein, dass Sie die Seminar-Beschreibung nicht so richtig gelesen haben?«

Welche Seminarbeschreibung? War sie etwa verpflichtet, ihr Abendbrot selbst zu erlegen? Würden sie durch den Wald schleichen, um Wildschweine zu erschießen? Oder Rehe oder so etwas? Das würde sich natürlich nahtlos ins Holzhack-Programm einfügen. Und sie für ein Leben in Kanadas Wildnis qualifizieren.

»Gelesen? Na ja«, sagte Karo. „Ich bin mir nicht sicher. Möglicherweise habe ich es nur überflogen. Wir hatten so

viel zu tun. Eine Besprechung jagte die andere. Was . . .«
Sie räusperte sich. »Was stand denn bezüglich des Abend-
essens drin?«

Die Mädels guckten sich an. Frau Schnick starrte an die
Decke. Herr Hansens Gesicht verzog sich teilnahmsvoll.
Frau Möller schüttelte den Kopf. Die Damen Suhr und
Sawatzki flüsterten miteinander.

»Tja«, sagte Pinky. »Es ist so: Hier wird nicht gegessen.«

»Ach, wir gehen aus?« Endlich ein Lichtblick.

»Nein, wir gehen nicht aus. Außer in den Wald natürlich. Wir essen überhaupt nicht.«

»Wie? Nie?«

»Ganz recht. Wir fasten. Das klärt den Geist und reinigt
den Körper.«

»Aber . . .« Karo fasste sich an den Kopf. Das war ja noch
schlimmer als Wildschwein.

Die Tür ging auf. »Alles in Ordnung«, sagte Tom. »Die
Jugend vom Schützenverein übt wohl manchmal in dieser Gegend, meinte der Polizist. Er wird sich mit ihnen in
Verbindung setzen und sagen, dass das Seminarhaus be-
wohnt ist. Allerdings fragte er auch, wie sicher Sie seien,
dass es wirklich ein Schuss war. Manchmal kann ein Auspuff –«

»Definitiv kein Auspuff. Glauben Sie mir.« Schießende
Dorfjungend. Nichts zu essen. Verdammter Mist.

»Okay«, sagte Pinky. »Dann gehen Sie bitte auf ihre Zimmer und sammeln sich. Vierzig Minuten. Bis zum Gong-
schlag.«

Sie erhoben sich.

»Haben Sie das echt nicht gewusst?«, fragte Frau Schnick
Karo auf der Treppe. »Haben Sie überhaupt nichts zu essen dabei?«

»Zu essen dabei?« Karo überlegte. Vielleicht lag am Boden ihrer Handtasche noch etwas Brauchbares rum. Der
eine oder andere Gummibär. Oder ein staubiges Katzen-
pfötchen. »Wieso, haben Sie etwa?«

»Na klar. Wenn man so etwas liest, sorgt man doch vor.«

»Sie glauben, die haben sich alle Verpflegung mitgebracht?«

»Keine Ahnung. Wenn sie wirklich fasten wollen, wohl nicht. Ich glaube ja, die PotMans machen das nur aus Bequemlichkeit. Keiner muss kochen, es erhöht die Gewinnmarge und hört sich noch gut an.«

Erklärte dies das umfangreiche Gepäck mancher Leute?

Sie waren in der ersten Etage angekommen. »Öh . . .«, sagte Karo. »Ich weiß ja nicht, wieviel Sie . . . aber glauben Sie, sie könnten mir vielleicht etwas abgeben? Verkaufen natürlich. Egal was?«

Hinter ihnen entstand ein Stau. »Würden Sie bitte weitergehen?«, sagte Frau Möller.

Ob die auch . . .? Vielleicht nicht. Ein, zwei Pfund weniger würden ihr gut stehen.

»Okay«, murmelte Frau Schnick. »Kommen Sie runter, wenn alle im Bett sind.«

Karo nickte. Schon fühlte sie sich besser. Und Frau Krantz würde sie einen dicken Aufschlag aufbrummen. Wegen erschwerter Arbeitsbedingungen und Verschweigen von essentiellen Tatsachen. Plus Nachtzuschlag. Und Gefahrenzulage.

»Haben Sie das mit dem Fasten wirklich nicht gelesen?«, fragte Herr Hansen, der hinter Karo die Stiege hochkletterte.

Karo hatte die Hand schon auf der Klinke ihrer Zimmertür. »Nein, habe ich nicht!«, fauchte sie und fuhr herum.

Herr Hansen guckte wie ein erschreckter Hase und wäre fast rückwärts die Stufen runtergefallen. Karo packte seinen Arm.

»Haben Sie denn vorgesorgt?«, fragte sie freundlicher. »Ich meine, haben Sie was dabei? Sie wissen schon . . .?«

»Vorgesorgt? Wie meinen Sie das? Lassen Sie mich los.« Er machte sich dünn und schob sich an Karo vorbei. »Ich bin ein verheirateter Mann. Ein glücklich verheirateter Mann. Entschuldigen Sie mich.« Er lief den Flur entlang und verschwand in seinem Zimmer.

»Nur in deinen Träumen, Eike.« Karo grinste ihm hinterher. Sie schüttete den Inhalt ihrer Handtasche aufs Bett. Nie wieder würde sie ihre Wohnung ohne eine Überlebensration verlassen. Sie fand zwei zerdrückte, aber noch eingewickelte Kaugummistreifen. Leider zuckerfrei. Sie schob sich einen in den Mund. Köst-lich! Im durchsichtigen Kosmetiktäschchen sichtete sie zwei Fisherman's Friends. Und das war's.

Sie setzte sich aufs Bett und lauschte befehlsgemäß in sich hinein, konnte aber nichts hören, weil ihr Darm gluckerte und ihr Magen knurrte. Warum warten, bis alle im Bett waren? Sie öffnete die Tür und lauschte. Nichts. Auf Socken schlich sie die Stiege hinunter, auf Zehenspitzen den Gang entlang bis zu Frau Schnicks Zimmer. Karo drückte die Klinke im Zeitlupentempo hinunter, öffnete die Tür einen Spalt und hielt inne. Mit wem sprach Frau Schnick? Teilte sie ihre Lebensmittel schon mit einer anderen? Karo spähte ins Zimmer. Die Schnick saß im Schneidersitz auf dem Bett, mit dem Rücken zur Tür, und telefonierte! Von wegen Handys abgeben.

».. . nein, dies wäre genau das richtige für dich, glaub mir. Ein netter kleiner Giftmord. Ich weiß doch, daß du nichts Blutiges und keine Schießerei magst. Das würde ich dir gar nicht erst anbieten, ich kenne doch meine Pappenheimer.« Frau Schnick Kichern klang hämisch.

Vielleicht war dies nicht der günstigste Moment für einen Besuch. Karo schloss die Tür auf Frau Schnicks Worte: »Okay. Das mit dem Geld regeln wir, wenn – «

Karo legte sich auf ihr Bett und atmete tief ein und aus. So aus dem Zusammenhang gerissen, würde sich sicher manches Telefongespräch verdächtig anhören, wenn nicht gar bedrohlich. Kein Grund zur Aufregung. Die Schnick organisierte gewiss keine Auftragsmorde. Mit einem vollen Magen und der Aussicht auf geregelte Mahlzeiten wäre Karo nie auf eine solch absurde Idee gekommen. Andererseits war da der Schuss. Was, wenn es nicht die Dorfjugend gewesen war?

Der Gong riss Karo aus ihren Grübeleien. Der Waldgang und die anschließende Runde im Seminarraum nahm sie wie durch eine Nebelwand wahr. Die angebotene Gemüsebrühe – salzlos und nicht das kleinste Fettauge weit und breit – kippte sie klaglos in sich hinein. Um neun war endlich Schluss. Alle zogen sich in ihre Zimmer zurück. Türen klappten noch eine Weile in der Etage unter ihr. Besuche in den zwei Badezimmern, auf den Toiletten. Dann blieb es ruhig. Karo zog ihren Schlafanzug an und legte sich aufs Bett. Vor zehn sollte sie nicht kommen, hatte die Schnick ihr zugeflüstert.

Karo verfiel in einen Wachtraum. Berge von Spaghetti. Bäche aus sämiger Tomatensauce. Champagnergläser voller Salmiakpastillen. Der Wecker piepte. 21 Uhr 59. Endlich.

Sie zog den Kopfkissenbezug ab. Das Knistern einer Plastiktüte könnte Aufmerksamkeit erregen. Sie öffnete die Tür und lauschte in die Dunkelheit. Nichts. Karo streckte den rechten Arm aus, auf der Suche nach dem Treppengeländer, machte einen Schritt nach vorne und hob ab. Wie ein Vogel schwebte sie durch die Luft, ein wundersames Gefühl, das bedauerlicherweise schon nach Sekundenbruchteilen endete, als sie mit ihrer rechten Seite auf die Holzstufen knallte. Sie griff nach den Streben des Geländers und bremste so ihren Stakkato-Fall die Stiege hinunter. Es machte einen Höllenlärm. Türen wurden aufgerissen, das Licht ging an, Stimmengewirr erfüllte die Luft.

»Was ist los?«

»Es ist Frau Krantz.«

»Ist sie tot?«

Karo öffnete ein Auge.

»Frau Krantz, können Sie mich hören?« Das war Pinky.

»Mhm«, machte Karo.

»Wollten Sie zur Toilette?«

»Also, in Socken auf der Treppe, das ja wirklich leichtsinnig.«

»Ist etwas gebrochen?«

Karo wackelte mit den Zehen.

»Lassen Sie mich mal sehen.« Das war Tom. »Ich war Sanitäter.« Er tastete Karo ab, bewegte ihre Glieder, ignorierte Karos Stöhnen. »Ein paar Prellungen. Nichts gebrochen. Kommen Sie, wir helfen Ihnen auf.«

Karo wollte liegen bleiben. Tom und Pinky fassten sie unter die Arme und stellten Karo hin. »Na, geht doch.«

Karo war froh, als sie ihr Zimmer erreichten. Alles tat ihr weh. Und der Magen knurrte immer noch.

»Das fühlt sich schlimmer an, als es ist«, sagte Pinky. »Ich gebe ihnen eine Creme. Traumhaft bei Prellungen und blauen Flecken. Wo ist Ihr Kopfkissenbezug?«

Die Tür ging auf. »Dieser Kopfkissenbezug hing in der Lampe«, sagte Frau Sawatzki.

Pinky und Tom schauten Karo an.

Sie zuckte mit den Schultern. »Au! – Keine Ahnung, wie der dahin gekommen ist. Ich kann mich an nichts erinnern.«

»Ich bringe Ihnen den Gong hoch«, sagte Tom. »Hauen Sie drauf, falls Ihnen übel wird. Dann haben Sie eine Gehirnerschütterung und wir müssen einen Arzt holen.«

Arzt! Krankenhaus! Mahlzeiten!

»Ich glaube, mir ist jetzt schon übel.«

»Müssen Sie sich übergeben?«

»Nei-ein . . .« Womit denn bitte?

Tom stellte ihr einen chinesischen Gong mit dem Durchmesser einer Familienpizza und einen gelben Plastikeimer neben das Bett. Er wünschte ihr eine gute Nacht.

Karo zog sich aus und rieb sich mit der Salbe ein. Ein verdammtes Pech. Aus der Traum von einem Mitternachtsschmaus. Und die Socken waren schuld. Halt! War sie denn wirklich auf den Stufen ausgerutscht? Karo schloss die Augen und dachte zurück. Sie hatte die Tür geöffnet, hatte über den meterbreiten Flur nach dem Geländer getastet, war einen Schritt vorgetreten – genau! Sie war nicht ausgerutscht, sondern gestolpert. Über . . . Ihre Hand flog zu ihrem rechten Schienbein. Weit unter dem aufgeschrappten Knie, eine Handbreit über dem Knöchel, mitten in einem hässlichen Bluterguss fühlte sie eine waagerechte fadendünne Linie. Mit dem Auge war sie kaum zu erkennen. Sie war über eine vor ihrer Tür gespannte Schnur gestolpert! Es konnte gar nicht anders sein.

Karo hoppelte vom Bett zur Tür und öffnete sie. Mit Mühe ging sie in die Hocke und betrachtete die Türpfosten. Sie waren alt, hatten Risse und Wurmlöcher. Falls hier Nägel gesteckt hatten, waren sie entfernt worden. Von einer Schnur oder einem Draht keine Spur.

Karo dachte daran, wie tödlich Kopfkissen sein konnten und schloss die Tür von innen ab, ehe sie sich wieder hinlegte. Es war höchst merkwürdig. Wer? Und warum? Sie fiel in einen unruhigen Schlaf und träumte von eifersüchtigen Ehemännern und Auftragskillern.

Das einzig Gute war, dass niemand von ihr erwartete, den morgendlichen Waldlauf mitzumachen. Eines der Mädels brachte ihr eine Kanne mit warmem Zitronenwasser aufs Zimmer und begleitete sie ein Stockwerk tiefer bis zum Badezimmer.

Karo stand an ihrem Fenster, als der Trupp in den Wald lief. Sie zählte. Okay. Alle zehn waren aus dem Haus. Ihre Chance.

Ans Geländer geklammert humpelte sie die Treppe wieder hinunter. Frau Schnicks Tür war nicht abgeschlossen. In einem kleinen Metallkoffer unter dem Bett fand Karo gekochte Eier, kleine Kakaoflaschen, Packungen mit Keksen und Crackers, eine angebrochene Schachtel Pralinen, Äpfel, Schokoriegel, Käsehappen, Orangen, Servietten, Erfrischungstücher, Sahnebonbons, Mini-Salamis, Joghurts diverser Geschmacksrichtungen, eine kleine Flasche Sekt und einen mit einem Plastikclip verschlossenen Abfallbeutel. Sie füllte die mitgebrachte Plastiktüte mit dem Nötigsten, legte einen Zwanziger in den Koffer und wandte sich dem Spind zu. Sie fand das Handy in der Packung mit Slipeinlagen – nicht sehr originell – und setzte sich aufs Bett. Es klingelte lange. Sie würde doch nicht etwa . . .

»Ja . . .? Krantz.« Sie klang verschlafen. Gut.

»Frau Krantz! Karo Rutkowsky hier. Ich habe nicht viel Zeit. Eine Frage. Es ist wichtig. Könnte es sein, dass Ihr Mann von Ihrem Geliebten weiß?«

»Wie?« Frau Wirtz lachte. »Nein, ganz gewiss nicht.«

»Wie können Sie so sicher sein?«

»Ach . . . na, jetzt kann ich es ja gestehen: Ich bin gar nicht verheiratet.«

»Was? Aber dann . . . Sind Sie denn in Paris?«

»Ah . . . ehm . . . ich weiß zwar nicht, was Sie das angeht, aber: Nein, ich bin nicht in Paris. Ich bin zu Hause.«

»Aber warum . . . Ich meine, wieso haben Sie mich dann angeheuert?«

»Spielt das eine Rolle? Ich bezahle Ihr Honorar, sie haben ein paar ruhige Tage auf dem Land . . .«

Karo schnappte nach Luft. »Von Ruhe kann nicht die Rede sein. Und wussten Sie, dass es hier nichts zu essen gibt?«

»Oh. Habe ich das nicht erwähnt? Tut mir leid. Als Sie anriefen . . . Es ging alles so schnell.«

»Frau Wirtz, ich bestehe darauf, dass Sie mir sagen, warum Sie mich auf dieses Seminar geschickt haben. Hier geht Merkwürdiges vor. Warum wollten Sie nicht selbst herkommen?«

»Regen Sie sich nicht so auf. Ist alles ganz harmlos. Als ich am Montag die Teilnehmerliste bekam und sah, dass es ein reines Frauenseminar war, hatte ich eben keine Lust mehr.«

»Ein Mann ist dabei. Eike ist auch ein Männername.«

»Tatsächlich? Und, habe ich was verpasst?«

»Wie?«

»Schätzchen, was meinen Sie, warum ich diese Fortbildungen besuche? Sie sind einfach ideal für nette kurze heftige Affären! Bisher habe ich noch immer jemanden aufgerissen. Kein Vorher, kein Nachher. Wirklich ideal. Na ja, und weil ich so kurzfristig in der Firma keinen Rückzieher machen wollte und ein paar freie Tage wirklich gut gebrauchen konnte – ich sagte ja, dass ich noch nicht lange hier bin, Urlaub steht mir erst in vier Monaten zu – nun, da kam mir diese Idee. Und ich genieße es, glauben Sie mir. Kommen Sie, bis morgen halten Sie es doch noch aus, oder? Und vielleicht gucken Sie sich diesen Eike mal näher an . . .«

»Bestimmt nicht. Außerdem ist er verheiratet.«

»Das sind die besten.« Frau Wirtz lachte auf. »Die kommen wenigstens nicht auf falsche Gedanken, zumindest die meisten nicht. Wiederhören.«

Karo verstaute das Handy, schnappte die Tüte mit den Leckereien und machte sich auf den Weg in ihr Zimmer. Also kein eifersüchtiger Ehemann. Zu lecker dieser Kokos-Schoko-Riegel! Also doch die Dorfjugend? Und ihr Sturz? Vielleicht ein Schwindelgefühl, ausgelöst durch den Essensmangel? Sie fuhr wieder mit der Hand über die Rille an ihrem Bein. War sie mit dem Schienbein doch auf die Stufe aufgeschlagen? Rätsel über Rätsel.

Unerträglich gut gelaunt kam die Gruppe aus dem Wald zurück. Karo hörte das Lachen und Lärmen bis in ihr Zimmer. Frisch geduscht, mit noch feuchten Haaren, kam Pinky nach einer Weile vorbei, um Karo abzuholen.

»Kopfschmerzen? Lieber liegen bleiben? Unsinn! Ein bisschen Gesellschaft wird Ihnen gut tun. Ich brühe Ihnen einen Wermuttee auf, der hilft.«

Widerstand war zwecklos. Karo setzte sich auf. Morgen würde sie wieder dort sein, wo es Wermut in Flaschen gab. Noch neunundzwanzig Stunden.

Sie versammelten sich um den großen Tisch im Seminarraum. Pinky verteilte Testbögen und Bleistifte.

»Heute morgen wollen wir uns selbst besser kennenlernen. Dies sind psychologische Tests. Sie haben eine halbe Stunde, um sie auszufüllen. Und nicht vergessen: ehrlich sein!«

Karo sah auf die Überschriften.

Elegant oder sportlich: Einklang von innerem und äußerem Ich. – Team-Typ oder Einzelgänger: Wie arbeiten Sie am effektivsten? – Ruhe oder Rennen: Welchen Ausgleich brauchen Sie?

Du liebe Güte. Dazu brauchte sie doch keine Tests. Sie war eine unelegante und ruhebedürftige Einzelgängerin. Das war doch wohl klar. Karo machte ihre Kreuze irgendwo.

»Oh, ich liebe Tests!«, murmelte Frau Suhr.

Pinky sah sich die Ergebnisse an. Sie wies darauf hin, wie Aussehen, Ausgeglichenheit und sportliche Betätigung sich positiv auf das Selbstbewusstsein auswirkten. Sie empfahl diverse Sportarten, zum Beispiel Frau Suhr Skateboarding, Herrn Hansen Kickboxen, Frau Möller einen Teamsport mit Ball, Frau Schnick Wasserballett und Karo Gruppen-Schattenboxen. Karo bekam nun echte Kopfschmerzen und bestand darauf, sich hinzulegen.

Pinky nickte. »Jetzt sind ohnehin sechzig Ruheminuten vorgesehen. Setzen Sie sich in den Wald oder in Ihr Zimmer. Um zwölf gibt es im Hof Farbberatung mit mir oder Fitness mit Schrei mit Tom. Sie können es sich aussuchen.«

Herr Hansen meldete sich als erster für die Farbberatung. Karo verschwand auf ihr Zimmer. Sie biss gerade in einen Keks, als es kurz klopfte und Frau Schnick eintrat. Sie hielt Karo einen Zwanziger hin. »Hier. Ich will doch kein Geld dafür. Aber wühlen Sie nicht noch mal durch meine Sachen. So was macht man doch nicht.«

»Tut mir leid. Der Hunger, wissen Sie . . .«

Frau Schnick nickte. »Hauptsache, es schmeckt.«

»Wie Ambrosia. Vielen Dank noch mal. Sie haben mir das Leben gerettet. Öh – das ist nicht zufällig Ihr Bereich, nein? Lebensrettung, meine ich.«

»Nein. Stadtbibliothek.« Frau Schnick wandte sich zum Gehen.

»Ah!« Sollte etwa . . .? »Ach – können Sie mir einen guten neuen Krimi empfehlen?«

Frau Schnick seufzte. »Was mögen Sie denn? Darf's ruhig ein bisschen blutig sein?«

Bingo! Harmlos! Sie hatte es doch geahnt. »Ja, danke, ein bisschen Blut wäre nett. Aber es eilt nicht. Ich hab nicht dran gedacht – Sie wollen sich ja erholen. Übrigens, fanden Sie die Tests vorhin nicht auch ein bisschen . . . Ich meine, ist so etwas üblich auf solchen Fortbildungen?«

»Kommt ganz drauf an. Die Tests stammen bestimmt aus irgendwelchen Frauenzeitschriften. So was ist immer beliebt. Und ich finde, die beiden machen es ganz gut. Nicht gerade tiefschürfend, aber locker. Sie haben vor der Reiseflaute Club-Urlauber betreut, wussten Sie das? Gymnastik, Animation, Farbberatung und ähnliches.«

»Ach.« Das erklärte manches.

»Okay. Bis später dann.«

Karo hatte sich gerade unter ihre Decke gewühlt, als es wieder klopfte. Frau Möller hielt einen dampfenden Becher in der Hand. »Ihr Wermuttee! Pinky meint, der würde Ihren Kopfschmerzen gut tun. Ich habe aber auch noch Schmerztabletten, falls Sie ein paar möchten?«

»Vielen Dank, Frau Möller. Der Tee reicht mir, denke ich.«

Frau Möller hielt Karo den Becher hin und sah sie erwartungsvoll an. Einem blieb aber auch nichts erspart. Karo setzte sich auf und nahm einen Schluck. »Uh!« Sie verzog das Gesicht.

»Ich weiß«, sagte Frau Möller. »Aber er wirkt. Trinken Sie!«

»Mache ich.«

»Versprechen Sie's?«

Karo nickte. Sie nahm wieder einen Schluck, um ihren guten Willen zu beweisen. Und noch einen. Der Tee schmeckte scheußlich bitter. Er musste einfach gut tun.

»Dann ruhen Sie sich gut aus, Frau Krantz.« Frau Möller lächelte und ging zur Tür. »Und schön austrinken, ja?«

Würde die das überprüfen? Irgendwie traute Karo es ihr zu. Sie trank noch etwas. Nee. Ein Tropfen mehr und ihr würde übel werden. Sie stand auf und goss den Rest aus dem Fenster. Sie legte sich hin, schloss die Augen und driftete in einen von Traumfetzen durchsetzten Halbschlaf. Dieser Wermut hatte es auch ohne Alkohol in sich.

Es klopfte. In ihrem Traum? An ihrer Tür? Karo hatte Mühe, ihre schweren Augenlider zu öffnen. Frau Möller schwebte ins Zimmer. Sie setzte sich auf die Bettkante. »Na, wie fühlen Sie sich? Ah, gut, Sie haben brav ausgetrunken.«

Karo grinste schwach. Sie wollte schlafen. Frau Möller verschwamm und fügte sich wieder zusammen.

»Heh, einen Moment müssen Sie noch wach bleiben«, rief Frau Möller und gab Karo einen Klaps auf die Backe.

»Wrrumm?« Karo wollte ihre Ruhe.

»Ich bin Frau Möller«, sagte Frau Möller.

»Tagchen.«

»Möller . . .! Sagt Ihnen das nichts?«

Noch ein Test? Wenigstens im Bett sollten Sie einen in Ruhe lassen.

»Möller . . .« Karo überlegte. »Issernich 'n Minister?«

»Ts ts ts. Der heißt Müller. Möller. Denken Sie! Möller!«

»Oh, ich weiß.« Wozu arbeitete sie in einem Kino? Über einem Kino. Die Lilo Pulver-Retrospektive neulich. Piroschka. »Ich weiß! Gunnar Möller. Hundert Punkte.« Karo kicherte.

Frau Möller guckte böse. Falsche Antwort? Sie kniff Karo mit spitzen Fingernägeln in den Arm.

»Aua! Ham'se nich mehr alle?« Karo versuchte, ihren Arm wegzuziehen.

Frau Möller brachte ihr Gesicht näher an das von Karo. »Sie verdorbenes Weib!«, zischte sie. »Ich rede von Kevin. Kevin Möller.«

»Kennich nich.«

Frau Möller traten Tränen in die Augen. »Sie haben ihn vergessen, ja? Wir werden ihn nie vergessen. Er war der beste Sohn, Ehemann und Neffe, ehe Sie ihn in die Finger kriegten. Feng-Shui für Firmen. Insel Mainau. Im letzten Mai. Erinnern Sie sich jetzt?«

Karo schüttelte den Kopf. Mainau? »War mal auf Hallig Hooge«, sagte sie. »Die ganze Zeit schlechtes Wetter.«

»Der dumme Kerl hat es seiner Frau gestanden«, sagte Frau Möller. »Sie verließ ihn. Und Sie wollten ihn nicht. Er brachte sich um. Meine Schwester erlitt vor Kummer einen Schlaganfall und sitzt im Rollstuhl.«

»Tut mir leid«, sagte Karo.

Frau Möllers Augen zogen sich zu Schlitzen zusammen. »Es tut Ihnen leid? Sie erinnern sich ja nicht mal. Es tut Ihnen leid . . . Aber nicht mehr lange!« Sie riss das Kissen unter Karos Kopf weg. »Sie werden sterben.«

»Was?« Die Frau war verrückt! Karo versuchte, sich aufzurichten. Gott, war sie müde. Unnatürlich müde. »Was war im Tee?«

»Ein Schlafmittel. Spüren Sie, wie es von Ihnen Besitz ergreift? Sie stürzen keine Familien mehr ins Unglück, Frau Krantz.« Das Kissen näherte sich Karos Gesicht.

Kranz? Oh. »Irrtum«, sagte Karo.

»Eine Überdosis Schlafmittel. Plötzlicher Herzstillstand . . .«, erläuterte Frau Möller im Plauderton. »Eigentlich bin ich froh, dass ich Sie gestern beim Holzhacken verfehlt habe. Ein Versuch, die Aufmerksamkeit auf sich zu ziehen, werde ich sagen. Und der Treppensturz war vielleicht schon ein Selbstmordversuch?«

Das Kissen legte sich Karo über Nase und Mund. Sie versuchte, den Kopf zu wenden. Sie griff nach dem Kissen. Ihre Arme waren weich wie Gummi. In ihren Ohren rauschte es. Mit aller Kraft und Konzentration gelang es ihr, ihre Beine anzuziehen. Auf drei würde sie Frau Möller in den Bauch treten und sie vom Bett schleudern. Eins – zwei –

»Frau Möller!«, donnerte ein Engel. Nein, es war die Stimme von Frau Schnick. »Was machen Sie denn da?«

Das Kissen flog zur Seite. Karo holte Luft und stieß Frau Möller mit ihren Füßen sanft in die Hüften.

»Sie ist eine männermordende Mamba«, stieß Frau Möller hervor. »Sie muss sterben.« Sie bückte sich nach dem Kissen.

Frau Schnick schrie »Hilfe!« zur Tür hinaus, warf Karo ein Buch an den Kopf und stürzte sich auf Frau Möller. Die beiden rollten keuchend über den Boden, als Herr Hagen, gefolgt von Tom, Pinky und dem Rest, ins Zimmer rannte. Tom trennte die beiden.

Frau Schnick setzte sich schwer atmend aufs Bett. Sie griff nach dem Taschenbuch, das Karo am Ohr getroffen und es wahrscheinlich permanent verformt hatte. »Hier, das hatte ich gerade aus. Ich wollte es Ihnen zum Lesen bringen.« Sie grinste.

‚Mords-Appetit – Krimi-Leckerbissen vom Niederrhein', las Karo. So eine Unverschämtheit. Sie rollte sich auf die Seite. Sie wollte schlafen. Nur schlafen. Das Stimmengewirr schien von weit her zu kommen. Es hatte nichts mit ihr zu tun.

»Frau Krantz?«

»Ingalill, wachen Sie auf!«

». . . etwa betäubt?«

». . . einen Arzt rufen . . .«

»Ich kannte einen Fall . . .«

». . . den Magen auspumpen und . . .«

»Frau Krantz!«

Erst mal ausschlafen. Und morgen würde sie sich die WAZ vorknöpfen und eine Richtigstellung verlangen. Kaba Ruhrkowski . . . Von wegen!

Der Zweck heiligt die Mittel

Karo trank einen Schluck. Abartig! Wenn Giorgios neustes Katermittel ebenso gut half wie es schlecht schmeckte, sollte es ihr bald besser gehen. Was um elf Uhr morgens auch an der Zeit wäre. Jedenfalls für eine Privatdetektivin, die an ihrem Schreibtisch saß und bereit zu neuen Taten war. Theoretisch jedenfalls. Ihr Kopf tat weh. Das Licht schmerzte. Aber die Party war es wert gewesen. Mein lieber Scholli!

Auch wenn der Anlass eigentlich ein trauriger gewesen war. Für sie und für die Lichtburg: Giorgio ließ die Filmbar im Stich! Ab nächster Woche würde er seine Cocktails in Venedig mixen.

Sein Onkel Marcello, ein Cousin zweiten Grades von Giorgios Mutter, musste aus Gründen, auf die Giorgio nicht näher eingegangen war, für achtzehn Monate ins Gefängnis. Und da Giorgio der einzige in der ausgedehnten Familie war, der Onkel Marcello als Barkeeper das Wasser beziehungsweise den Martini reichen konnte, würde er nun die kleine Bar in der Calle Frezzeria in San Marco übernehmen.

In Essen-Katernberg als Enkel eines neapolitanischen Gastarbeiters und seiner Frau geboren und aufgewachsen, war ihm Venedig nicht sonderlich vertraut. Italienisch konnte er auch nicht. »Aber Bar ist Bar«, hatte er Karo erklärt. »Und sie stammt wie die Film-Bar aus den fünfziger Jahren. Onkel Marcello hat am Dekor seit der Eröffnung nichts geändert. An den Wänden hängen wie hier signierte Fotos von Filmstars – von der Lollobrigida, de Sica,

Giulietta Masina und sogar von Romy. Ich werde mich fast wie zu Hause fühlen«

»Wie schön für dich«, hatte Karo gemurmelt und sich von ihm noch einen giftgrünen Cocktail mixen lassen. Ein Karo-Cocktail. Giorgios neuste Kreation und sein Abschiedsgeschenk für Karo.

Die Party hatte nach der letzten Vorstellung in der Film-Bar begonnen. Um Mitternacht hatte Marianne Menze als Geschäftsführerin eine kurze Rede gehalten, über Giorgios Verdienste und das Ende einer Ära. Denn künftig würde die Film-Bar nur noch bei besonderen Anlässen geöffnet sein. Bei Premierenfeiern, den monatlichen Jazz-Abenden und nächste Woche für die Hochzeitsfeier zweier Filmfans. Nach Mariannes Rede hatten sie die Film-Bar verlassen. Giorgio hatte die Schwingtüren ein letztes Mal abgeschlossen und den Schlüssel Berny übergeben. Ein bewegender Moment, besonders für Karo.

Sie würde nun niemanden mehr haben, der Vorzimmerdienste für ihr Büro leisten, sie mit Cappuccinos und Salzstangen versorgen und ihre Visitenkarten unter die Leute bringen würde.

Weitergefeiert hatten sie unten im Blauen Salon, der neuen Bar, die es gab, seit der Filmpalast nach der Restaurierung wiedereröffnet worden war. Die Glastüren zum Mezzo Mezzo hatten aufgestanden. Das Restaurant hatte köstliche Häppchen serviert. An die konnte Karo sich noch genau erinnern. Aber nachdem Hanns-Peter Hüster die an Giorgio gerichteten Grußworte von Pierce Brosnan verlesen hatte, verschwamm der Abend vor ihrem inneren Auge. Auf den fünften Karo-Cocktail hätte sie wohl verzichten sollen, aber sie war mit einem Mal von der fixen Idee beseelt gewesen, fünf Papierschirmchen als Trophäen mit nach Hause nehmen zu müssen. Solange sie ihr zu Hause noch hatte.

Immerhin war ihr Büro für ein weiteres Jahr gesichert. Zu einer nur geringfügig erhöhten Miete. Sie öffnete ein

Auge. Und schloss es wieder. Das blendende Weiß, in dem die Wände seit der Renovierung erstrahlten, waren nicht der richtige Anblick für jemandem mit einem Kater. Nur gut, dass die Einrichtung unverändert geblieben war. Auf den neuen Fußboden (vom Denkmalschutzbeauftragten abgesegnet) konnte Karo ohne Schmerzen gucken. Trotzdem klopfte es in ihrem Kopf. Nein. Es klopfte an der Tür.

»Ja?« Zu leise. Sie räusperte sich. »Herein.«

Lutz trat ein. Karo schloss die Augen. Sie halluzinierte. Immerhin war es eine nette Halluzination. Lutz war zu ihr zurückgekehrt. Er wollte ihr sagen, dass er alles wieder rückgängig machen wollte, angefangen bei seiner Hochzeit.

»Tag, Karo«, sagte Lutz. Nicht liebevoll.

Karo blinzelte. Seine Krawatte hatte ein ganz erstaunliches Muster. Doch keine Halluzination. Solch ein Muster würde ihr selbst nach billigem Sekt nicht einfallen. Und der von heute Nacht war erstklassig gewesen.

Die Tür fiel ins Schloss. Karo hielt sich ihren Kopf. »Nicht so laut. Bitte.«

Lutz setzte sich auf den Besucherstuhl. »Wir ermitteln wegen einer Vermisstenanzeige. Maren Krenz.«

»Frau Krenz ist weg?« Dann hatte sie sich also endlich aufgerafft. Gut.

»In ihrem Telefonverzeichnis taucht dein Name auf. Kannst du dir das erklären?«

»Ja. Ich habe mal für sie gearbeitet.«

»In welcher Eigenschaft?«

»Sie war eine Putzkundin.«

»Das habe ich befürchtet«, sagte Lutz. »Deshalb habe ich zugesehen, dass ich diese Befragung übernehme.«

»Wieso? Oh!« Karo setzte sich auf. »Du meinst . . .«

»Ja. Wenn rauskommt, dass du schwarz arbeitest, bist du dran. Das weißt du.«

Ihre Sachbearbeiterin vom Finanzamt erstand vor Karos innerem Auge. Der war es mal wieder ein Rätsel, wie

Karo von ihrem überaus mageren Gewinn der Detektei leben konnte. Erst kürzlich hatte sie bohrende Fragen nach nicht deklarierten Nebenverdiensten gestellt und angeboten, ihr eine Stelle als Lehrerin zu besorgen. Die wurden doch neuerdings dringend gesucht. Karo hatte dankend abgelehnt. Das Angebot war ein paar Jahre zu spät gekommen. Sie hatte sich an die freie Wildbahn gewöhnt.

Karo sah Lutz an. »Kein Problem. Ich werde einfach sagen, dass Frau Krenz mich als Privatdetektivin konsultiert hat.«

»Aber aus welchem Grund sollte das gewesen sein? Außerdem lenkst du damit einen Verdacht auf den Ehemann.«

»Schadet ihm gar nichts. Er ist ein aufgeblasener Langweiler. Und ist nicht der Ehemann ohnehin der Verdächtige Nummer eins, wenn seiner Frau etwas passiert?« Regel Nummer 11 b aus dem Kurs ‚In sechs Monaten zum erfolgreichen Privatdetektiv‘.

»Wie erklärst du dir, dass ihm dein Name nichts sagte?«

»Der Name der Putzfrau? Ich bitte dich. Mit solchen Trivialitäten gibt der sich doch nicht ab! Außerdem habe ich ihn nur zwei- oder dreimal zu Gesicht gekriegt. Das reichte auch. Lackaffe.«

»Hast du Grund zur Annahme, dass er seiner Ehefrau etwas angetan haben könnte?«

»Ich habe wirklich keine Ahnung.«

»Karo! Diesen Blick kenne ich. Du weißt was!«

»Ich weiß überhaupt nichts. Vielleicht ahne ich etwas. Das ist alles. Sie wird schon wieder auftauchen. Oder sich melden. Sie ist eine ganz Korrekte...« Karo legte ihre Hände auf den Magen. Merkwürdig. Sie sah Lutz an. Nichts.

»Was ist?«

»Nichts.« Überhaupt nichts! Kein Flattern im Magen. Keine sich im Bauch zusammenziehende Sehnsucht. Wie eigenartig. »Ich glaube tatsächlich, ich bin über dich hinweg.«

»Was? Oh. Na, ist ja auch höchste Zeit.« Sein Lächeln wirkte gezwungen. »Schön.«

Karo nickte. Höchste Zeit war es sicher. Aber war es auch schön? Sie hatte sich an das Gefühl gewöhnt. Sie würde es vermissen, irgendwie.

»Na gut.« Lutz klappte sein Notizbuch auf. „Am besten sagen wir, sie hat mal einen Termin mit dir ausgemacht, ist aber nicht gekommen. Und dass du keine Ahnung hast, was sie von dir wollte. Und? Hast du einen anderen?«

»Nein. Das Gefühl ist einfach . . . verpufft.« Nun guckte er gekränkt. Einen glutäugigen Rivalen hätte er wahrscheinlich besser wegstecken können.

»Wie geht es deinen Eltern? So, wie's aussieht, wird es ja noch eine Weile dauern, bis sie ins Haus zurück dürfen.«

Karo nickte. »Das Loch wird immer noch mit Zement aufgefüllt. Der Mann vom Bergamt meint, ein paar Monate wird die Evakuierung mindestens dauern. Der Tagesbruch ist ja fast so groß wie der in Wattenscheid vor ein paar Jahren. 350 Quadratmeter groß und 14 Meter tief. Mein Vater ist geradezu stolz darauf. Obwohl ihn der Verlust seines Autos schwer getroffen hat. Vor allem, da die Garage der Nachbarn, vier Meter weiter, nicht in der Versenkung verschwunden ist. Blöd ist, dass ich demnächst aus meiner Wohnung raus muss. Ich wollte erst mal mein altes Zimmer beziehen. Das geht jetzt natürlich nicht.«

»Und wo sind deine Eltern jetzt?«

»Ich habe sie in einer Villa in Bredeney untergebracht. Sie spielen Haussitter und fühlen sich pudelwohl. Hildegard meint, beim Friseur gelesen zu haben, dass einer der Aldis ganz in der Nähe wohnt. Nun hofft sie, ihm eines Tages über den Weg zu laufen. Sie hat da ein paar Vorschläge zum Sortiment von Aldi Nord.«

»Typisch Hildegard.« Lutz lächelte. Hildegard war seine Traum-Schwiegermutter geblieben, nachdem er Karo längst aus diesem Traum verabschiedet hatte.

Sie musste Moni anrufen. Die würde staunen. »Lutz, wenn das alles ist – ich muss ein paar dringende Telefonate erledigen.«

»Viel zu tun hier?«

»Mh. Ja. Geht so. Außerdem muss ich mich dringend um eine neue Wohnung kümmern. Ende nächsten Monats muss ich raus. Eigenbedarf. Meine Vermieterin hat sich bedauerlicherweise in einen Witwer mit vier Kindern verliebt.«

»Was ist denn mit dem kleinen Loft auf Zollverein, auf den du gespart hast?«

»Kann ich erstmal vergessen. Meine Eltern wollten mit dem Haus für meinen Kredit bürgen. Die Bank hat jetzt natürlich einen Rückzieher gemacht.«

»Pech.«

Karo zuckte mit den Schultern. »Ich suche jetzt was hier in der Innenstadt. Aber seit seit dem Artikel neulich im Ruhr-Journal sind noch mehr Leute auf die Idee gekommen. ,Der neue Trend: Ruhiges Wohnen im Zentrum von Kommerz und Kultur'. Vorgestern hat mir so ein Fuzzi eine Wohnung am Kopstadtplatz vor der Nase weggeschnappt. Hat mich einfach mit der Miete überboten.«

Jemand klopfte an die Tür. »Wenn das Kundschaft ist, Lutz . . .«

»Ja, ich geh schon. Überleg's dir noch mal. Wenn du eine Aussage machen willst –«

»Ja ja. Tschüss dann.«

Lutz und ein Mann mit Hut gaben sich die Klinke in die Hand. Karo presste die Finger ihrer rechten Hand gegen die pochende Schläfe. Den Typen kannte sie.

»Guten Tag.« Sonore Stimme. Gleich würde es ihr einfallen. Da war ein Kino-Zusammenhang. Ein Schauspieler?

»Sie erinnern sich?«

Karo nickte. Der schwarze Schlapphut. Es war noch nicht lange her. »Gleich fällt's mir wieder ein.« Er war nicht auf Giorgios Abschiedsparty gewesen. Auch nicht bei der Premierenfeier von –

»Die Passion Christi«, sagte er und nahm den Hut ab. »Der Diskussionsabend neulich.«

»Ah! Ja.« Da war sie doch gar nicht gewesen, oder?

»Sie wollten mich festnehmen.« Seine blauen Augen zwinkerten.

Oh je. Nun wusste sie's wieder. Er war dieser Pfarrer, den sie im Garderobengedrängel mit der Hand in der Manteltasche einer Frau erwischt hatte. Er hatte nicht ausgesehen wie ein Pfarrer und sie nicht wie seine Frau. Hatte sie ahnen können, dass er einen Niesanfall kommen spürte und nur auf der Suche nach einem Taschentuch gewesen war?

»Weshalb ich hier bin«, sagte er und setzte sich. »Wir brauchen Geld, wie Sie vielleicht wissen.«

Wer brauchte das nicht? Und nun wollte er Schmerzensgeld für den peinlichen Zwischenfall? Karo zog eine Schreibtischschublade auf und stellte die Metallkasse auf den Tisch.

Der Pfarrer winkte ab. »Es geht um große Summen. Zum Erhalt der Kreuzeskirche. Sie haben sicher in der Zeitung gelesen, dass der Bauverein gegründet wurde und –«

Kreuzeskirche! Innenstadt! Blick auf den Weberplatz. Das wäre vielleicht noch besser.

»Ach – äh, haben Sie in letzter Zeit Gemeindemitglieder verloren?«

Er schüttelte den Kopf. »Ganz im Gegenteil, auch bei uns ist eine Trendwende zu bemerken. Es werden erstaunlich viele Eintritte verzeich –«

»Ich meine Leute, die gestorben sind. Ich suche eine Wohnung.«

»Clever.« Er schmunzelte. »Aber Sie sind nicht die einzige, die auf diese Idee gekommen ist. Ich bin schon von zwei Maklerbüros angesprochen worden. Das Viertel ist im Kommen, keine Frage. Erst der Artikel im Ruhr-

Journal, und jetzt haben die NRZ und die WAZ das Thema aufgegriffen.«

»Also?«

Er zuckte mit den Schultern. Er würde es ihr nicht verraten.

»Aber . . .« Er kraulte sein Kinnbärtchen. »Sie bringen mich da auf einen Gedanken. Was halten Sie davon: Ich besorge Ihnen eine schöne, günstige Wohnung mitten im Altstadt-Viertel, und Sie verzichten auf Ihr Honorar.«

»Honorar wofür?«

Er beugte sich nach vorne, der Blick nun ernst. »Wie viele andere Gemeinden stecken wir in finanziellen Schwierigkeiten. Radikale Schnitte sind nötig. Kindergärten werden geschlossen. Die City-Pfarrstelle wird aufgegeben. Der Kollege in der Marktkirche wurde gebeten, sich eine neue Stelle zu suchen. Dazu kommt bei uns, dass für den Erhalt der Kreuzeskirche erhebliche Summen investiert werden müssen. Die Gemeinde ist mit den Erhaltungskosten überfordert. Deshalb wurde ja auch der Bauverein gegründet. Die Kirche steht unter Denkmalschutz. In die Restaurierung sind schon öffentliche Gelder geflossen. Das Land hat viel investiert. Auch die Stadt Essen hat sich engagiert. Geld hat sie ja selbst nicht. Trotzdem bleibt die Lage kritisch. Ein paar Ommas in unserer Gemeinde haben sogar angefangen, Lotto zu spielen.«

Karo lächelte. Ihr Kater war eindeutig auf dem Rückzug.

»Will sagen: Wir brauchen Geld für den Bauverein. Viel Geld. Und es würde mir nicht leicht fallen, eine Spende von vierzigtausend Euro abzulehnen, verstehen Sie?«

Karo nickte. Und wie sie das verstand.

»Wenn mir wohlhabende Gemeindemitglieder einen Scheck überreichen, stelle ich keine Fragen. Sie bekommen eine Spendenquittung und fertig. Wenn mir ein paar Jungs aus dem Viertel - bei uns gibt's ja auch ein paar halbseidene Gestalten - wenn die mir Bares in den Kasten schmeißen, freue ich mich und bohre nicht weiter nach. Ich weiß, wo es herkommt, aber ich weiß auch, wie's gemeint ist. Das mache ich zwischen mir und Gott aus.«

Hah. Und sie musste sich mit dem Finanzamt rumschlagen!

»Aber wenn mir eine ehrbare Witwe mit einer kleinen Postbeamtenpension plötzlich vierzigtausend Euro für den Bauverein überweist, dann stelle ich Fragen. Auf die ich bisher keine befriedigende Antwort bekam. Aber den deutlichen Eindruck, dass mehr dahinter steckt. Was genau, das will ich von Ihnen wissen.«

»Sie glauben, sie hat es irgendwo geklaut?«

»Ich kann mir nicht vorstellen, wo. Doch die Kirche bedeutet ihr viel. Und an der Kreuzeskirche hängt sie besonders. Sie hat darin geheiratet. Ihr verstorbener Sohn wurde bei uns getauft und konfirmiert. Sie hat sich immer in der Gemeinde engagiert. Ich will sie nicht vor den Kopf stoßen, indem ich das Geld einfach ablehne. Aber ich will wissen, wie sie drangekommen ist. Auch um ihretwillen.«

»Okay.« Karo zog ihren Block heran. »Die Wohnung möglichst mit Balkon. Aber vielleicht hat sie's ja im Lotto gewonnen?«

Der Pfarrer schüttelte den Kopf. »Sie spielt nicht. Außerdem hätte sie es mir dann ja sagen können, oder? Sie sagte aber nur, ,Ich habe es einfach bekommen', und hatte dabei den starren Blick eines fünfjährigen Kindes, das sich haarscharf an einer Lüge vorbeibewegt.«

»Hm. Name? Adresse? Hobbys? Alter, Aussehen?«

»Margarethe Wachowiak, dreiundsechzig. Sie wohnt in der Kastanienallee. Hier ist ein Foto. Die zweite von rechts, das ist sie. Auf dem Pfarrfest letztes Jahr, am Handarbeitsstand.«

»Hm.« Mittelgroß, stabil, resoluter Blick. Das graue Haar hochgesteckt. Sie sah harmlos aus. Verdächtig harmlos?

»Ich könnte Sie als neues Gemeindemitglied einführen. So kämen Sie schnell an sie heran.«

»Gute Idee! Hätte glatt von mir sein können.«

Er lächelte. »Schließlich schreibe ich Krimis. Da ist mir die Denkweise nicht ganz fremd. Zumindest in der Theorie.«

Genau! Er war dieser krimischreibende Pfarrer.

»Und das bringt mich zum nächsten Punkt. In drei Wochen gehe ich nach Rom. Bis dahin müsste die Angelegenheit geklärt sein.«

»Unbedingt.« Karo nickte. »Spätestens.« Bis dahin brauchte sie die Wohnung, wenn sie nicht auf der Straße stehen wollte. Oder auf einer Luftmatratze im Büro übernachten. Sie konnte kaum zu ihren Eltern in die Villa ziehen. »Rom? Was wird dann aus Ihrer Frau?«

»Keine Sorge. Meine Familie nehme ich mit.«

Das ging? »Aber ich dachte, der Papst –«

»Ich konvertiere nicht. Ich werde beurlaubt. Es geht um meinen nächsten Roman. Ein historischer Krimi, der zum großen Teil im Vatikan spielt. Geheimnisvolle Beerdigungen auf dem deutschen Friedhof im Vatikan. Dafür muss ich umfangreiche Recherchen durchführen.«

»Ein deutscher Friedhof?«

„Ja. Wenn Sie mal in den Vatikan wollen, müssen Sie zu der Schweizer Garde nur ‚Campo Santo Teutonico' sagen und man lässt Sie sofort durch.«

»Ich werd's mir merken.« Für den unwahrscheinlichen Fall, dass sie mal einen flüchtigen Priester bis nach Rom verfolgen müsste. Obwohl, man konnte nie wissen. Und vielleicht könnte es zögernde Kunden positiv beeinflussen, wenn sie, so ganz nebenbei, fallen ließe, dass sie das Passwort zum Vatikan besaß. Wahrscheinlich war sie die einzige Detektivin im Ruhrgebiet, die es kannte. Oder gar in ganz Deutschland, wenn nicht in . . .

»Frau Rutkowsky . . .?«

Oh. »Ja. Alles klar. Woher hat sie die vierzigtausend. Und ich bin ein neues Gemeindemitglied.«

»Richtig. Leider ist Frau Wachowiak nicht mehr im Chor,

sonst wäre das eine einfache Methode gewesen, ihr näher zu kommen.«

Karo räusperte sich und bemühte sich um einen neutralen Gesichtsausdruck. Sie sang zwar gerne, am liebsten im Auto vor roten Ampeln oder wenn der Staubsauger auf Hochtouren lief, aber Chormaterial würde sie nie sein. »Nicht mehr im Chor . . . Das ist ja schade.«

»Aber sie ist eine der Säulen des Handarbeitszirkels. Können Sie eine Handar-«

»Überlassen Sie alles mir«, sagte Karo. Sie hatte plötzlich den Geruch des Klassenzimmers in der Nase. Nach Kreide, Staub und Sonne durch die Fensterscheiben. Ihre Handarbeitslehrerin, Frau Witpoth, war geduldig gewesen, hatte Karo aber schließlich zur Vorleserin ernannt.

»Ich werde schon einen Weg finden.« Die Stunde des Gipsarms hatte geschlagen. Echter Stasi-Gips, mit einer cleveren Reißverschlusskonstruktion. Damit war handarbeiten unmöglich. Hoffentlich war er nicht zu eingestaubt. Na, sonst würde sie ihn anmalen. Türkisblau, wie die neuen Gummihandschuhe. »Machen Sie sich keine Sorgen. Wird schon klappen. Äh . . . kommt das denn gut an bei Ihrer Gemeinde, wenn Sie sich in dieser kritischen Situation einfach aus dem Staub machen?«

Er grinste. »Ach, die können mich gar nicht schnell genug loswerden. Kaum hatte das Presbyterium von dem Vorschuss gehört, den ich erhalten soll, sobald ich die ersten drei Kapitel abliefere, waren die schon an der Leitung, um den Kirchenkreis von der Beurlaubung zu überzeugen.«

»Aber wieso -«

»Ich mache fifty-fifty mit dem Bauverein.«

»Wow!«

»Na ja, ich habe eine große Familie, sonst . . . aber selbst der Superintendent fand das mehr als fair, wie er sagte. Und bei den Filmrechten machen wir es genauso.«

»Sie glauben, Ihr Roman wird verfilmt?«

Er nickte. »Die Produzenten von ‚Luther' haben schon Interesse angemeldet.«

Und sie hatte auf ihr Honorar verzichtet? Die Wohnung würde es hoffentlich wert sein. Vielleicht könnte sie zusammen mit dem Wohnungsschlüssel eine Spendenquittung erhalten. Über ein paar hundert Euro. Oder gar tausend, je nachdem, wie lange sie für den Job brauchen würde. Ihre Finanzbeamtin würde vom Hocker fallen. Karo lächelte. Außerdem war der Kater weg. Das Licht schmerzte nicht mehr. Sie lächelte breiter.

»Ja, wir haben uns auch gefreut.«

»Und wer macht dann Ihren Job hier?«

»Das ist zum Glück kein Problem. Es haben sich sofort zwei Kollegen gemeldet, die gerne mal wieder in die Praxis einsteigen würden. Beide waren in den letzten zwei, drei Jahren mit anderen Aufgaben betraut. Einer ist auch Architekt, ein Spezialist für alte Kirchengebäude; der andere hat soeben ein Gutachten über Homosexualität und Kirche fertiggestellt: ‚Ist schwul cool? Homosexuelle Pfarrer und Akzeptanzveränderung in Gemeinden'. Über den Titel wird noch verhandelt.« Der Pfarrer stand auf. »Der Handarbeitszirkel trifft sich täglich von drei bis sieben. Bevor die Krise so akut wurde, kamen sie nur einmal die Woche zusammen. Aber jetzt stricken, häkeln, sticken sie, was das Zeug hält. Ich fürchte nur, das wird uns auch nicht aus dem Sumpf ziehen. Soll ich Sie morgen dort einführen?«

»Ich rufe Sie morgen früh an. Vielleicht fällt mir noch ein anderer Ansatz ein.« Einer, in dem sie ohne den Einsatz von Nadel und Faden auskam. Beziehungsweise ohne den Gipsarm.

Kaum hatte der Pfarrer die Tür hinter sich geschlossen, rief sie Giorgios Anrufbeantworter an. »1a Kater-Trank, den du mir da vor die Tür gestellt hast, Schorschi! Lass das Rezept hier, ja? Gib es den Jungs im Blauen Salon. Ciao. Hab 'nen neuen Fall.«

Sie wählte Monis Nummer an der Informationstheke der Stadtbibliothek. »Moni? Ich bin's. Ich bin über Lutz weg! Er war vorhin hier und – nichts! Kannst du reden? Was sagst du dazu?«

»Heh-heh-heh!«, rief Moni. »Hast du's endlich auch gemerkt! Ich hab's schon länger vermutet. Ist ja auch höchste Zeit!«

»Kann schon sein, aber woran hast du's –«

»Na, als ich dir neulich erzählte, dass Dodo Dittmann Lutz und seine Frau im ‚Domino' gesehen hat, hast du dich überhaupt nicht verfärbt.«

»Hm.«

»Nicht mal, als ich hinzufügte, dass sie gesehen hat, wie er ihr Billardspiel lobte.«

Dodo arbeitete mit Gehörlosen und konnte von den Lippen ablesen. Bisher hatte sie sich nicht überreden lassen, Karo diese für eine Privatdetektivin wie geschaffene Fähigkeit gegen eine kleine Gebühr beizubringen. Sie wollte kein Geld dafür, sondern während der nächsten Sommerferien, wenn sie ihre Katze nicht auf deren Spaziergängen durch Holsterhausen begleiten konnte, Karo als Bodyguard für Prinzessin. Ein Fall, den sie definitiv nicht übernehmen würde. Ziemlich definitiv jedenfalls.

»Karo, übrigens, heute früh hat jemand meine Boje-Bücher-Sammlung ersteigert! Damit bin ich bei siebenundzwanzig Gästen angelangt. Gut, nicht?«

»Mensch, Moni! Wie kannst du mich jetzt an deine Abschiedsfeier erinnern, wo mir noch die von Giorgio in den Knochen steckt.«

»Ach, stell dich nicht so an. Inzwischen musst du dich an den Gedanken doch gewöhnt haben. Außerdem freust du dich für mich. Nach all den Jahren endlich meine eigene Bibliothek! Und eine feste Stelle!«

Natürlich freute sie sich für Moni. Aber musste die Bibliothek auf einem Kreuzfahrtschiff sein? In weniger als zwei Monaten würde Moni ihre Stelle antreten. Im Hafen von New York. Mit Kurs auf die Karibik. Zur Zeit war Moni dabei, ihre Besitztümer bei eBay zu versteigern. Mit dem Erlös wollte sie ihr Abschiedsessen im Casino auf Zollverein finanzieren. Mit den Verkäufen stieg die Gästezahl. Karos Dessert stand schon fest: Dreierlei Crème Caramel, serviert in Mokkatassen. Sie konnte nicht genug davon kriegen.

»Hoffentlich nehmen sie die Crème Caramel bis dahin nicht vom Menü.«

»Karo!«, kreischte Moni. »Du bist unglaublich.«

Seit sie ihren Zeitvertrag bei der Stadtbibliothek gekündigt hatte, waren Monis Hemmungen, während ihrer Dienstzeit mit Karo zu telefonieren, erheblich geschrumpft. Und vielleicht nicht nur die . . .

»Moni, ich hab da einen neuen Fall. Ich brauche dafür Infos über eine Margarethe Wachowiak. Könntest du nicht mal nachsehen, ob sie Leserin bei euch ist und was sie so ausgeliehen hat?«

»Wirklich, Karo! Du weißt, dass ich das nicht tun kann. Datenschutz. Gedankenfreiheit. Schutz der Privatsphäre. Was Leute lesen, ist ihre Sache. Das geht niemanden etwas an. Dass du immer wieder damit anfängst! Wir haben unseren Berufsethos. Lieber ginge ich ins Gefängnis, als – «

»Ja, ja. Aber wenn sie nun ein Buch über das Basteln von Bomben ausgeliehen hätte?«

Karo hörte, wie Moni etwas in den Computer tippte.

»Wenn es dich beruhigt, Karo: Sie hat keine Bücher mit auch nur im entferntesten kriminellen Inhalten ausgeliehen.«

»Aber – «

»Nix. Bleibt es dabei? Morgen abend um sieben im Café Central?«

»Klar. Bis dann, Moni.« Karo kippte den Rest des Katermittels runter und legte die Beine auf den Schreibtisch. Besser wäre es, sie müsste in diesem Handarbeitszirkel nicht als willige Teilnehmerin auftauchen. Sie brauchte einen anderen Ansatz. Das Geld. Frau Wachowiak hatte es überwiesen. Wo hatte sie ihr Konto? Sie hätte den Pfarrer fragen sollen. In zwei Essener Geldinstituten hatte sie ... hm, Kontaktleute. Die entgegenkommender waren als zum Beispiel Moni. Es könnte aufschlussreich sein, zu wissen, wie das Geld auf Frau Wachowiaks Konto gelangt war. Hatte sie den ganzen Haufen bar eingezahlt? Wann? Oder hatte es da regelmäßige Überweisungen gegeben? Erpresste sie jemanden für diesen guten Zweck?

Karo streckte einen Arm nach dem Telefon aus, als es klingelte.

Es war der Pfarrer. »Ich traf gerade zufällig ein Mitglied des Handarbeitszirkels. Nicht Frau Wachowiak, aber ich dachte, ich deute schon mal an, dass es da ein künftiges Gemeindemitglied gibt, das gerne teilnehmen würde.«

Karo verdrehte die Augen.

»So, wie's ausschaut, wollen die Damen niemand Neues in ihren Kreis aufnehmen. Tut mir leid. Sie war recht vehement.«

»Kein Problem.« Eigentlich eine Unverschämtheit, sie einfach abzulehnen, noch bevor man sie kennengelernt hatte. Wo sie eine Meisterstickerin sein könnte oder ein As im Quilten. »Können Sie sich erinnern, welche Bank oder Sparkasse Frau Wachowiak benutzt?«

Er konnte. Karo grinste. Wollte da oben jemand, dass sie die Wohnung bekam?

Und ihr Glück hielt an. Herr Schmitt war weder in der Mittagspause noch in den Ferien, sondern nahm nach dem zweiten Klingeln das Telefon ab.

Wie erwartet, freute er sich mächtig, als Karo sich meldete. Für ihn hieß das: Ein Besuch der Schwarzen Hetta stand ihm ins Haus. Vor seinem Gewissen begründete er seine Indiskretion damit, dass er durch Karo der Gerechtigkeit diente. Der wahre Grund war, dass es voraussichtlich Jahre dauern würde, bis er auf Hettas Warteliste weit genug nach oben gerückt sein würde, um sie fest buchen zu können. Ihre Fähigkeiten beim Putzen wie ihre Formen als Frau sorgten dafür, dass sie Kunden nur durch Umzug, Tod oder plötzliche Eheschließung verlor. So musste Schmitt sich bis auf weiteres mit seltenen Besuchen der Nacktputzfrau abfinden. Sie fanden statt, wenn einer ihrer festen Kunden in Urlaub war oder wenn er Karo einen Gefallen getan hatte. Karos Seite des Deals mit Hetta war, dass sie deren potentielle Kunden auf Seriosität überprüfte.

»Margarethe Wachowiak«, sagte Karo. »Sie hat kürzlich vierzigtausend auf das Konto des Bauvereins der Kreuzeskirche überwiesen. Mich interessiert, wie und woher das Geld auf ihrem Konto gelandet ist.«

»Okey-dokey!« Der Jubel in Herrn Schmitts Stimme war nicht zu überhören. »Bleiben Sie dran.«

Karo musste anderthalb Durchläufe der Wartemusik (‚Money Money Money' von Abba) ertragen, bevor er sich zurückmeldete.

»Also . . . das Geld wurde in den letzten sieben Monaten in monatlichen Überweisungen auf ihr Konto übertragen. Die Summen wuchsen mit jedem Monat. Sie bekommt es von einer dieser Firmen, die Null-Hundertneunziger-Nummern vermieten. Sie heißt Eins-Neun-Null-Service GmbH und sitzt . . . warten Sie . . . ja, in Gelsenkirchen-Buer-Erle. Wollen Sie auch Frau Wachowiaks Nummer?«

»Die Null-Hundertneunziger? Na klar!« Karo notierte sie.

Gab Frau Wachowiak kostenpflichtige Handarbeitstipps am Telefon? War es möglich, dass eine solche Nachfrage danach bestand, dass innerhalb eines guten halben Jahres derartige Beträge zusammenkamen? Und wenn, hätte sie es dem Pfarrer nicht gestehen können?

»Darf ich noch fragen, wie es Hetta geht, Frau Rutkowsky?«

»Prächtig, Herr Schmitt, ganz prächtig. Sie ruft Sie innerhalb der nächsten Tage an, um einen Termin auszumachen, ja?«

»Danke!«, sagte Herr Schmitt innig. »Vielen Dank!«

»Ach was. Ich danke Ihnen.«

»Da nicht für, Frau Rutkowsky, da nicht für. Jederzeit. Auf Wiederhören.«

Karo überlegte sich Fragen für die Handarbeitsexpertin. Welche Wolle ist die beste für handgestrickte Priestersocken? Und: Wo findet man eine Häkelanleitung für Scheuertücher?, war alles, was ihr auf die Schnelle einfiel. Sie wählte die Nummer und hoffte, die Minutengebühr würde sie nicht ruinieren. Sie würde sich ganz kurz fassen.

Es klingelte eine Weile, dann klickte es. Das war alles. Karo versuchte es dreimal. Ob diese Fehlversuche sie schon etwas gekostet hatten?

Von der Auskunft (noch ein teurer Anruf!) ließ sie sich die Nummer der Firma in Buer-Erle geben. Dort wurde nach dem ersten Klingeln aufgenommen, sehr effizient. Freundlich war man auch.

»Einen Augenblick, ich überprüfe die Nummer eben. Mh . . . nein, sie funktioniert. Zur Zeit ist allerdings nur die Hinweistafel zu sehen: ,Die Übertragung des Handarbeitszirkels beginnt um 15 Uhr'. Sind Sie sicher, dass Ihr Computer in Ordnung ist? Haben Sie die Leitung überprüft?«

Computer? Oh! »Öhm . . . ja, kann sein, dass der Stecker nicht richtig steckt. Da hab ich nicht dran gedacht. Dankeschön. Wiederhören.«

Online-Strickkurse! Oder Häkel- oder Stick- . . . Ganz schön up to date, die Damen. Ob sie die Einnahmen am Finanzamt vorbeischmuggelten und deshalb keine Fremde in ihrer Gruppe wünschten? Das würde erklären, warum sie den Pfarrer nicht einweihten. Vermutlich waren sie nicht sicher, ob er dies noch zwischen sich und Gott ausmachen könnte oder ob er sich gezwungen sähe, sie ans Finanzamt zu verpfeifen. Hm . . . wenn handarbeiten so ergiebig war, sollte sie vielleicht doch mal einen Kurs belegen. Aber vorher musste sie herausfinden, welche Disziplin am lukrativsten war. Hoffentlich nicht Spitzenklöppelei. Eine strickende Detektivin mochte ja noch angehen. Außerdem ließen sich die Nadeln im Notfall als Waffen verwenden und waren deshalb wahrscheinlich sogar steuerlich absetzbar. Aber Klöppeln? Niemals!

Das Telefon klingelte. »Detektivbüro Karola Rutkowsky, guten –«

»Hier Maren Krenz. Hallo, Frau Rutkowsky.«

»Frau Krenz! Wie geht es Ihnen? Wo sind Sie? Ihr Mann hat eine Vermisstenanzeige aufgegeben!«

»Ja, ich dachte mir, dass er allmählich unruhig wird. Deshalb rufe ich an. Würden Sie ihm ausrichten, dass es mir gut geht. Niemand soll nach mir suchen. Ich melde mich in vier bis sechs Wochen wieder, wenn ich mich entschieden habe.«

»Ob Sie ihn verlassen wollen?«

»Ob ich Diakonisse werde oder eine Hundepension eröffne. Im Hochsauerlandkreis. Verlassen werde ich ihn so oder so. Ich bin in Kaiserswerth. Verraten Sie's aber niemandem. Ein Zwanziger ist an Sie unterwegs. Für Ihre Mühe. Tun Sie's?«

»Kein Problem.« Diakonisse! Kleidsame Tracht. »Alles Gute.« Karo sprach Herrn Krenz die Nachricht auf den Anrufbeantworter und ging runter in Mariannes Büro. Die war unterwegs zu einem Termin bei der Filmförderung in Düsseldorf und hatte sicher nichts dagegen, dass Karo mal kurz ihren Computer benutzte.

‚Die Übertragung des Handarbeitszirkels beginnt um 15 Uhr' stand auf dem Bildschirm, handgestickt auf graublauem Untergrund. Die Schrift umkränzt von Vergissmeinnicht und gelben Rosen. Karo sah auf die Uhr. Reichlich Zeit für ein Nickerchen. Sie zog ihre Schuhe aus und machte es sich auf dem Sofa bequem. Von der Kettwiger Straße klangen Geräusche gedämpft in den Raum und lullten sie in den Schlaf.

Als Karo erwachte, fühlte sie sich erfrischt. Und auf ihren inneren Wecker war wirklich Verlass. So ungefähr jedenfalls. Es war zwanzig nach drei. Sie nahm ihre Schuhe rüber zum Schreibtisch und rief die Handarbeitsseite auf. Das Pausenschild war verschwunden. Man sah nun sechs . . . sieben . . . ja, acht Frauen um einen großen Tisch sitzen und handarbeiten. Sie strickten, häkelten, stickten und nähten. Keine Klöppelarbeit in Sicht. Der Tisch war mit geblümten Tassen und Kuchentellern gedeckt. Ein puderzuckerüberstäubter Gugelhupf war angeschnitten. Daneben ein Korb mit flauschiger Wolle, ein bunter Blumenstrauß, ein Teller mit aufeinandergetürmten Windbeuteln. Der gemütliche, emsige und normale Eindruck wurde lediglich durch die Tatsache gestört, dass die Damen große Sonnenbrillen und breitrandige Hüte trugen und keine von ihnen bekleidet zu sein schien. Karo beugte sich vor. Nein: Manche trugen Schmuck. Die mit der doppelten Perlenkette könnte Frau Wachowiak sein.

»Noch etwas Kaffee?«, fragte die Jüngste in der Runde und stand auf. Hut und Brille erinnerten an die von Audrey Hepburn in ‚Frühstück bei Tiffany'. Die Figur hatte mehr von Marilyn in ihrer üppigen Phase. Nicht übel.

»Ja, gerne. Halbvoll.« Eine Mitfünfzigerin mit Gauloisegefärbter Stimme hielt ihre Tasse hoch. Ein kurzer Blick auf eine passable Busenhälfte, dann verbarg der Wollkorb wieder die Sicht.

Eine Schmalgesichtige mit dunkelrot lackierten Fingernägeln nahm einen Windbeutel. Noch zwei Windbeutel und ihr Dekolleté beziehungsweise der Blick darauf würde mehr als großzügig ausfallen. Sie biss langsam und genüsslich in die Haube und leckte an der blassrosa Sahnefüllung. »Mh . . .«, sagte sie. »Mh-mh . . .!«

Karo lief das Wasser im Munde zusammen.

»Ein neues Rezept«, sagte die, die vielleicht Frau Wachowiak war, und beschrieb in allen Einzelheiten die Komposition der Füllung, in der pürierte Mango, Mascarpone

99

und Erdbeeren eine Rolle spielten. Dabei senkte sie einige Male ihre Stickarbeit und man erhaschte jeweils kurz einen Blick auf ein großes Muttermal neben ihrer linken Brustwarze. »Es stand neulich in der Brigitte.«

»Auf deren Rezepte ist immer Verlass.« Die rundliche Kurze mit einem schwarzen Ascot-reifen Hut schob den Stuhl nach hinten und schlug ihre Beine übereinander. Sie trug hochhackige Goldsandaletten und strickte. Die Kamera erfasste sie im Profil. Die üppigen Oberschenkel waren gut zu sehen. Busen und Bauch wurden von den erhobenen Armen und dem werdenden Pullover verborgen. Bisher jedenfalls.

»Alles klar«, murmelte Karo. Da hatte sich ganz offensichtlich jemand von dem Film Kalender Girls inspirieren lassen. Während die Frauen in Yorkshire den Erlös ihres damenhaften Nackt-Kalenders einem Krankenhaus gespendet hatten, floss das Geld, das diese Live-Aufnahmen einbrachten, in den Fond des Bauvereins. Wie würde der Pfarrer dazu stehen?

Karo bewegte die Maustaste, um sich abzumelden, als die mit dem Tiffany-Hut sagte: »Im Radio habe ich heute morgen gehört, wie man wahnsinnig viel Benzin sparen kann.« Karo hielt inne. Benzinspartipps konnte sie dringend brauchen. »Man muss einfach mehr Luft in die Autoreifen füllen, als vom Autohersteller empfohlen.«

»Wirklich?«, sagte Karo.

»Das ist schon alles?«, rief die Häkelnde. »Mach ich nachher sofort.«

»Ich auch«, sagte Karo. Sie hörte dem Geplauder noch eine Weile zu, ehe sie sich zum Abschalten zwang. Zwanzig Minuten! Und schon hatte sie mehr als ein Scherflein zum Fond des Bauvereins beigetragen.

Sie rief den Pfarrer an. »Ich habe herausgefunden, woher das Geld kommt.«

»So schnell! Und? Können wir es behalten?«

»Tja. Ich finde schon. Es ist vielleicht etwas delikat.«

»Delikat? Dann sollten wir es lieber nicht am Telefon besprechen. Passt Ihnen siebzehn Uhr? Jetzt muss ich zum Bahnhof, einen meiner potentiellen Vertreter abholen. Er will sich in der Gemeinde mal umschauen.«

»Okay. Um fünf unten in der Bar? Bringen Sie mir schon 'ne Wohnung mit?«

»Ich bin Pfarrer und kein D-Zug. Fassen Sie sich in Geduld und vertrauen Sie auf Gott.«

Karo hörte ihn grinsen. Fünf Uhr. Sie würde die Zeit nutzen, um ein paar Belege zu ordnen und abzuheften.

An ihrer Bürotür klebte eine Tüte Salmiakpastillen. Sie riss sie ab. Auf der Rückseite ein Zettel. »Tschüss, caro, Karo!« Von Giorgio. Drückte sich vor einem möglicherweise tränenreichen Abschied, dieser Feigling. Karo änderte ihren Kurs und stieß die Tür auf, die auf den Balkon des Kinosaals führte.

»Slow down, woman«, sang Cassandra Wilson.

Karo nickte. Sie ließ sich in einen Kinosessel sinken. Vor jeder Premiere gab es einen Probelauf. Morgen würde Wim Wenders seinen neusten Film vorstellen, ,The Soul of a Man'.

Karo leckte über ihren rechten Handrücken und klebte aus den Pastillen ein großes Karo darauf. Sie würde Schorschi wirklich vermissen . . . aber eine neue Wohnung hatte sie so gut wie sicher . . .

Karo schreckte auf. Sie war eingeschlafen. Zehn nach fünf! Sie überließ 148 Gramm verstreuter Salmiakpastillen ihrem Schicksal.

Im Blauen Salon war es noch nicht voll. Sie entdeckte den Pfarrer neben einem gut aussehenden Mann um die Vierzig auf einem der Ledersofas.

Beide erhoben sich, als Karo näher kam. »'tschuldigung«, sagte sie. »Ich bin . . . ich war beschäftigt.«

»Macht nichts«, sagte der Pfarrer. »Ich habe meinen Kollegen gleich mitgebracht.«

»Thomas«, sagte der und hielt Karo die Hand hin. »Ich

habe ihn derweil mit meinem letzten Gutachten gelangweilt.«

Angenehme Stimme. Und verdammt gut aussehend. Obwohl sie ja nicht so auf Blonde stand. Machte in diesem Fall ja auch nichts. Na ja, dunkelblond, eigentlich. Man könnte fast hellbraun sagen.

»Karo«, sagte sie und schüttelte ihm die Hand. Sie hatte damit ja kein Problem, aber was würden die Damen vom Handarbeitszirkel sagen, wenn er alle gleich duzte? War das bei schwulen Pfarrern so üblich? Er ließ ihre Hand mehr als schnell wieder los. Stand wohl nicht so auf Körperkontakt mit Frauen. Na ja.

Er schmunzelte. Karo folgte seinem Blick. Die Salmiakpastillen! Karo pulte sie rasch ab und ließ sie in ihrer Hosentasche verschwinden.

»Tja", sagte sie. „Setzen wir uns doch. Also, der Fall. Ich kann offen sprechen?«

Ihr Auftraggeber nickte. »Er soll gleich wissen, welches Wespennest ihn hier erwartet.«

»Nun gut.« Karo berichtete.

»Du kriegst die Tür nicht zu! Meine Frau Wachowiak? Unser Strickzirkel?«

Karo nickte. »Und, werden Sie das Geld akzeptieren?«

Thomas winkte dem Barkeeper. »Ich glaube, jetzt braucht er erstmal einen Schnaps.«

Na, zumindest schien er mehr amüsiert als schockiert. Er sagte: »Das war schnelle Arbeit. Ich bin beeindruckt. Ich hatte noch nie eine Privatdetektivin in der Gemeinde.«

»Und ich noch nie einen schwulen Pfarrer«, sagte Karo, ehe sie sich bremsen konnte.

Er hob seine Brauen.

»Nicht, dass ich was dagegen hätte, Thomas«, fügte sie eilig hinzu. Überhaupt nicht. Obwohl sie es zunehmend bedauerte, blonde Haare hin oder her. Andererseits konnte man mit Schwulen wunderbar befreundet sein. Ohne

Komplikationen. Vielleicht sogar, wenn er Pfarrer war.

»Tut mir leid, ich bin nicht schwul«, sagte er und grinste.

»Nicht?« Karo spürte, wie sie rot wurde. »Aber . . . aber ich dachte . . .«

»Er ist der Architekt, Frau Rutkowsky. Und Thomas ist sein Nachname.«

»Oh.« Sie sah ihm in die Augen. Blau-grau. Überhaupt nicht ihr Typ. Sie versuchte, Johnny Depp heraufzubeschwören. Oder wenigstens Robert Downey Jr.

Keinesfalls würde sie sich in einen Pfarrer verlieben. Niemals. Sie schielte unauffällig nach seinem Ringfinger.

Er hielt die Hand hoch. »Ich lebe getrennt. Meine Frau hat mich verlassen.«

»Ach? Ich meine . . . oh. Tut mir leid.«

»Für unsere Organistin. Vor zwei Jahren.«

»Oh.«

»Ja. Die Kinder hat sie mitgenommen.«

Gott sei Dank.

»Sie verbringen jedes zweite Wochenende bei mir. Das klappt ganz gut. Aber der Präses meinte damals, wir sollten nicht in der selben Gemeinde bleiben. Es war für die Gemeindemitglieder etwas verwirrend.«

»Wie viele sind es?«

»Gemeindemitglieder?«

»Kinder.«

»Drei.«

»Wie nett.« Karo brachte es gerade über die Lippen. Sie fühlte sich klaustrophobisch. Fliehe, wer noch fliehen kann. Sie erhob sich und streckte ihre Hand aus. »Ich muss nun leider gehen. Auf Wiedersehen. Ich meine . . . Alles Gute.«

Er stand auf und nahm ihre Hand. Er hielt sie fest. »Ich würde Sie gerne einmal zu Essen einladen. Heute abend. Oder morgen. Hätten Sie Zeit? Und Lust?«

Karo nickte.

Hatte sie nicht den Kopf schütteln wollen?

»Zeit? Klar. Und auch Lust! Lust zum Essen, meine ich. Ich meine . . . heute abend ginge. Warum nicht.«

Der Mensch muss schließlich essen.

Ein Pfarrer. Oh Gott. Was würde Moni dazu sagen?

Privatissima in Wesel

Er blieb einen Moment auf der Bettkante sitzen, stand auf und begann sich zu recken.

»Verdammter Mist!« Er ließ sich zurück aufs Bett fallen. »Da starrt ein Kerl zu uns rüber, Karo! Mit einem Fernglas. Scheißkerl. Und das vor dem Frühstück.«

»Woraus schließt du, dass er noch nicht gefrüh–«

»Ich rede von meinem Frühstück.« Er sah sich um. „Wo sind meine . . .«

»Im Wohnzimmer.« Auf dem Sofa, auf dem Fußboden. Und hing nicht eine Socke im Kronleuchter? Karo lächelte.

»Natürlich . . .« Er warf Karo einen langen tiefen Blick zu. ». . . ich erinnere mich.« Ihr wurde warm.

»Gib mir dein Nachthemd.«

»Aber Herr Pfarrer!« Karo klimperte mit den Augenlidern.

Er grinste. »Her damit. Ich werde einen Deubel tun und nackt durch die Wohnung rennen, wenn die halbe Gemeinde zusieht.«

»Übertreib nicht. Und vielleicht ist er ja katholisch.«

»Egal.« Er streckte seine Hand aus.

»Na gut.« Karo zog sich das kurze weite Hemd über den Kopf. »Bitte. Und nun sei froh, dass ich keine durchsichtigen Negligees trage. Jedenfalls möchte ich künftig keine abfälligen Bemerkungen mehr über mein Lieblingsnachthemd hören, ist das klar?«

»Hm!« Er zog sich das Teil im Stil einer überdimensionierten Damenbluse über den Kopf und tapste barfuß aus dem Schlafzimmer.

»Du siehst zum Anbeißen aus«, rief Karo ihm hinterher. »Und hat es nicht sogar etwas von einem Talar?« Einem sehr, sehr kurzen Talar zugegebenermaßen.

»Die sind – zum Glück! – nicht aus türkisfarbenem Flanell.«

Wohl wahr. Ganz zu schweigen von den tanzenden Pinguinen. Karo rollte sich auf den Bauch und sah auf den Wecker. Sieben Uhr. Ihre Mutter würde bereits auf sein, auch wenn sie erst am späten Abend von ihrem Berlin-Wochenende zurückgekommen war. Karo nahm den Hörer, gähnte und wählte.

»Ahhhh . . . 'tschuldigung. Guten Morgen, Hildegard! Ich bin's. Na, wie war's in der Hauptstadt?«

»Karola! Ist was passiert?«

»Nein. Eine Beerdigung um neun.«

»Oh . . . er ist . . . er hat also bei dir . . .«

»Genau. Und deshalb rufe ich an.«

»Oh? Also, Karola, da möchte ich mich lieber nicht einmischen. Hast du mit ihm gesprochen? Verständnisvoll, natürlich. Manchmal kann –«

»Hildegard! Es geht um die Vorhänge.«

»Ach so! Na, da bin ich aber erleichtert. Und er interessiert sich für Vorhänge? Das ist ein gutes Zeichen. Lass mich überlegen. Diese Woche bin ich ziemlich zu. Drei Dubber-Ware-Partys, einmal den Schmuck-Klub, und Freitag . . . Hm. Wie wäre es am Samstag? Unten an der Rellinghauser gibt es einen Laden, der ganz schöne Vorhangstoffe hat. Und im Einkaufszentrum Altenessen habe ich neulich . . . also, das ist ein richtiger Geheimtipp. Vielleicht sollten wir da zuerst –«

»Nee, am Wochenende geht's leider nicht. Da bin ich in Wesel.«

»Ein neuer Fall?«

»Nein, das Jahrestreffen von Privatissima. Ich dachte, ich sollte da mal hin, wo es schon hier in der Nähe stattfindet.« Karo war der Vereinigung für Privatdetektivinnen vor ein paar Jahren beigetreten. Das Netzwerk trat gegen die Diskriminierung von Detektivinnen in dieser von Männern dominierten Branche ein, förderte den Informationsaustausch und setzte auf gegenseitige schwesterliche Hilfe. Über die Mailingliste hatte sie schon manch nützliche Information erhalten und einmal sogar einen Auftrag[2].

»Wesel? Dieses Wochenende? Mh-mh . . . das war doch was? Ja! Karola: der Dom!«

»Der Dom?«

»Du sag mal, Schatz, wenn ich dir meinen Fotoapparat vorbeibringe, würdest du dann im Dom, oder davor, ein paar Fotos – «

»Hildegard, im Programm steht nichts von einem gemeinsamen Gottesdienst im Dom. Wie kommst du darauf? Es geht um Erfahrungsaustausch und Fortbildung. Abhörtechniken, Feng-Shui für Detekteien und so was.«

»Ach, ich meine doch die Hochzeit! Minte Freiin von Mollendink und Prinz Friedrich. Ich habe gestern im Zug ein Interview mit ihrer Mutter gelesen. In der Gala. Oder war es die Bunte? Sympathische Frau. Sehr froh, dass ihre Tochter sich endlich entschlossen hat zu heiraten.«

Karo zog ihre Nase kraus. Das war doch keine Anspielung?

»Samstag im Dom von Wesel. Feier in einem feinen Hotel. Rosen vom Himmel. Flitterwochen auf einem Schloss in Schottland. Mit dem Billigflieger von Weeze, stell dir das vor. Aber egal. Also, könntest du nicht gegen Mittag kurz mal weg? Da macht ihr doch bestimmt eine Pause.«

»Moment.« Karo seufzte. Sie holte Einladung und Programm von ihrem Schreibtisch und betrachtete die Anfahrtsskizze. »Das Hotel liegt nicht in der Innenstadt, Hildegard, sondern gleich am Rhein. Dass wird ein ganz schöner Fußweg vom Bahnhof, wie ich sehe.«

»Wieso, fährst du nicht mit dem Auto?«

»Nein. Es muss in die Werkstatt. Die Zugverbindung ist ganz gut. Ich muss nur in Duisburg einmal umsteigen.«

---

[2] siehe »Greiffenstein Junior«
in: »Der Beuys von Borbeck«.

»Was ist denn mit deinem Auto?«

»Ach, da ist so ein Geräusch. Kann nicht viel sein, es ist ja neulich noch über den TÜV gekommen.« Mit nur ein paar kleinen Beanstandungen. Für ein Auto von vierzehn Jahren doch eine gute Leistung. Karo hoffte, das Geräusch würde sich als harmlos erweisen. Oder würde wenigsten preiswert zu reparieren sein. Die TÜV-Kleinigkeiten hatten eine mittelgroße Werkstattrechnung nach sich gezogen. Dazu der Umzug und die Renovierung der Wohnung . . . das alles hatte ein Loch in ihre mageren Ersparnisse gerissen. Deshalb wollte sie mit dem Werkstatt-Termin noch warten und sich bis dahin mit dem Auto auf Stadtfahrten beschränken.

»Übernachtest du in Wesel?«

»Nein, ich werde pendeln. Sonntag beginnt es erst um zehn. Das kann ich locker schaffen.« Na ja, vielleicht nicht locker, aber preiswert. Denn die Übernachtung in der Edelherberge konnte sie sich nicht leisten. Trotz des Tagungsrabatts. Manchen Kolleginnen schien es richtig gut zu gehen. Zu dem Thema konnte sie unbedingt ein paar Tipps brauchen. Deshalb hatte sie sich gleich für den Workshop über Kundschaft mit Kohle angemeldet. So leger wurde er nur in der Mailingliste genannt. Im gedruckten Programm hieß er ,A-Kundschaft: Akquise & Pflege'.

»Das Hotel liegt am Rhein? Wie heißt es denn?«

Karo las ihrer Mutter Namen, Anschrift und die Kurzbeschreibung vor.

»Aha? Soso . . . Also, wenn du willst, fahre ich dich hin.«

»Wirklich?«

»Und abends wieder zurück.«

»Das wäre natürlich fantastisch. Aber . . . willst du den ganzen Tag dort warten? Nein, das kann ich doch nicht –«

»Doch, doch, kannst du. Ich gehe mittags zum Dom und knipse, und nachmittags setze ich mich in die Lobby oder das Restaurant und halte Ausschau.«

»Wonach?«

»Nach dem blauen Blut, Karola. Die Hochzeitsfeier findet im selben Hotel statt! Es wird von Vons nur so wimmeln.«

»Oh.«

»Genau. Eine Fügung. Zwei Fliegen mit einer Klappe. Ich werde das hellblaue Jackenkleid anziehen. Gerade richtig für das schöne Maiwetter. Wann geht es Samstag bei euch los?«

»Schon um halb neun.«

»Ich hole dich um sieben ab.«

»Okay. Danke. Tschüss.« Kein Umsteigen in Duisburg. Gut.

»Ein Milchkaffee, ein Croissant. Voilà.« Andy stellte das kleine Tablett auf dem Nachttisch ab und setzte sich auf den Bettrand. Sein dunkelblondes Haar war noch feucht vom Duschen.

Karo setzte sich auf und langte nach dem Croissant. Außen cross, innen buttrig weich. »Mh . . .«

Herr Ryssnuß aus dem zweiten Stock besserte seine Rente als Nachtwächter auf Essener Baustellen auf und kaufte frühmorgens auf dem Nachhauseweg für alle Hausbewohner beim Bäcker ein. Man musste ihm nur bis zur Tagesschau eine Notiz an die Tür kleben.

»Nach dem Mann mit dem Fernglas werde ich Herrn Ryssnuß mal fragen. Er wohnt schon ewig hier und kennt die Altstadt wie seine Westentasche. Nicht dass er eine trägt. Eine Weste, meine ich.«

Andy trank seinen Kaffee schwarz. Er lächelte. Um seine Augenwinkel bildete sich ein Kranz winziger Fältchen.

Karo streckte die Hand aus, um darüber zu streichen, als das Telefon klingelte. Sie dirigierte ihre Hand um und griff nach dem Hörer.

»Hal –«

»Karola, meinst du, ich muss einen Hut tragen?«

»Öh . . .«

»Gut, dann kaufe ich mir einen. Was kleines, fesches. Der von Camilla, auf ihrer Hochzeit, der gefiel mir ja gut.

Und was ich dir noch sagen wollte: ich habe dir aus Berlin etwas mitgebracht. Fängt mit P an. Wir waren Samstag auf dem Winterfeld-Markt in Schöneberg. Ein wunderschöner Wochenmarkt. Der Rüttenscheider ist nichts dagegen, und auch nicht der in Frohnhausen. Dort habe ich's entdeckt. Rate mal. Mit P.«

»Eine Pflanze?« Hoffentlich nicht. Die gingen bei ihr immer ein.

»Dir schenke ich doch keine Pflanze! Nein, eine Plätzchenform. Für Pistolenplätzchen, was sagst du dazu?«

»Pistolen . . .?«

»Genau. Die muss ich haben, sagte ich zu Frau Nickel. Das war die Regionalsiegerin aus Sachsen. Hat da noch mehr Dubber-Ware verkauft als ich hier im Ruhrgebiet. Mit ihr war ich auf dem Markt. Ihr Sohn wohnt da in der Nähe. Er ist schwul. Und meine Tochter ist Privatdetektivin, sagte ich. Dass du auch Putzfrau bist, habe ich natürlich verschwiegen.«

Karo nickte. War auch besser so, schließlich putzte sie schwarz, wenn auch hochbezahlt.

»Ich backe dir welche, ja? Aus meinem besten Mürbeteig. Mit guter Butter. Vielleicht willst du deinen Kolleginnen am Samstag welche mitnehmen? Dann mache ich ein paar mehr.«

Pistolenplätzchen? Würde sie damit das rechte professionelle Image vermitteln? »Ach, ich weiß nicht.« Andererseits wirkten Seminare häufig unterzuckernd auf sie . . . und immerhin waren es Pistolenplätzchen. Und der Mürbeteig ihrer Mutter gut. Kriminell gut. Selbst ungebacken, frisch aus der Rührschüssel.

»Klar, gute Idee, Hildegard. Pack mir welche ein. Danke. Tschüss.«

»Pistolen?«, wiederholte Andy. »Ein neuer Fall?«

»Nein. Meine Mutter backt.« Karo lief das Wasser im Munde zusammen.

Eine Ehemann-Beschattung und zwei Nächte mit Andy

später saß Karo in ihrem kleinen Büro in der Essener Lichtburg und schrieb der Ehefrau eine saftige Rechnung. Ein
dezentes Ping kündigte den Eingang einer E-Mail an.

Von Privatissima. Betreff: Wichtige Info für Wesel

Karo öffnete die E-Mail. Mh. Tja. Sie rief ihre Mutter an.

»Hildegard, in Wesel hat sich was geändert. Gerade kam
eine E-Mail. Das Hotel, inklusive Restaurant, Bar, Café und
Wellness-Bereich ist am Wochenende für Außenstehende
geschlossen.«

»Ich höre wohl nicht recht! Das können die doch nicht
machen! Zwei Tage vor der Hochzeit. Leute machen
schließlich Pläne. Kaufen Hüte. Lassen ihre weißen Pumps
besohlen.«

»Ich –«

»Und wieso das Ganze? Will der Adel unter sich sein?
Müsst ihr mit eurer Tagung jetzt umziehen?«

»Nein, Tagungsteilnehmerinnen und bereits angemel-
dete Hotelgäste sind davon ausgenommen. Die Hochzeitsgäste, die auf der Einladungsliste stehen, natürlich auch.
Erhöhte Sicherheitsstufe. Tut mir leid. Dann werde ich
doch mit dem Zug –«

»Moment! Sicherheitsstufe? Erhöht? Warum?«

»Keine Ahnung. Exzentrischer Adel. Oder eine parano-
ide Braut?«

»Nein . . . nein . . . mh . . .« Karo spürte über die Telefon-
leitung wie die Rädchen im Gehirn ihrer Mutter auf Hochtouren liefen. »Karola, kannst du nachfragen?«

»Ping«, machte der Computer. Georgia, eine Sister aus
Köln hatte das schon erforscht. Sie hatte ihre Kinder mitnehmen wollen und war nun in Bedrängnis.

»Sauerei«, schrieb sie. »Der Hoteldirektor lässt nicht mit
sich reden. Das ganze Gedöns nur wegen eines zusätzlichen Hochzeitsgasts aus England. Und mein Babysitter mit
Blinddarm im Krankenhaus! Hilfe. Georgia.«

»Ein Hochzeitsgast aus England«, sagte Karo. »Vielleicht
kannst du deinen Hut ja umtau –«

»England . . .? Karo! Vielleicht kommt Charles!«

»Nein, das glaube –«

»Oder Camilla! Nicht ausgeschlossen. Da gibt es eine Verbindung zum Königshaus. Über Prinz Friedrich sowieso. Und die Patentante von der Minte ist eine Kusine von der Queen. Um ein paar Ecken. Also, ich fahre dich auf jeden Fall, Karo. Und wenn ich nur vor der Kirche stehen und gucken kann.«

»Okay, ganz wie du willst. Dann sehen wir uns übermorgen früh um sieben.«

»Einen Augenblick noch. Lass mich nachdenken.« Karo öffnete die oberste Schreibtischschublade und fischte eine Rosinenschnecke heraus. Etwas trocken, von vorgestern.

»Ich hab's. Karola, pass auf: Ich werde deine Assistentin.«

Karo verschluckte sich an einem Krümel. »Wa-ha-ha-has?«, keuchte sie.

»Nur fürs Wochenende. So komme ich mit rein! Ins Hotel.«

»Aber du stehst auf keiner Liste.«

»Gleicher Nachname. Was können wir dafür, wenn da ganz offensichtlich jemand vergessen hat, das ‚und Hildegard' zu notieren?«

Karo schloss ihre Augen.

»Und was können wir dafür, wenn da ganz offensichtlich jemand vergessen hat, das ‚und Hildegard' zu notieren, junger Mann? Schreiben Sie es bitte jetzt dazu. Damit ich nachher keine Schwierigkeiten habe, wieder reinzukommen. Ich muss noch mal kurz in die Stadt. Zum Dom.«

»Aber . . .« Der Hotelangestellte, der die Zufahrt zu Parkplatz und Hotel kontrollierte, sah von seiner Liste zu Karo und wieder zu Hildegard.

»Ich verstehe«, sagte die. »Vorsicht ist die Mutter der Porzellankiste. Sie wollen Beweise. Bitte.« Sie öffnete ihre weiße Handtasche. »Hier. Mein Führerschein, mein Reisepass, mein Personalausweis, mein Impfpass und – meine Visitenkarte. Hildegard Rutkowsky, persönliche Assistentin der Geschäftsführerin. Glauben Sie mir nun?«

Er nickte, korrigierte die Liste, hakte die Namen ab und gab ihnen zwei gelbe Sticker. »Die müssen Sie sichtbar tragen. Nicht verlieren.«

»Natürlich nicht.« Hildegard klebte einen auf das Revers ihrer Jacke, den anderen auf Karos Bluse, öffnete ihre Handtasche, verstaute die Ausweise und nahm eine flache rosafarbene Plastikdose heraus. »Möchten Sie? Spezialgebäck. Pistolenplätzchen.«

»Danke.« Er lächelte. Die Gebäckform schien seine letzten Zweifel beseitigt zu haben. »Der Weg zu den Tagungsräumen ist in der Lobby ausgeschildert.«

»Visitenkarten?«, flüsterte Karo, als sie auf das Hotel zugingen. »Persönliche Assistentin der Geschäftsführerin?«

»Reg dich nicht auf. Hat doch alles bestens geklappt. Ich gucke mich nur kurz um, dann fahre ich zum Dom.«

Sie betraten die Lobby, von der sternförmig Gänge zum Restaurant, zu Tagungsräumen und Festsälen abgingen. Durch ein großes Oberlicht vier Etagen höher fiel Tageslicht vorbei an den Galerien vor den Hotelzimmern bis auf die Blumeninsel in Form einer mehrstöckigen Hochzeitstorte, die das Herzstück der Eingangshalle bildete. Ein Blütentraum in Weiß und Rosa, geschmückt mit Seidenbändern, Champagnergläsern und zwei glitzernden Krönchen. Ganz oben thronte ein kleiner aus Zucker gesponnener Amor.

Hildegard deutete auf eine Sitzgruppe. »Ich werde mich nachher wahrscheinlich da hinsetzen. Sieht gemütlich aus und scheint mir strategisch günstig zu sein. Ich habe mein Stickzeug mitgebracht. So wird mir die Zeit nicht lang werden und ich passe ins Dekor. Gut, Karola, wir sehen uns später, ja?«

Karo nickte und folgte dem Wegweiser ‚Privatissima‘, Sitzungssaal vier.

In der Kaffeepause war sie die erste am Buffet. Den Kaffee hatte sie bitter nötig. Nur knapp war sie der Ernennung zur Protokollführerin der Sitzung entkommen. Unangenehme Erinnerungen waren in ihr aufgestiegen. An ihre diversen Bürojobs, zu denen sie vom Arbeitsamt verdonnert worden war, als sie nach ihrem Referendariat keine Anstellung als Lehrerin bekommen hatte.

Nur mit einem Ohr hatte sie den ersten Kurzvorstellungen gelauscht. Von Regine, Chefin einer Berliner Detektei mit mehreren Angestellten, die ein Erfolgsjahr hinter sich hatte. Von Erika, die idyllisch in Mecklenburg wohnte, auf Internetbetrug spezialisiert war und eng mit der Polizei zusammenarbeitete, sogar mit Interpol. Von Ulli, einer Kunsthistorikerin, die hinter Beutekunst her war und zwischendurch auch noch Kunstdiebstähle aus Museen und privaten Sammlungen aufklärte. Alle erfolgreich und bestens bezahlt. Kein Wunder, dass sie sich die Preise im Hotel leisten konnten. Gut, man konnte die Übernachtung von der Steuer absetzen, aber trotzdem.

In der Mittagspause fühlte Karo sich besser. Es gab auch jede Menge Frauen, die mit ihren Detekteien am Existenzminimum entlangschrappten, sogar einige, die wie Karo, noch einen Nebenjob hatten. Als Putzfrau getarnt hatten schon viele von ihnen ermittelt, aber keine arbeitete wie Karo regelmäßig als Putzfrau, noch dazu als eine in Villenhaushalten, die bestens bezahlt wurde. Die Protokollantin hatte Karo sogleich für die Privatissima-Expertinnen-Liste notiert, die man anzapfte, wenn man für einen Auftrag Fachwissen brauchte. Hedwig, eine Teilzeitgärtnerin aus Ulm, die mit einigen Privatissimas auf dem nahegelegenen Campingplatz übernachtete, weil die sich die Hotelpreise ebenfalls nicht leisten konnten, befragte Karo über einer Tasse Kaffee intensiv zu Blutflecken in Parkettböden.

Angewärmt, nahm Karo die Gebäckdose aus ihrer Tasche und stellte die Pistolenplätzchen zu den Schnittchen aufs Buffet. Die Plätzchen gingen weg wie warme Semmeln. Regine aus Berlin wurde bestürmt, auf dem Winterfeld-Markt Förmchen zu besorgen; Karo versprach das Rezept ihrer Mutter in die Mailingliste zu setzen und nahm zwei Aufträge für die Dubber-Ware-Plätzchendose in aquatürkis entgegen.

In der Mittagspause löffelte Karo stumm die Minestrone. Der Workshop hatte sie geschafft. Die Akquise von A-Kundschaft war wohl nicht ihr Ding. In Konzernen ‚kalt' anzurufen, sich gekonnt verkaufen, Business-Lunch im Business-Kostüm – Jutta aus Zürich hatte das überzeugend vermittelt, aber Karo kannte ihre eigenen Grenzen.

In der Lobby ging es lebhaft zu. Die Hochzeitsgesellschaft war von der Trauung zurückgekehrt. Der Duft von Puder, Parfüm und teurem Rasierwasser mischte sich mit dem der Blüten. Herren in Fracks, Damen in Pastell, einige mit erstaunlichen Hutkreationen, bewegten sich plaudernd in Richtung des Restaurants und auf die Terrasse. Das Brautpaar stand auf dem Rasen. Hinter ihnen der Rhein wie ein breites blaues Seidenband. Zwei Fotografen machten Aufnahmen. Kellner mit silbernen Tabletts boten der Gesellschaft Champagner an.

»Komm mit«, hörte Karo ihre Mutter hinter sich. Immer an der Wand lang bewegten sich sich durchs Restaurant, bis sie einen besseren Blick auf die Szene draußen hatten. Ein Schatten bewegte sich über den Rasen. Alle schauten nach oben. Ein aristokratisches »Aaaah . . .« ging durch die Gesellschaft. Es schneite Rosenblütenblätter vom blauen Maienhimmel. Ein Segelflugzeug kreiste über dem Hotel und entlud rote und rosafarbenen Blütenblätter, die auf das Paar niederschwebten. Die Fotografen fotografierten. Die Gäste lächelten.

Hildegard seufzte. »Schön. Ach . . . Aber nun verschwinden wir besser.«

Karo folgte ihr zu der Sitzgruppe in der Lobby. Einen Sessel hatte Hildegard mit ihrem Stickrahmen reserviert.

Auf dem anderen lag eine Nerzstola.

»Kannst dich ruhig setzen, Karola. Die gehört einer Frau, die ich am Willibrordi-Dom kennengelernt habe. Keine Ahnung, wer Willibrordi war. Aber schön war's. Wir konnten sogar rein. Der einzige evangelische Dom am Niederrhein. Und ein Orgelspiel . . .! Der Domkantor ist ein großartiger Musiker. Ja, sehr feierlich alles. Ich hab ein paar Tränchen vergossen. Die Tochter dieser Frau arbeitet hier im Hotel. So ist sie reingekommen.«

»Und wer ist aus England gekommen? Charles ja wohl nicht.«

»Nein, nicht mal Camilla. Na, man kann nicht alles haben. Es ist diese Patentante von Gräfin Minte. Aber die Tante ist nicht aus England, sondern aus Schottland. Lady Elizabeth Rose Lochdubh. Ich habe sie noch nicht entdeckt. In der Kirche war sie nicht. Sie ist publikumsscheu. Früher, in den fünfziger Jahren, war sie häufig in der Presse. So hübsch, und dann diese unglückliche Liebesaffäre, die hat sie richtig umgehauen . . .«

»Und wegen ihr das ganze Theater? Keine Öffentlichkeit im Hotel und –«

»Nein, nein.« Hildegard kniff die Augen zusammen und fädelte erikafarbenes Garn in ihre Sticknadel. »Das war nur ein Vorwand. Hat mir Frau . . . eh . . . Dingens verraten. Durch ihre Tochter weiß sie natürlich über alles Bescheid. Der Prinz Friedrich ist im Vorstand der ‚Gen-iale GmbH'. Und es war durchgesickert, dass hier im Hotel eine Protestaktion geplant war, um ihm die Feier zu verderben. Peinlich wäre das geworden. Auch fürs Hotel. So haben sie es unterbunden. Draußen ist alles abgesichert. Ich wäre fast nicht wieder reingekommen.«

»Und was ist die Gen-iale GmbH?«

»Karola! Die genmanipulierten Hühner – davon musst du doch gehört haben.«

»Ach, die? Ja, natürlich.« Eine Mitarbeiterin der Forschungsabteilung hatte Fotos an die Medien weitergeleitet und für einen Skandal gesorgt. Dreibeinige federlose Vögel, betriebswirtschaftlich äußerst vielversprechend. Fünfzig Prozent mehr Bein pro Huhn und erhebliche Einsparungen, weil vor der Weiterverarbeitung keine Federn mehr gerupft werden mussten. Dass die Hühner durch einen Zufall auch blind waren, war ein unerwarteter Nebeneffekt, in den man aber keine Gelder stecken wollte, um ihm auf die Spur zu kommen oder gar rückgängig zu machen. »Wozu brauchen sie Augen?«, hatte der inzwischen versetzte Pressesprecher der Firma gescherzt. »So schön sind die Batteriekäfige auch wieder nicht.«

»Und der Prinz . . .«

»Ist natürlich in vielen Vorständen. So genau weiß der wahrscheinlich nicht Bescheid, was da überall gespielt wird. Aber so ein Protest bei seiner Hochzeit, das wäre für die Gen-Gegner natürlich was gewesen. Oh! Das muss sie sein.« Hildegard hob ihr Stickzeug und führte die Nadel ein, ohne den Blick von einer kleinen alten Dame zu lassen, die in Begleitung eines grauhaarigen Schotten in voller Montur aus dem gläsernen Aufzug trat. Sie trug ein graues Seidenensemble mit einer Tartan-Schärpe.

»Die entfernte Kusine von der Queen, über deren Mutter, die war ja aus Schottland«, wisperte Hildegard. »Wer er ist, weiß ich nicht.«

»Ich muss zurück«, sagte Karo und erhob sich.

Das Seminar ‚Kniffe und Tricks für die Buchhaltung‘ fesselte sie nicht wirklich. Nach vierzig Minuten wechselte sie zu ‚Praktisches Profiling‘.

Nach der Kaffeepause, in ‚Neue Abhörmethoden‘, fühlte Karo ihren Blick ungeachtet der drei Tassen Kaffee immer glasiger werden. Vielleicht hätte sie sich doch den paar Abtrünnigen anschließen sollen, die den Rest des Nachmittags im Wellness-Bereich des Hotels verbringen wollten. Eine kleine Nackenmassage hätte ihr Konto sicher noch verkraftet.

»Die juristischen Aspekte«, sagte die Referentin, während Karo unauffällig auf ihre Armbanduhr sah, »die wir dabei nicht außer Acht lassen dürfen . . .«

Jemand räusperte sich.

Hildegard stand in der Tür und hob einen lockenden Zeigefinger in Karos Richtung. Die Referentin schwieg, alle Augen richteten sich auf Hildegard.

Die lächelte. »Entschuldigen Sie bitte die Störung, aber es ist sehr dringend. Ein neuer Fall für Frau Rutkowsky.«

Gedankenübertragung! Mutter rettet Tochter aus tödlich langweiligem Seminar.

Karo stand auf. »Meine . . . öh . . . Assistentin. Ich höre mal besser, worum es geht.« Sie schob sich durch die Reihen und spürte die spekulierenden Blicke im Rücken.

»Willst du schon fahren?«, sagte Karo, als sie die Tür hinter sich geschlossen hatte.

»Wieso? Ach so. Nein, ich hab dir wirklich einen Fall besorgt. Ich sag's ja immer, man muss nur zur richtigen Zeit am richtigen Ort sein.«

Karo eilte hinter ihrer Mutter her. »Und was –«

»Der Hoteldirektor. Ich sah, wie er blass wurde. Seine Augen hin- und herfuhren. Wie er das Rondell umkreiste, so betont unauffällig, weißt du? Und dann die Rezeptionistin befragte und den Portier und allmählich hektisch wurde.«

»Und?«

Hildegard blieb vor dem Büro des Direktors stehen. »Die beiden Krönchen sind verschwunden! Von der Hochzeitstorte. Abgesehen davon, dass sie wertvoll sind und eine Leihgabe von einem Sammler, geht so was natürlich auch nicht. Der Hoteldirektor war hin- und hergerissen, ob er mitten in der Hochzeitsfeier die Polizei benachrichtigen sollte und einen Skandal riskieren, oder lieber bis morgen warten, bis die Gäste abgereist sind.«

»Und das hat er dir einfach so erzählt?«

»Natürlich nicht. Ich bin mit Frau . . . äh . . . auf ihn zu, er kennt sie gut, und sie hat es im Nu aus ihm rausgekitzelt.

Ich hatte ihr schon von dir erzählt, und da haben wir ihn davon überzeugt, dir den Fall zu übertragen. Bis morgen Mittag. Dass du so gut wie alle deine Fälle in Nullkommanichts löst, habe ich gesagt, und dass du diskret bist und daran gewöhnt, in den besten Häusern zu verkehren.«

»Zu kehren, wäre der Wahrheit näher gekommen.«

»Das selbe in Grün. Aber diskret bist du.«

Karo nickte. Mit dem, was man als Putzfrau ganz unabsichtlich über die beputzten Haushalte in Erfahrung brachte, könnte man ganze Bände füllen. Und manche Klatschspalte.

»Du löst den Fall, dann kriegst du sicher jede Menge A-Kundschaft. Zum Beispiel von Fünf-Sterne-Hotels. So etwas spricht sich auf Direktorenebene bestimmt rum.« Hildegard hob ihre Hand, um an die Tür zu klopfen.

Karo fiel ihr in den Arm. »Das war sicher gut gemeint von dir, aber hast du eine Ahnung, wie kompliziert es sein wird, den Fall bis morgen zu lösen?« Oder bis zum Sankt-Nimmerleins-Tag, in einem Hotel wie diesem und über dreihundert Gästen. Ganz zu schweigen von den Angestellten. Und die Privatissimas dürfte sie streng genommen auch nicht außer acht lassen.

Hildegard lächelte. »Du wirst. Da habe ich keine Zweifel. Oder kaum welche.«

Hildegard klopfte an. Karo schnaubte.

»Herein.« Der Hoteldirektor saß an seinem Schreibtisch. Er sprang auf, schüttelte Karo die Hand und lud sie ein, Platz zu nehmen. »Sie sind informiert, Frau Rutkowsky? Und einverstanden?«

Karo öffnete den Mund.

»Selbstverständlich«, sagte Hildegard, »wenn auch nur ausnahmsweise. Wie ich schon erläuterte, arbeiten wir im Normalfall nur auf Rechnung plus Mehrwertsteuer, aber in diesem delikaten Fall . . .«

Der Direktor wischte sich mit einem Taschentuch über die Stirn und nickte.

». . . wären wir bereit . . .«

Karo sah ihre Mutter an.

». . . uns mit Hotelgutscheinen zufriedenzugeben. Fünf dreitägige Verwöhnwochenenden für zwei Personen, inklusive Übernachtung in einer großen Suite, allen Mahlzeiten sowie freie Auswahl bei den Wellness-Angeboten.«

»Ja, ja, das hatten wir doch schon geklärt. Ist mir sehr recht. So muss ich der Zentrale nicht unbedingt reinen Wein einschenken und kann es unter Werbung verbuchen. Hin und wieder verlosen wir nämlich solche Wochenenden unter Hotelgästen. Das gilt aber nur, wenn Sie den Fall bis morgen mittag lösen, Frau Rutkowsky.«

Karo nickte.

»Werden wir«, sagte Hildegard.

»Heute abend findet noch der Hochzeitsball statt, im Anschluss an das Abendessen; morgen nach dem Brunch reisen bis auf einige wenige Gäste alle ab. Sollten Sie bis dahin nicht erfolgreich gewesen sein, würde ich dann den Diebstahl der Polizei melden. Auf diese Weise würden die meisten Gäste hoffentlich der Peinlichkeit enthoben, von der Polizei befragt zu werden, verstehen Sie? Baronin Mollendink, die Brautmutter, hat es in sich. Alter niederrheinischer Adel. Haare auf den Zähnen. Aber eine langjährig Kundin, die ich nicht verlieren möchte. Wohltätigkeitsbälle, Familienfeste. Ihr Schloss ist nicht sehr groß. Also, um Himmels willen, seien Sie diskret!«

»Ich werde mich bemühen«, sagte Karo. »Doch ganz ohne Fragen geht es nicht ab, das ist Ihnen klar? Personal und Gäste. Den Privatissimas wird es nichts ausmachen, die sind an so was gewöhnt.«

»Für mein Personal lege ich meine Hand ins Feuer.«

»Dann hoffe ich für Sie, dass Sie genügend Brandsalbe besitzen. Ich könnte Ihnen da Sachen erzählen . . .«

»Tust du aber nicht«, sagte Hildegard, »denn du bist ja so diskret, nicht?«

»Genau. Okay, dann wollen wir mal loslegen. Haben Sie

ein Foto von den Krönchen? Ich habe sie zwar gesehen, aber – oh, gut. Sie bekommen es zurück. Und wann ist Ihnen der Verlust aufgefallen?«

»Äh . . .«

»Um sechzehn Uhr dreißig ungefähr«, sagte Hildegard. »Ich habe auf die Uhr gesehen. Wir sind immer auf dem Quivive.«

Der Hoteldirektor schien beeindruckt. Sie verabschiedeten sich und verließen das Büro.

»Ich fange mit der Lobby an«, sagte Karo. »Mit der Rezeptionistin, der Hausdame und den Kellnern, die dort rumsausten.«

»Nichts da, Karola. Erst einmal gucken wir uns unsere Suiten an.«

Karo blieb stehen. »Unsere was?«

Ihre Mutter stieß ihr einen Ellenbogen in die Seite und strahlte. »Gut, nicht? Mit Rheinblick. Ich habe gesagt, wir brauchen zwei, weil ich schnarche.« Sie kicherte.

Der gläserne Aufzug brachte sie in die oberste Etage. Karo beschloss, künftig die Treppe zu nehmen. Sie war nicht schwindelfrei.

Ihre Suite war fast so groß wie ihre Wohnung. Das Sofa im Wohnzimmer war bequem, das Schlafzimmer wohnlich, die Küche mit allem Pipapo ausgestattet. Das Bad bestand aus drei Räumen; auf der Waschkonsole stand ein wohlgefülltes Kosmetikköfferchen, ein Geschenk des Hauses für Gäste, deren Gepäck noch nicht angekommen war. Nicht übel. Die Krönung war der Wintergarten mit Blick auf den Rhein.

»Ich bin gleich nebenan«, sagte Hildegard. »Machen wir uns frisch und treffen uns in zehn Minuten zu einer Lagebesprechung?«

Karo nickte.

Als sie aus der Dusche kam, saß ihre Mutter bereits im Wintergarten. Sie trug einen hoteleigenen weißen Bademantel und Frotteeschlappen. Auf dem Tisch vor ihr zwei

Mokkatassen und eine Etagere mit pastellfarbenen Petit Fours.

»Setz dich, Karola. Ach, ich liebe Zimmerservice! Zwei Termine für kurze Rückenmassagen habe ich auch noch ergattert. In einer halben Stunde. War nicht einfach. Sie sind ziemlich ausgebucht wegen des Balls heute abend. Und deine Detektivinnen scheinen sich auch ganz munter verwöhnen zu lassen.« Ein winziges Gebäckstück in Lindgrün verschwand in ihrem Mund. »Mhh . . . !«

Karo nahm einen Schluck Mokka. Heiß und köstlich. Wie die Dusche gerade. Ihre Lebensgeister erwachten.

»Hildegard, ich habe doch jetzt keine Zeit für Massagen! Geh du schön hin. Ich kümmere mich um die Krönchen.«

»Karola, Karola, Karola . . . Nicht so hektisch! Du hast Zeit, glaube mir. Und wieviel erfrischter wirst du loslegen, wenn du vorher ein wenig gelockert wurdest. Stell dir das vor . . .«

»Lieber nicht.« Sie könnte schwach werden. »Also, wir sehen uns dann spä –«

»Nun bleib doch sitzen!« Mit einer Hand auf Karos Arm beugte Hildegard sich vor. »Würde es nicht zu einfach aussehen, wenn du den Fall zu schnell löst? Tut dem Direktor sicher gut, noch ein bisschen zu schmoren. Um so erleichterter und dankbarer wird er sein, wenn –«

»Hildegard, so ein Fall löst sich nicht von selber.« Sah ihre Mutter zu viele Krimis? »Und Zeit zählt. Zeugen vergessen, haben Dienstschluss, gehen nach Hause – nein, ich muss loslegen, wenn ich auch nur die geringste Chance haben will, den Fall zu lösen. Und das bis morgen mittag. Außerdem, was soll der Direktor denken, wenn er hört, dass ich –«

»Da hast du auch wieder recht. Ich lasse deinen Termin stornieren. Geh du schön deine Zeugen befragen. Aber mach dir keine Sorgen. Du wirst die Krönchen finden. Das weiß ich genau.«

Karo lächelte und nickte. Sie war sich da nicht so sicher.

Mitten in der Befragung des dritten Kellners stieg in Karo wie aus dem Nichts die Frage auf: Wieso war Hildegard so sicher? War das wirklich nur das Zutrauen einer Mutter in die Fähigkeiten ihrer Tochter? Oder . . . und je mehr sie darüber nachdachte, um so unsicherer wurde Karo – oder hatte da nicht eine ungeheure Gewissheit mitgeklungen?

»Das weiß ich genau«, hatte Hildegard gesagt.

Wie war das zu verstehen? Und ihr Lächeln dabei. Die vor Vergnügen blitzenden Augen. Sie würde noch nicht . . . nur um die derzeit wieder mal vor sich hindümpelnde Detektei ihrer Tochter in Fahrt zu bringen . . . sie würde doch nicht so weit gegangen sein und . . .

Karo wurde heiß und wieder kalt. Eiskalt.

»Ist Ihnen nicht wohl?«, fragte der Kellner, der Mario hieß.

»Äh . . .«

»Ein Kognak vielleicht?«

»Danke. Bitte.«

Karo kippte den Kognak hinunter, bedankte sich bei Mario, der sich wie seine Kolleginnen und Kollegen an nichts Relevantes erinnern konnte, was sich glatt als Glücksfall erweisen konnte, um Schlagzeilen wie ‚Mutter von Privatdetektivin klaut für ihre Tochter' zu verhindern. Karo bedankte sich noch einmal, herzlicher, und ließ sich den Weg in den Wellnessbereich weisen.

Nach einigen Fehlversuchen fand sie die Kabine ihrer Mutter. Karo schickte die Masseurin hinaus, kniete sich vor die Massagebank und sah ihrer Mutter ins Auge.

»Wie hast du das gemeint, Hildegard: Du bist dir sicher, dass ich die Krönchen finden werde?«

»Aber Karola . . .« Hildegard stützte sich auf ihre Unterarme und richtete sich auf. »Machst du dir immer noch Sorgen?«

»Ja, aber jetzt andere«, Karo senkte ihre Stimme zu einem Flüstern. »Hildegard, jetzt mal ohne Gedöns: Hast du . . . weißt du, wo die Krönchen sind?«

Hildegard lächelte breit. »Sagen wir, ich habe eine ziemlich gute Idee . . .«

Karo stöhnte auf. »Du . . . du . . .«

»Nun sei doch nicht so ungeduldig. Jemand hat abgesagt, jetzt habe ich gleich noch eine Massage, so eine mit heißen Steinen, darüber stand neulich mal was in der Brigitte, hörte sich gut an. Aber danach komme ich zu dir hoch, dann kümmern wir uns um die Krönchen, ja? Befrage noch ein paar Leute. Das macht sich gut.«

Karo erhob sich. Sie kannte diesen Ton. Wie war sie in diese Situation geraten? Jetzt ging es nur noch um Schadensbegrenzung. Die Krönchen zurückerstatten, ohne die Täterin zu enthüllen. Karo nahm ihren gelben Privatissima-Sticker ab und ließ sich von der eingeweihten Hausdame eine diskrete Anstecknadel geben, die sie als Angestellte des Hotels auswies. Wenn der Direktor Karo erblickte, sollte er sie in Aktion sehen, recherchierend. Um so eher würde er hoffentlich die Story schlucken, die sie ihm mit den Krönchen auftischen würde. Nur: welche Story?

Karo mischte sich unter die Hochzeitsgäste, die auf der Terrasse verblieben waren, nachdem sich das Brautpaar zurückgezogen hatte, um sich auf das Dinner und den Ball vorzubereiten. Einen blauen Hotelkugelschreiber und ihr eigenes Notizbuch in der Hand, sprach sie einzelne Damen und Herren an, stellte Fragen, notierte Antworten. Niemand reagierte brüskiert, manche waren erstaunt, alle gaben nach kurzer Überlegung Auskunft. Manche sogar mit einem Lächeln.

Der Hoteldirektor, der sie nervös aus dem Restaurant heraus beobachtet hatte, schien beruhigt, dass sie ihrer Aufgabe zügig und taktvoll nachging. Er fasste sich aufs Herz, schloss kurz die Augen und verschwand wieder.

Nach einem halben Stündchen war ihre Liste lang genug. Sie wusste nun, welche Lieblingsseife die Gäste bei ihrem nächsten Besuch in ihrem Bad vorzufinden hofften. Die Wünsche reichten von Kernseife (der Baron von

Hummelo) über Stutenmilchseife (eine Frau von Foerster) bis zu englischer Lavendelseife (die Gräfin von Zitterhuck).

Karo ließ sich von einem distinguierten Herrn mit weißem Bürstenschnurrbart zu einem Tisch steuern. Sie akzeptierte einen Champagner-Cocktail, lehnte aber die Einladung ab, vor dem Ball zu einer kleinen Polka auf sein Zimmer zu kommen. Der Cocktail war ausgezeichnet. Gerne ließ sie sich zu einem zweiten überreden.

Huldvoll in alle Richtungen lächelnd, bahnte sich Hildegard einen Weg über die Terrasse. Auf ihrem Kopf thronte wieder die Federkappe; neu war der himmelblaue Lidschatten über ihren Lidern.

»Erlaucht«, säuselte sie Karos Tischpartner zu, »verzeihen Sie die Störung. Dringende Hotelgeschäfte, Sie verstehen . . .« Sie nahm Karo das noch nicht wieder geleerte Glas aus der Hand, fasste sie unter einen Ellenbogen und dirigierte sie über die Terrasse zurück ins Restaurant.

»Erlaucht?«, wiederholte Karo, als sie weit ab von anderen Gästen auf einer gepolsterten Sitzbank Platz genommen hatten.

»Na, das war Alfred Graf von Nieder-Ordingen. Seine Erlaucht. Ein Vetter zweiten Grades von Mintes Mutter. Er ist mit Hinz und Kunz verwandt und fehlt bei keinem Adelsereignis. Er steht andauernd in der Gala und in Adel Heute. So. Und jetzt ran an den Speck!«

»Speck?«

»Die Krönchen, Karola, die Krönchen . . .«

Endlich. »Ja, und? Wo sind sie?«

»Also . . .«, Hildegard senkte ihre Stimme und rückte näher an Karo heran, »ich habe mir das so vorgestellt. Du gehst zu dem Herrn, der mit Lady Elizabeth Rose aus dem Aufzug kam, Andrew MacDougal heißt er, und bittest um eine kurze Unterredung.«

»Den Schotten? Aber warum –«

»Weil dein Englisch besser ist als meins. Schließlich hast du's ja studiert. Also, du nimmst ihn zur Seite und deutest delikat an, dass hier heute zwei kleine wertvolle Teile vorübergehend abhanden gekommen zu sein scheinen.«

»Gekommen zu sein scheinen?« Seit wann redete Hildegard so geschraubt? »Die Dinger sind weg. Schlicht und ergreifend. Und wieso –«

»Dann wartest du einfach seine Reaktion ab.«

»So etwas wie einen Kinnhaken oder eine Aufforderung zum Duell? Hildegard, der muss ja denken, ich beschuldige ihn. Oh!« Karo war erleichtert. Nicht, dass sie ernsthaft geglaubt hatte, Hildegard habe ihretwegen die Krönchen verschwinden lassen, oder jedenfalls nicht sehr ernsthaft, na ja, ein kleiner Zweifel hatte sich schon in ihr ausgebreitet. »Hast du etwa gesehen, wie –«

»Nein, nein, gesehen habe ich gar nichts, dummerweise. Ich habe Frau . . . eh . . . ausführlich den Plattstich erklärt, kann sein, dass es gerade dann passiert ist, da war es ziemlich ruhig in der Halle, aber wer weiß. Jedenfalls teilst du ihm das mit und wartest ab. Ich bin mir sicher, zu . . . mh . . . ja zu achtzig Prozent, dass du die Krönchen keine halbe Stunde später in der Hand haben wirst. Zweiundneunzig Prozent sogar. Ich kann mir nicht vorstellen, dass er Schwierigkeiten machen wird. Nicht, wenn du völlige Diskretion versprichst. Wahrscheinlich wird er sogar erleichtert sein und dankbar, wenn keine öffentliche Peinlichkeit draus wird oder gar ein Skandal. Ich meine, auch wenn es eigentlich eine Krankheit ist, irgendwie jedenfalls, so wäre es trotzdem –«

»Du meinst, er ist Kleptomane? Wie kommst du denn darauf? Und wieso sollte eine Kusine der Königin mit einem kleptomanischen Angestellten durch die Weltgeschichte reisen? Das wäre doch viel zu –«

»Doch nicht er, Karola! Sie.«

Karo setzte zweimal zum Sprechen an.

Hildegard lächelte sonnig. »Da staunst du, was? Stressbedingte Kleptomanie. Hat sie vielleicht immer schon zu geneigt, aber damals, 1954, als sie ihre große Liebe nicht heiraten durfte, diesen Air Force-Captain, wie hieß er noch, nur weil er bürgerlich war und geschieden, da hatte sie einen Nervenzusammenbruch. Und danach wurde sie in zweimal bei Harrods erwischt. Es gab damals einen kleinen Bericht in der Praline. Gerüchte über verschwundene und später zurückerstattete Kleinigkeiten bei einer Hochzeit in Südengland wurden auch angedeutet, in der Klatschspalte. Eines war eine diamantenbesetzte Pillendose, glaube ich. Tja, später, so mit Mitte zwanzig, verschwand sie von der Bildfläche, jedenfalls aus der Presse. Sie lebt seitdem zurückgezogen in Schottland. Der Stress der Reise und diese Hochzeit – Hochzeit, du verstehst, das muss sie doch immer an ihre erinnern, die verhindert wurde, an das, was hätte sein können. Ich habe mir gedacht, sie ist vielleicht wieder schwach geworden.«

»Hm . . . Und dieser MacDougal wird mitgeschickt, um auf sie aufzupassen, glaubst du? Ob er vom britischen Geheimdienst ist?« Obwohl, dafür war er eigentlich zu alt. Über sechzig war der bestimmt. Sah aber noch gut aus. Sean Connery ja auch. Lag vielleicht an den schottischen Genen.

»Secret Service?« Hildegard schüttelte den Kopf. »Nein, das glaube ich nicht. Er war zuerst ihr Reitknecht, jetzt ist er seit Jahren ihr Majordomo.« Hildegard räusperte sich. »Und mehr . . .« Sie bewegte ihre Augenbrauen mehrmals auf und ab.

»Du meinst . . . er und sie . . .?«

»Genau. In gewissen Kreisen ist das ein offenes Geheimnis.«

»Und woher weißt du das?«

»Die alte Fürstin Hertha zu Stiptitz, eine Durchlaucht übrigens, ließ eine Bemerkung darüber fallen.«

»Zu dir?!«

»Nein, ich glaube, es war die Baronin von Damm, zu der sie es sagte, ich habe die Stimme nicht genau erkannt, ich war noch auf der Toilette und die beiden im Waschraum. Aber sie äußerten sich beide ganz wohlwollend darüber. Vielleicht sogar ein bisschen neidisch. Ich meine, hast du Fürst Karl gesehen? Mich hat es an diesen Film erinnert, der neulich im Ersten lief, über die Queen Victoria und ihren, wie hieß er, John Brown? Ist doch rührend. Eine solche Treue, über so viele Jahre.« Hildegards Augen wurden feucht.

»Okay«, sagte Karo. »Ich gebe zu, es ist eine Möglichkeit.« Sie stand auf. »Ich werde ihn fragen.«

Sie fand das Paar in einem für die Hochzeit als Teesalon hergerichteten Raum. Lady Elisabeth Rose saß mit zwei anderen älteren Damen in Pastell bei einem Sherry zusammen. Andrew MacDougal stand ein paar Schritte entfernt, die Hände über der kleinen Felltasche zusammengelegt, die vor seinem Kilt hing.

»Excuse me«, sagte Karo, »May I talk to you for a moment? Outside.«

Nach einem kurzen Blick auf die Damenrunde folgte er ihr in den Flur.

Stockend näherte sich Karo dem Kern ihrer Frage.

Er hörte ihr mit unbewegtem Gesichtsausdruck zu, stellte ein paar Fragen, nickte. »Give me half an hour.«

Wie aus dem Nichts stand Hildegard vor Karo. »Na, was hat er gesagt?«

»Nicht viel. Er schien nicht überrascht. Höchstens etwas erstaunt über meine so gut informierte Assistentin. Ich soll ihn in einer halben Stunde im Treppenhaus treffen, zur eventuellen Übergabe. Übrigens, ich habe ihm versichert, dass außer uns beiden niemand etwas von der Angelegenheit erfahren würde.«

»Ist doch wohl klar. Wir schweigen wie das Grab.«

Der Hoteldirektor wollte gar nicht wissen, bei wem Karo die Krönchen gefunden hatte. Sie hatte betont, dass es eine äußerst delikate Angelegenheit sei. Potentiell höchstpeinlich. Er winkte ab. »Hauptsache, sie sind wieder da.«

Er spähte in die grüne Plastiktüte mit goldenem Aufdruck. »Und unversehrt. Ich danke Ihnen, Frau Rutkowsky. Wie Sie das so schnell geschafft haben ... Ich bin beeindruckt. Hier sind die Gutscheine.« Er überreichte Karo fünf Umschläge.

Karo gab sie an Hildegard weiter, die vor der Tür gewartet hatte. »Da, nimm du sie. Geld wäre mir lieber gewesen.«

Hildegard tätschelte Karos Arm. »Und Geld sollst du kriegen. Die Dinger werde ich verscherbeln. Übers Internet. Frau Kowalsky hat in ihrer Seniorengruppe gerade so einen Kurs mitgemacht und verkauft schon für die halbe Nachbarschaft Sachen bei eBay.«

Lale lebt

Es blitzte. Karo zog den Kopf ein. Dann nahm sie den Fuß vom Gaspedal. Mist.

Ihr erstes Urlaubsfoto, aufgenommen von der Polizei in ... wo war sie hier? ... ah, Westerende-Kirchloog.

Nicht, dass es streng genommen ein Urlaub sein sollte. Aber sie würde schon Zeit für den Strand finden. Schließlich putzte sie nicht nur gründlich, sondern auch schnell. Nicht umsonst hatte sie eine Warteliste für potentielle Putzkundschaft. Nein, da konnte sie nicht klagen. Ihr Geschäft als schwarzarbeitende Putzfrau blühte. Zum Glück. Denn in ihrem Hauptjob als Privatdetektivin gab es gerade wieder eine Flaute. Saisonbedingt vermutlich. Hoffentlich.

Im Juni war es meistens ruhig. Kein Grund also, die Bitte von Frau Dinndahl auszuschlagen, das Ferienhaus der Familie auf Langeoog gründlich zu putzen, damit es zur Geburtstagsfeier ihres Schwiegervaters blitzte und blinkte und selbst das Habichtsauge ihrer peniblen Schwiegermutter kein Staub- oder Sandkorn entdecken könnte.

Das Ortsschild von Bensersiel. Nur drei Stunden hatte sie von Essen bis an die Küste gebraucht. Was sicher auch an dem kleinen BMW lag, den Frau Dinndahl ihr geliehen hatte, weil Karos alter Renault erst einmal in die Werkstatt musste, ehe er wieder fit für eine solche Reise sein würde.

Karo folgte den Schildern zur Anlegestelle der Fähre und hielt vor einem flachen Gebäude. Sie ließ das Seitenfenster herunter und lächelte einen Mann mit Schiffermütze an. »Entschuldigen Sie, wo geht es zur Auffahrt?«

»Auffahrt? Welche Auffahrt?«

»Na, zur Autofähre.«

»Welche Autofähre?«

Eindeutig nicht der intelligenteste Mensch Ostfrieslands. Karo sprach langsam und deutlich: »Die Fähre nach Langeoog.«

Ein Lächeln breitete sich unter der Schiffermütze aus. Die gebräunte Haut verzog sich in tausend Fältchen. Na endlich, der Groschen war gefallen. »Gibt's nicht, junge Frau. Langeoog ist autofrei. Sie können Ihren Wagen da hinten parken, auf den Inselparkplätzen.«

»Keine Autos?« Irgendwie hatte Frau Dinndahl vergessen, diese Tatsache zu erwähnen.

»Ganz recht. Na ja, es gibt ein paar Elektrowagen. Für die Post, die Müllabfuhr und so was. Und natürlich Krankenwagen und Feuerwehr, aber sonst . . . nicht. Wenn Sie trotzdem rüber wollen, müssen Sie sich beeilen. Das nächste Schiff legt in zwanzig Minuten ab.«

Karo bedankte sich und wendete.

»Reihe M«, wies sie der Inselparkplatz-Mann an. Aber Reihe M war schon voll, als Karo dort ankam. Sie parkte in Reihe N, ganz hinten, nahm ihre große Reisetasche aus dem Kofferraum, ihre Regenjacke und den Putzbeutel, der Utensilien enthielt, die nicht im Ferienhaus waren und möglicherweise auf der Insel nicht zu kaufen, wie das Zitronenöl für die Weichholzmöbel und der schwachsaugenden Handstaubsauger für Bücher.

Der Himmel war wolkenlos, die Junisonne prallte mit Macht auf Karo. Als sie wieder am Abfertigungsgebäude ankam, fühlte sie sich wie ein schweißgebadeter Packesel. Wo war die Brise, die am Meer angeblich immer wehte? Wieso hatte sie nicht ihren Rollkoffer mitgenommen?

»Sie hätten mit Ihrem Gepäck vorfahren können«, sagte der Mann von der Gepäckannahme. Karo verdrehte die Augen. Er nahm ihr das Geld ab, pappte rote Aufkleber auf die Taschen und hievte sie in das butterblumengelbe Gepäckwägelchen Nummer 42.

Das weiße Fährschiff, die ‚Langeoog III', war schon voll besetzt, als Karo die Gangway hinaufeilte. Im Eingangsbereich waren anderthalb Dutzend Kinderwagen säuberlich geparkt. Übers Deck krabbelten Kleinkinder in Sonnenhüten mit Nackenschutz. Hunde beschnupperten einander. Eine Jugendgruppe hatte es sich auf Treppenstufen bequem gemacht und freute sich aufs Schnuppersegeln und Surfen. Karo verzog sich unter Deck, versuchte die Schiffsmitte auszumachen, wo es angeblich am wenigsten schlingerte.

Eine Mittfünfzigerin an einem Tisch sagte: »Bei uns ist noch Platz. Rück mal, Herbert.«

Karo bedankte sich und ließ sich am Rand der Sitzbank nieder.

»Gleich geht's los«, sagte Herbert.

Karo griff in ihre Umhängetasche und zog die Schachtel mit den Pflästerchen gegen Reisekrankheit heraus. Zwei kleine runde Dingerchen hinter den Ohrläppchen sollten Wunder wirken. Der Schiffsmotor rumpelte. Der Boden unter Karos Füßen vibrierte. »Wie lange dauert die Überfahrt denn so?«, fragte sie ihre Nachbarin.

»Bei dem Wetter nicht mehr als fünfunddreißig Minuten. Das Wasser ist ja glatt wie ein Spiegel.«

Karo erhob sich von der Bank und warf einen Blick durchs Fenster. Ihre Spiegel sahen anders aus. Nicht so wellig. Sie griff noch einmal in ihre Umhängetasche. Sicher waren vier Pflaster besser als zwei.

Vom Inselhafen brachten zwei Inselbähnchen, bunt wie Spielzeugeisenbahnen, Passagiere und Gepäck vorbei an Wiesen und einer Art Wald zum Inselbahnhof. Kinder, Eltern, Gruppen, Einzelreisende und Hunde ergossen sich aus der Bahn auf den Bahnsteig. Ihre leuchtend roten Gepäckscheine in der Hand, sah Karo sich um.

»Das Gepäck gibt's da drüben«, rief Herbert ihr zu. »Muss man sich selbst aus den Containern suchen. Einer gegen alle und alle gegen einen!« Er stürzte sich ins Gewühl.

Karo folgte ihm. Immerhin hatte sie sich die Nummer des Wagens gemerkt, auf den ihre Taschen verladen worden waren, und musste nicht wie die Mehrzahl der Reisenden mehrere Wagen absuchen, um fündig zu werden. Eine drahtige, silberhaarige Dame von mindestens siebzig zerrte ihren Koffer von der oberen Ablage des gelben Gepäckwagens und wäre beinahe unter ihm begraben worden. Karo griff gerade noch rechtzeitig nach dem herabrutschenden Koffer und bremste seinen Fall.

»Danke, min Deern«, sagte die alte Dame und rollte ihr Teil davon.

Karo schleppte ihre beiden Taschen zum Ausgang. »Taxis gibt's hier wohl nicht?«, fragte sie eine Pensionswirtin, die ihre Gäste mit einem hölzernen Bollerwagen fürs Gepäck erwartete.

»Aber selbstverständlich.«

Karos Lebensgeister hoben sich. Die Frau deutete mit dem Kopf auf einen überdachten Wagen aus Holz, vor den zwei Apfelschimmel gespannt waren. Aber Lothars Pferdemobil war von vorausschauenden Reisenden ausgebucht. Karo schleppte ihre Taschen zurück auf den Bahnsteig und übergab sie einem Mitarbeiter vom Gepäckdienst Heyken, der sich aber weigerte, Karo für einen Zwanziger in seinem Elektrowagen mitfahren zu lassen.

Sie nahm ihm die Putztasche wieder ab. »Sagen Sie bitte in der Pension Ingeborg Bescheid, dass ich erst heute Abend auftauchen werde, ja?«

Die Putztasche über der Schulter, die Inselkarte in der Hand, bog Karo hinter dem Bahnhof in den Fährhusweg ein und folgte dem Melkerpad vorbei an Ein- und Zweifamilienhäusern und Pensionen zum Ostende des Dorfes. Sie war die einzige Fußgängerin weit und breit. Kinder auf Dreirädern, Paare auf Tandems, Männer und Frauen jeden Alters auf Fahrrädern überholten sie. Zwei jugendliche Reiterinnen kreuzten ihren Weg. Karo fing an zu bedauern, dass sie weder reiten noch Rad fahren konnte. Zwei plaudernde Frauen im Rentenalter auf motorroller-ähnlichen E-Mobilen zogen an ihr vorbei. Ob es für die Fahrerlaubnis ein Mindestalter gab?

Endlich. Die letzte Querstraße links war's, Melksett 8 a. Hinter dem himmelblau gestrichenen Holzzaun blühten zwei Meter tief rote und weiße Heckenrosen und erfüllten die warme Luft mit ihrem würzigen Duft. Ein geklinkerter Weg führte zu dem Backsteinhaus mit den weiß gestrichenen Fensterrahmen. Von innen sah es größer aus als von außen. Unten eine große Küche, Esszimmer, Wohnraum, Toilette, Dusche, Abstellräume und nach hinten, mit Blick in die grüne Ferne, ein Wintergarten. Unter dem Dach vier Schlafzimmer und zwei Badezimmer. Fliesenböden mit ein paar Läufern. Minimalistisch eingerichtet.

Wenn sie gleich loslegte, würde sie das locker schaffen und täglich auch noch ein paar Strandstunden herausschlagen. Frau Dinndahl wollte übermorgen, am Donnerstag, eintreffen, um sich um die letzten Vorbereitungen für die Feier am Sonntag zu kümmern.

Karo inspizierte den Inhalt der Putzkammer, verwandelte ihre Cargo-Hose mit zwei Reißverschlussbewegungen in bequeme Shorts. Gut, dass sie ihr Bikini-Oberteil schon drunter anhatte; sie zog ihr T-Shirt aus und begann zu putzen.

Sie hatte die Betten abgerückt und war dabei, die Matratzen abzusaugen, als ein Nebelhorn ertönte. Die Türklingel, Frau Dinndahl hatte sie vorgewarnt. Die Inselpost in Gestalt eines schlanken, hochgewachsenen Mannes mit blondem Pferdeschwanz stand vor der Tür.

»Moin Moin. Ein paar Päckchen für den alten Herrn Dinndahl. Eins eingeschrieben.«

Karo bestätigte den Empfang.

»Bin mal gespannt, wer's nun wird«, sagte der Postmann.

»Wer was wird?«

»Na, Lale auf der Feier.«

»Lalle?« Hatte er getrunken? Oder redete er von einem alten ostfriesischen Brauch?

»La-le. Lale Andersen. Der alte Herr Dinndahl ist doch ein großer Fan von ihr. Sie hat auf Langeoog gelebt und ist hier auf dem Dünenfriedhof begraben. Und auf der Feier soll eine Lale auftreten. Wissen Sie wohl nicht? Die Antje, eine Bekannte von mir aus Esens, hat sich mit einem Tonband beworben. Ist leider nicht in die engere Auswahl gekommen.«

»Warten Sie mal . . . Lili Marleen?«

»Genau! Das war ihr Lied. Wurde im Krieg sogar bei den Engländern und Amerikanern gespielt. Na, ich muss weiter.« Sein gelbes Postmobil surrte davon.

Bis zum Abend war Karo mit der oberen Etage fertig. Die Fenster waren geputzt, die Betten bezogen, die Schrankfächer ausgewischt und mit dezent duftendem Schrankpapier neu ausgelegt. In den Bädern blinkten die Armaturen, die Kacheln glänzten, die Spiegel waren streifenfrei, die Muschelsammlung auf dem Regal gewaschen, die Klos geputzt, Karo war erledigt. Vergeblich suchte sie in der Küche nach Kaffee. Sie trank drei Gläser Leitungswasser, duschte und machte sich auf den Weg zu ihrer Pension im Um Süd. Am Um Süd? Die Sonne stand noch weit über dem Horizont. Nicht mehr lange bis zur Mittsommernacht.

Im Garten der Pension Ingeborg blühte der Klatschmohn und Rosen rankten an dem Friesenhaus empor, das auf einer kleinen Erhebung stand. »Eine Warft«, erklärte ihre Wirtin und übergab ihr den Schlüssel für Zimmer drei. »Frühstück ist von acht bis zehn.«

Karos Magen begann zu knurren. Sie zog ein Sommerkleid aus ihrer Reisetasche und machte sich auf die Suche nach einem Restaurant. Und wenigstens einen Blick wollte sie aufs Meer werfen. Mit einer Pizza Funghi von Luciano lief sie am Wasserturm vorbei durch die Dünen. Weißgekrönte Wellen rollten an den fast menschenleeren Sandstrand. Karo enterte einen Strandkorb, zog die Fußstütze heraus und atmete tief durch. Himmlisch.

Für Mittwoch waren achtundzwanzig Grad angesagt. Karo durfte schon um halb sieben frühstücken. Sie schmierte sich Brote für mittags und war mit dem Putzen um vier fertig. Mit dem ganzen Haus. Selbst für sie eine stramme Leistung. Nun hatte sie bis Samstag frei. Ihr erster Urlaub seit langer Zeit. Sie genoss ihn bis genau siebzehn Uhr neununddreißig. Da saß sie im Sonnenhof vor einem großen Eisbecher. Das reetgedeckte Anwesen hatte bis zu ihrem Tod Lale Andersen gehört. Nun war das Café-Restaurant ein Anziehungspunkt für alle Lale-Fans, die ihren Weg auf die Insel fanden.

»Nicht, dass Sie denken, das Haus hat immer so nobel ausgesehen«, hörte Karo eine alte Dame am Nebentisch zu ihrem Nachbarn sagen. »Das war nach dem Krieg eine Baracke. Hat sie von der Insel geschenkt bekommen oder vielleicht auch preiswert erworben, ich hab's vergessen. Immer las man, sie hat ein Haus auf der Insel. Ha! Erst viel später wurde es so ausgebaut.«

»Und was sagen die Dorfbewohner zu dem neuen Lale-Andersen-Denkmal?«, wollte der Herr wissen.

Karo konnte das Vibrieren ihres Handys nicht länger ignorieren. »Hallo, Frau Dinndahl«, sagte sie nach einem Blick auf die Anzeige. Sie würde ihr nicht verraten, dass sie mit dem Putzen schon durch war.

Brauchte sie auch nicht. Sie kam kaum zu Wort. Frau Dinndahl steckte in einer geschäftlichen Krise, konnte nicht schon morgen, Donnerstag, kommen, sondern erst am Samstag. »Dann gleich mit der ersten Fähre, zusammen mit meinem Mann, und noch vor den ersten Gästen, und meine Schwiegereltern fliegen erst mittags ein, aber das heißt, ich kann mich um die Dinge, die ich vor Ort noch erledigen wollte, nicht selbst kümmern. Meine Assistentin liegt mit einer Lebensmittelvergiftung im Krankenhaus. Softeis – bei dem Wetter, ich bitte Sie! Jetzt muss ich mich persönlich um die Hochzeit in Mülheim kümmern. Die ist am Freitag, im Aquarius Wassermuseum, wichtige Leute. Frau Rutkowsky, Sie müssen mir helfen, das tun Sie doch, oder, sind nur ein paar Punkte, aber essentiell für das Gelingen der Geburtstagsfeier, ich habe die unter das Motto Lale lebt gestellt, und natürlich zahle ich Ihnen einen Bonus, keine Frage, also, Sie tun's doch, ja?«

»Sicher«, sagte Karo. Bonus hörte sich gut an, besonders, wenn man ein vierzehn Jahre altes Auto besaß, das kürzlich auf der Kronprinzenstraße beinahe seine Lichtmaschine verloren hätte. Sie lieh sich von der Serviererin einen Kuli. »Schießen Sie los.«

Die Liste auf der weißen Serviette wurde lang und länger. Das Eis im Glas verwandelte sich in Soße.

»Ich faxe Ihnen das alles auch noch ins Haus, Frau Rutkowsky, und zum Seekrug könnten Sie doch jetzt schon gehen, und wenn Sie Fragen haben . . .«

»Ja, ja, ist alles klar, Frau Dinndahl. Wird erledigt.« Nicht weiter schwierig, nur viel Rennerei. Sie würde mit der Grabstätte von Lale Andersen beginnen. Der Eingang zum Dünenfriedhof lag nicht weit vom Sonnenhof. Besser, sie hatte einen Eindruck davon, wie groß die Blumenschale sein durfte, die sie im Namen von Herrn Dinndahl senior aufs Grab stellen sollte.

Neben Insulanern waren auf dem Friedhof auch viele Russen begraben, war in einem Schaukasten zu lesen. Ab 1941 waren die Kriegsgefangenen zur Fronarbeit auf die Insel geschickt worden. Unmenschliche Bedingungen, Bunkerbau, Dünenbefestigungen, Hunger, Krankheit und Tod. Ein Schatten schien sich über diesen ruhigen Ort zu legen. Karo fröstelte.

Es gab auch eine baltische Gedenkstätte für eine Gruppe von Vertriebenen, meist Frauen, die nach einer Odyssee auf Langeoog gelandet und später hier verstorben waren.

Karos Augen weiteten sich. Auf der Tafel der 1960 Gestorbenen stand: Alexandra Rutkowsky. So was. Musste sie ihrem Vater erzählen. Konnte Alexandra eine entfernte Verwandte sein?

Karo riss sich los. Lale Andersens Grab war dicht bepflanzt. Eine kleine Schale würde reichen. Nun über die Höhenpromenade zum Seekrug. Hier hatte Frau Dinndahl für die Feier ein Ostfriesenbuffet bestellt, mit Fisch, Krabben und Langeooger Wild. Nur der Nachtisch stand noch nicht fest. Frau Dinndahl schwankte zwischen Ostfriesischer Schwarzbrot-Creme und dem Langeooger Rosenblüteneis mit kandierten Blütenblättern, hatte aber beides noch nicht gekostet. Nun sollte Karo entscheiden. Nicht einfach. Nach der vierten Runde nickte Karo. Das Rosenblüteneis. Als Digestif servierte man ihr einen Schnaps aus Löwenzahnblüten von der Insel. Lecker. Aber die träge an den Strand rollenden Wellen rollten mit einem Mal nicht mehr so gerade.

Der Donnerstag versprach noch wärmer zu werden. Frau Winkler servierte Karo mit dem Frühstücksei die gute Nachricht, dass sie nach einigem Herumtelefonieren jemanden in der Seniorenwohnanlage Bliev hier gefunden habe, der bereit sei, Karo sein E-Mobil für zwei Tage zu vermieten, sogar ein recht schnelles. Der Tag war gerettet. Wer sagte denn, dass man pensioniert sein musste, um mit den Dingern über die Insel zu düsen. Achtzehn Stundenkilometer Höchstgeschwindigkeit und man brauchte noch nicht mal einen Helm.

Karo arbeitete ihre Liste ab. Im Blumenhaus Peters bestellte sie die Lale-Schale sowie für Samstag siebzehn kleine Sträuße für alle Zimmer der Geburtstagsgäste in der Pension Hennig. (»Alte Freunde meiner Schwiegereltern. Frau Hennig senior kommt auch zur Feier.«) Bei Feinkost Eckart orderte Karo Lebensmittel für den Dinndahl-Haushalt. In der Inselgoldschmiede machte sie den Liefertermin für die in Auftrag gegebene Miniaturausgabe des Lale-

Denkmals aus; das Geschenk des mittleren Dinndahl-Sohnes Werner. (»In Silber, ich bitte Sie, der will sich doch nur einschleimen.«) Für alle neunundzwanzig Gäste waren kleine Präsent-Seesäcke zu füllen: mit Gutscheinen für Massagen im Kurzentrum, Inselführern aus der Inselbuchhandlung am Wasserturm, mit Sanddornsaft und Algenfußcreme.

Karo düste umher, brachte Einkäufe zum Haus, fuhr wieder los. Mittags stärkte sie sich mit einem Bananensplit im Café Leiß und war rechtzeitig zurück, um die nächste Päckchenlieferung durch Hermann anzunehmen.

Der Freitagmorgen verlief ruhig. Kein Fax, keine SMS. Karo legte eine CD mit Liedern von Lale Andersen auf und ging noch einmal mit dem Staubtuch durchs Haus. Ein Schiff wird kommen, versprach Lale, als die Lebensmittel geliefert wurden. Karo machte sich einen Cappuccino und legte noch einmal die DVD ein, die Frau Dinndahl gestern geschickt hatte. Fotos einer noch jungen Lale, Filmaufnahmen von Auftritten in den vierziger Jahren, Ausschnitte von Fernsehsendungen der sechziger Jahre. Aussehen und Gestik der Sängerin waren Karo nun ganz vertraut.

Nur zwei Leute waren in die Endauswahl gekommen, hatte Frau Dinndahl am Telefon erklärt. »Lale als junge Frau, überschlank, gute Stimme und eine erstaunliche Ähnlichkeit. Und dann eine ältere Lale, als reife Frau, leicht rauchige Stimme. Ist ein Mann, gefiel mir auf dem Tonband und den Fotos aber fast noch besser. Doch es kommt auf die Präsenz an, die Aura. Denken Sie an das Motto des Abends, Frau Rutkowsky. Lale lebt! Wenn sie auftritt, oder er, soll es meinem Schwiegervater durch und durch gehen. Vor dem Abendessen weichen wir ihn schon mit den Flinthörners auf, dem Shanty-Chor, und dann, wenn's dunkel wird . . . Meeresrauschen, leise Musik und auf der Terrasse vor dem Esszimmer – Lale! Dagegen muss die Silberstatue als Geschenk verblassen. Was mein Schwager Reiner, er ist der jüngste Sohn, schenkt, konnte ich nicht rausfinden. Er selbst kann nicht kommen. Er fliegt Sonntag geschäftlich nach Hongkong. Also, tun Sie Ihr Bestes, Frau Rutkowsky.«

Die Schiffssirene ertönte. Die junge Lale war auf dem Fahrrad gekommen. Sie trug ein rot-weiß gestreiftes Kleid im Stil der vierziger Jahre und weiße Pumps mit Keilabsätzen. Lange blonde Haare, ein großzügig geschnittener Mund. Karo machte es sich auf dem Sofa bequem. Die junge Lale stellte ihr Tonbandgerät an.

Die Schiffssirene ertönte. »Entschuldigen Sie mich«, sagte Karo. »Hermann! Was ist passiert?«

Die rechte Wange des Postboten war geschwollen und verfärbt. Er übergab Karo zwei Päckchen, eins davon eingeschrieben. »Saukerl. Hab ihn im Polderweg erwischt, wie er in den Paketen wühlte. Hat mir eine gelangt, als ich ihn festhalten wollte, und ist abgehauen.«

»Hat er was geklaut?«

»Nee. Was für'n Glück. Wo ich doch nie abschließe, wenn ich Post zu 'nem Haus bringe. War bestimmt so'n Tagesgast. Vielleicht ein Junkie vom Festland.«

»Sieht ja übel aus. Kommen Sie rein, ich leg Ihnen ein frisches Steak drauf. Gehen Sie schon mal durch ins Wohnzimmer.« Karo deponierte die Päckchen auf den Dielentisch.

Als sie mit dem leicht blutigen Steak in der Hand aus der Küche kam, stand ein dunkelhaariger Mann in Jeans und T-Shirt im Flur. »Bin gleich wieder da«, sagte Karo. »Oder wollen Sie Ihr Zeug schon reinholen? Sie können sich hier im Duschraum schminken und umziehen.« Er glotzte sie an. »Sie werden sich doch wenigstens schminken, oder?«

»Mh!«, machte er, drehte sich um und ging raus.

Rasieren müsste er sich eigentlich auch. Bei einer Lale mit Bartstoppeln würde sie nicht in Stimmung kommen.

Hermann saß mit der jungen Lale auf dem Sofa und unterhielt sich animiert. Er winkte ab, als er das Steak sah.

140

Die Schiffssirene ertönte. Karo lief in den Flur. In einem weißen Hosenanzug, mit hellgeschminkten Lippen und einer wuscheligen blonden Sechziger-Jahre-Frisur stand Lale Andersen in der Tür und strahlte Karo mit blendend weißen Zähnen an. Es war verblüffend. Wie hatte er das in der kurzen Zeit geschafft? Und von Bartstoppeln keine Spur.

»Super! Gehen Sie durch. Die andere Lale ist auch schon da. Ich bringe dies nur eben weg.« Karo wusch das Steak unter fließendem Wasser ab. Ihr Handy vibrierte.

»Dinndahl. Frau Rutkowsky, mein Schwager Reiner rief gerade an. Wenn sein Päckchen kommt, heute oder morgen, legen Sie es bitte in den Tresor. Die Kombination steht im Oetker-Kochbuch in der Küche, auf der Seite mit der Fischsuppe. Er hat in Hamburg ein paar Briefe ersteigert, zu dumm, mein Schwiegervater wird entzückt sein. Ein ganzes Konvolut bisher unbekannter Liebesbriefe zwischen der Andersen und Rolf Liebermann, dem Komponisten und Opernintendanten, Sie wissen schon. Vom Anfang der vierziger Jahre, sagt Reiner. War ja nicht ungefährlich, die Beziehung. Er war Jude, zum Glück in der Schweiz, sie bekam eine Weile Auftrittsverbot.«

Aus dem Wohnzimmer erklang im Duett *Einmal sehen wir uns wieder*. Die beiden Lales hörten sich zusammen ganz gut an.

». . . vorhin wurde Reiner von einem Sammler von Liebermann-Dokumenten angerufen. Offensichtlich gut betucht und fanatisch, aus Florida. Er hatte zu spät von der Auktion erfahren und machte Reiner ein sehr –«

»Frau Dinndahl, ich hab eine Idee! Was halten Sie von zwei Lales? Jugend und Alter vereint. Hören Sie mal. Moment, ich gehe eben rüber.«

»Frau Rutkowsky, mein Schwager fürchtet –«

»He!«, schrie Karo. Die Haustür fiel hinter dem Mann mit den Bartstoppeln ins Schloss. Aus dem Wohnzimmer erklang nun drei Stimmen. Auf dem Dielentisch lag nur noch ein Päckchen. Das eingeschriebene fehlte.

Karo riss die Wohnzimmertür auf. »Da hat einer das Päckchen geklaut!« Sie drehte sich um und rannte los.

Hermann rief: »Wieder dieser Saukerl? Hinterher! Ich hab für das Einschreiben noch keine Unterschrift.«

Das Gartentor stand auf. Karo sah das entführte Postmobil nach links in den Melkerpad abbiegen. Sie schwang sich auf das E-Mobil und surrte los, fuhr einen großen Bogen um ein vor dem Nachbarhaus geparktes Pony. Aus ihrer Hosentasche quakte Frau Dinndahl. Noch vor der nächsten Ecke wurde sie von der jungen Lale auf dem Fahrrad überholt. Auf dem Gepäckträger saß Hermann, seine langen Beine von sich gestreckt, einen Arm um Lales Taille und sein Handy am Ohr. »Beeilt euch!«, rief er ins Handy. »Richtung Flughafen, glaube ich. Oder zum Hafen.«

Letztere Vermutung schien richtig zu sein. Als Karo in den Schniederdamm einbog, war das Postmobil schon an der Flughafenstraße vorbei, hatte den Bahnübergang überquert und bewegte sich auf der Hafenstraße nach Süden. Das hohle Klipp-Klopp, Klipp-Klopp hinter Karo wurde lauter. Sie wandte den Kopf. Das Pony von 6a zog an ihr vorüber, im Sattel Lale im weißen Hosenanzug. »Nettes Pferdchen«, rief er und trieb das Tier zum Galopp an.

Postraub, dachte Karo, Körperverletzung, Postmobil-Diebstahl und Pony-Entführung – früher oder später würde die Inselpolizei auftauchen und wissen wollen, wer sie war. »Ich bin Frau Dinndahls Kusine . . . Kusine . . . Kusine«, murmelte Karo vor sich hin. Weder sie noch ihre Arbeitgeberin wollten wegen Schwarzarbeit und Steuerhinterziehung ans Essener Finanzamt verpfiffen werden. »Kusine . . . Kusine . . . Kusine . . .«

Die von ihrer Pensionswirtin zum Tidewechsel versprochene Brise kam auf und vermengte sich mit dem Fahrtwind. Höchst angenehm. Am Straßenrand stand eine Gruppe von Nordic Walkern mit erstaunten Gesichtern und sahen der Lale auf dem Pferd nach. Aus dem Süderdünenring schoss rot und bimmelnd ein Feuerwehrauto und bog rechts in die Hafenstraße ein. Offensichtlich waren alle Stellen alarmiert. Je näher Karo dem Hafen kam, desto voller wurde die Straße. Zu Fuß, per Rad, im E-Mobil oder zu Pferde – wer in der Nähe war, drehte von Neugier getrieben in Richtung Hafen.

In einem Pulk von mindestens fünfzig Leuten, acht Hunden, mehreren Kinderwagen, einer Pferdekutsche und drei Senioren auf E-Mobilen erreichte Karo die Anlegestelle.

Das Postmobil stand am Kai. Der Posträuber war mit Handschellen ans Feuerwehrauto gefesselt, da es kein Polizeiauto gab. Auf Langeoog wurden Verhaftungen vom Fahrrad aus vorgenommen. Hermann wurde von einem der beiden Inselpolizisten befragt. Die beiden Lales gaben Autogramme.

Karo stieg von ihrem E-Mobil und streckte sich. Sie zog das Handy aus ihrer Hosentasche. »Frau Dinndahl«, flüsterte sie, »ich bin's. Ihre Kusine! Das Päckchen ist gerettet.«

Auftrag von Frau K.

»Ich soll was tun?« Karo starrte Frau Kowalsky an, die in dem apricotfarbenen Cocktailsessel Platz genommen hatte, wie so manche potentielle Kundin zuvor. Der Sessel stammte, wie die gesamte Einrichtung in Karos Detektivbüro, aus den fünfziger Jahren und bildete den einzige Farbfleck in dem schäbigen kleinen Büro. Abgesehen von der spitzen Zellophantüte mit Himbeerbonbons, die seit einigen Minuten vor Karo auf dem Schreibtisch lag.

»Diese Klümpkes mochtest du doch früher so gerne, Karola«, hatte Frau Kowalsky gesagt und ihr die knisternde Tüte in die Hand gedrückt. »Hast du immer an der Bude geholt, wenn du mal 'n Tacken übrig hattest. Weißt du noch?«

Karo hatte gelächelt und genickt, war sogar ein wenig gerührt gewesen, dass Frau Kowalsky sich daran erinnerte. Mit Karos Eltern war sie eine der wenigen Bewohnerinnen der Bergarbeitersiedlung, in der Karo aufgewachsen war, die bereits lange vor dem Zechensterben dort gelebt und ihre Familien großgezogen hatte.

Aber Frau Kowalsky war keineswegs nur um der alten Zeiten willen in Karos Büro in der Essener Lichtburg aufgetaucht. Sie sah sich als Kundin. »Ich weiß gar nicht, was du willst. Zeit hast du doch wohl. Erst gestern sagte deine Mutter zu mir, als ich ein bisschen Dill borgen ging für das Gurkengemüse zum Mittagessen, sie sagte, als ich gefragt hatte, wie es bei dir so läuft, es könnte besser gehen. Als Putzfrau hat sie zu tun wie Bolle, sagte sie, aber als Detektivin dreht sie zur Zeit Däumchen –«

Karos Nasenflügel weiteten sich. Sie beschloss ein ernstes Wort mit ihrer Mutter zu reden.

»... und deshalb dachte ich, wärest du sicher froh über einen netten kleinen Auftrag, auch wenn ich dir nicht deine übliche Gage zahlen kann, das muss ich ehrlicherweise gleich dazusagen ...«

Gage? Guckte die Frau keine Krimis? Karo unterdrückte einen Seufzer, zog die Bonbontüte heran und nestelte den Verschluss auf.

»... aber etwas ist besser als nichts, das siehst du sicher auch so und deine Mutter meinte, du würdest mir sicher sowieso einen Freundschaftspreis anbieten ...« Frau Kowalsky sah Karo aufmunternd an.

Behindert von drei kaum angelutschten Himbeerbonbons im Mund machte Karo: »Mhhhm.«

Ehe sie die süßen Stücke in ihre rechte Backe bugsieren und zu einer Erläuterung ausholen konnte, hatte Frau Kowalsky die Äußerung zu ihren Gunsten ausgelegt und strahlte.

»Wusst' ich's doch. Bist 'n Schätzken.«

Karo schüttelte den Kopf, holte tief Luft und fing an zu husten, weil ein Bonbon in Richtung ihrer Luftröhre gerutscht war. Karo sprang auf, riss ihre Arme hoch und hustete wie ein röhrender Hirsch. Durch Tränen sah sie, dass die beiden anderen Bonbons wie rosa Kugeln auf Frau Kowalsky zuschossen. Aber der bewährte Trick mit den erhobenen Armen half. Das verrutschte Bonbon löste sich aus ihrem Luftröhreneingang, Sekundenbruchteile, bevor Frau Kowalsky um den Schreibtisch gehastet war und begann, Karo mit ihren ans Zupacken gewöhnten Hausfrauenhänden auf den Rücken zu trommeln.

„»Hurrhk!« Vor Schreck verschluckte Karo das Bonbon und nun steckte es mit der gefühlten Größe eines Hühnereis in ihrer Speiseröhre fest. Karo griff sich an den Hals und schluckte mehrmals. Es rührte sich nicht. Sie würde warten müssen, bis sich die Zuckermasse auflöste.

»Das ist ja gerade noch mal gut gegangen«, meinte Frau Kowalsky und ließ sich wieder in den Cocktailsessel sinken. »Gut, dass ich da war, was?« In ihrer silbergrauen Dauerwelle klebte ein feucht glänzendes Himbeerbonbon.

Karo deutete mit dem Zeigefinger darauf. »Sie haben da ein –«

»Würde mich nicht wundern, wenn ich dir das Leben gerettet hätte. Was ist? Man deutet nicht mit dem nackten Finger auf eine angezogene Frau, das weißt du doch wohl.« Frau Kowalsky lachte meckernd und schlug sich auf den Schenkel.

Karos gefühltes Alter raste rapide auf die zwölf zu. Sie senkte ihren Finger und beschloss nichts zu sagen. Auch nicht, dass sie kaum dem Erstickungstod nahe gekommen wäre, wenn ihr Frau Kowalsky nicht auf den Rücken gehämmert hätte. Gerade noch rechtzeitig verhinderte Karo, dass sich ihre Unterlippe trotzig nach vorne wölbte. Sie verschränkte ihre Arme vor der Brust.

»Also, dann kann ich mich auf dich verlassen?«

»Mhm.« Ihr blieb wohl kaum etwas anderes übrig, wenn ihre Mutter der Kowalsky praktisch eine Zusage gegeben hatte. Über Karos Kopf hinweg. Sie presste ihre Lippen aufeinander.

»Und denk dran: Schnell muss es gehen. Lass alles andere fallen. Oberste Priorität. Sonst sitze ich in der Tinte. Tief. Sehr tief . . .«

Frau Kowalskys Blick wurde melancholisch und Karos Unmut schmolz. »Ja, okay, geben Sie's her. Aber ich kann nichts versprechen. Wenn sie mich nicht in die Küche lässt oder ich sie da nicht für einen Moment ablenken kann . . .«

»Du wirst es schaffen, Karo, ich spüre es. Hier.« Frau Kowalsky presste ihre Fäuste auf die linke Seite ihres Busens. »Und du musst es auch schaffen. Ich wäre völlig unten durch, wenn es herauskäme. Ach, ich weiß wirklich nicht, was über mich gekommen ist. Aber seit vier Jahren gibt sie damit an, in einer Weise . . . völlig unerträglich.

Ich meine, wir haben alle irgendwelche Rezepte, auf die wir stolz sind . . . Familienrezepte meist . . . jede einzelne in unserer Gruppe. Die Frau Grabenhorst aus Hamminkeln zum Beispiel backt einen wirklich köstlichen schlesischen Pflaumenkuchen – ihre Mutter stammt von da, aus der Nähe von Breslau – mit einer Spur von . . . na ja, ich bin noch nicht dahinter gekommen. Geriebene Zitronenschale ist es nicht. Aber habe ich versucht, ihr Rezept zu klauen? Nee! Auf die Idee würde ich nie kommen. Es ist diese überhebliche herablassende Art, die Frau Eggers an sich hat.« Frau Kowalsky spitze ihre Lippen und flötete: »Das Rezept habe ich erhalten, als ich mit meinem Mann zu einem Literaturwochenende auf Schloss Anholt war. Von der Cousine einer Köchin, die früher im Schloss gekocht hat. Eine ganz reizende alte Dame, sie war Gouvernante in den besten niederrheinischen Adelsfamilien . . .« Frau Kowalsky schüttelte sich. »Inzwischen ist die Frau leider verstorben. Ich habe das Schloss angerufen. Jetzt kann man nicht mal mehr nachprüfen, ob das Rezept tatsächlich von ihr stammt. Tja, jedenfalls, beim letzten Treffen vorige Woche, wir haben uns alle mal in der Kur in Bad Münstereifel kennengelernt und seitdem gibt es diese Runden, letzte Woche also waren wir wieder bei der Eggers in Duisburg, sie wohnt da am Innenhafen, das sagte ich doch schon? Nein? Na, da wohnt sie jedenfalls seit zwei Jahren, in einem dieser schicken Häuser am Wasser, an den Grachten. Grachten! Als wären sie schon in Holland. Na, trotzdem ganz schön, der Blick aufs Wasser, und so nah am Innenhafen und am Museum Küppersmühle für Moderne Kunst. Ich liebe ja diese alten Backsteingebäude. Wir haben uns da sogar eine Ausstellung angesehen. Von – wie heißt er noch? Er malt die Bilder immer falsch rum. Na, egal. Tja, und sie erzählte, dass sie Leute von der Ruhr-Touristik zu einem kleinen Mittagessen da gehabt hätte. Und was hat sie aufgetischt? Dreimal darfst du raten! Ja, und die waren ja soooo begeistert und haben sie soooo bedrängt, das Rezept zu verraten. Ach! Ich konnte es nicht mehr hören und habe mich entschuldigt, um zur Toilette zu gehen. Die Küchentür stand auf, als ich daran vorbei kam. Tja, und da bin ich rein und zu ihrem Kochbuchregal und habe das dicke Buch ausgeschüttelt, aus dem sie den Umschlag manchmal nimmt, wenn sie mit dem Rezept angibt. Niederrheinisches Kochbuch von 1777. Nicht das Original, verstehst du, sonst hätte ich nicht so geschüttelt. Ich wollte nur kurz draufschauen auf das Rezept, das schwöre ich. Aber dann hörte ich Schritte auf dem Parkett im Flur und ich schmiss das Buch zurück und ließ den Umschlag in der Tasche verschwinden. Mein gelbes Sommerkleid – ich weiß nicht, ob du es kennst? Hat zwei aufgesetzte Taschen. Sehr praktisch. Ein Burda-Muster. Ja, und schon kam die Eggers in die Küche. Peinlicher Moment. Ich sagte, ich wollte einen Schluck Wasser, um eine Tablette zu nehmen. Na ja. Es ergab sich keine Gelegenheit mehr, den Umschlag zurückzulegen. Und nun hörte ich zufällig von der Gerda Schaphusen, dass sie und die Eggers Samstag für das Buffet kochen, das es bei ihrem Klassentreffen geben wird, das zweiundvierzigste oder so. Die Gerda macht ihren Kartoffelsalat mit selbst eingelegten Gürkchen, und die Eggersche natürlich das Dessert von der Schlossköchin. Wenn sie dann entdeckt, dass der Umschlag weg ist und sich erinnert, dass sie mich in der Küche – «

»Ja, ja, ich verstehe, Frau Kowalsky. Nun brauche ich noch ein paar Details.« Karo notierte die Anschrift in Duisburg (Philosophenweg), ließ sich die Wohnung beschreiben (Parterrewohnung mit Loggia, dahinter die Gracht; ein eingezäunter Innenhof auf der Rückseite des Hauses), die Bewohner der Wohnung (nur Frau Eggers, da Gatte mit Mini-Yorkie zur Zeit auf Besuch bei seiner Mutter und Bed & Breakfast-Gäste erst ab Juni geplant waren, zum Beginn des Klavier-Festivals Ruhr), Standort des Kochbuchregals (über dem Frühstückstisch), Aussehen des Kochbuches (»Was weiß ich – dick ist es und auf dem Rücken steht Niederrheinisches Kochbuch von 1777«).

»Versprechen kann ich nichts, Frau Kowalsky, das verstehen Sie doch.«

»Natürlich, Karola. Aber wie schwer kann es sein?« Sie hängte ihre Handtasche über den Arm und erhob sich. »Du musst sie nur kurz ablenken und in die Küche schlüpfen. Oder sie unter einem Vorwand aus der Küche schicken, solltet ihr da drin sein. Eigentlich ein Puppenspiel.«

Karo presste die Lippen aufeinander. Sie würde es nicht sagen. Sie würde professionell bleiben und gelassen. »Wenn es so einfach ist, warum bringen Sie das Rezept nicht selber zurück?«

Frau Kowalsky gab vor, die Bemerkung nicht gehört zu haben. Mit einer kurzen Geste des Abschieds und einem etwas starrem Lächeln segelte sie zur Tür hinaus.

»Ist doch wahr . . .«, murmelte Karo und nahm den cremefarbenen Umschlag auf. *Schloß Anholt* stand in der linken oberen Ecke, gleich über einem von mehreren Fettflecken. Sie zog ein hellblaues Blatt Papier heraus. In einer fließenden, altmodisch anmutenden Schrift in schwarzer Tinte stand darauf ein Rezept für *Berthas Schaumcreme, wie auf Anholt zum Dessert gereicht.*

Karo zog ihren Notizblock heran und schrieb es ab. Hörte sich etwas merkwürdig an, aber wenn alle so begeistert davon waren . . .

Sie würde es ihrer Mutter geben, die kochte gerne. Außerdem hatte sie ihr die ganze Sache aufgehalst, da war eine Einladung zum Schaumecreme-Essen à la Bertha ja wohl das mindeste, das eine geplagte Tochter erwarten konnte.

Drei Stunden später stand Karo in ihrer Inkarnation als Dubber-Ware-Vertreterin vor der Duisburger Haustür und klingelte bei Eggers. Im Kofferraum von Karos Wagen lagen immer ein paar Plastikdosen der neuesten Kollektion und ein Stapel Prospekte. Ihre Mutter vertrieb die bunten

Behältnisse auf Hausfrauen-Partys. Karo hatten sie schon oft als Vorwand gedient, wenn sie Nachbarn von Verdächtigen ausfragen wollte. So nebenbei hatte sie ihrer Mutter dabei manchen Auftrag beschert.

Die Tür wurde mit einem Schnarren aufgedrückt. Karo trat in den kühlen Hausflur. In der linken Wohnungstür im Parterre stand eine zierliche schwarzhaarige Frau. »Ja, bitte?«

Karo lächelte strahlend und begann ihr bewährtes Verkaufsspiel. »Guten Tag! Kennen Sie Dubber-Ware, die preiswerte Alternative für die qualitätsbewusste Hausfrau?« Sie hob das neueste ineinanderpassende Dosen-Set mit sonnenfarbenen Deckeln in die Höhe. »Siebzig Zentimeter geballten Aufbewahrungsraums. Darf ich es Ihnen kurz zeigen und erläutern? Wir haben da gerade ein Aktions-Angebot . . .«

Frau Eggers zögerte und machte einen Schritt rückwärts, war kurz davor die Tür wieder zu schließen.

Karo verstärkte ihr Lächeln um einige Lux. ». . . ein Aktions-Angebot speziell für, äh . . . herausragende Bed-and-Breakfast-Gastgeberinnen im Ruhrgebiet – «

Frau Eggers Augen weiteten sich. »Ach . . .?«

»Ja! Sie wurden uns empfohlen von, äh . . . der, mh . . .«

»Ach, wahrscheinlich vom Kulturhauptstadt-Büro.«

Karo nickte. »Ja, das war's.«

»Ich werde nämlich in die Liste der B und B's mit dem Touristik-Siegel Ruhr aufgenommen.«

»Das ist ja fantastisch.«

»Nicht wahr? Schon bald wird man mich auf die Website setzen, in die Kategorie Übernachten am Wasser. Ach, treten Sie doch näher. Darf ich Ihnen einen Kaffee anbieten?«

Kaffeekochen! Küche! Das lief ja wie geölt. »Och, na ja, wenn es keine Umstände macht, sag ich da nicht nein.«

»Nein, überhaupt keine Umstände! Kommen Sie. Die Thermoskanne ist noch fast voll.« Frau Eggers führte Karo in ein helles Wohnzimmer. Die Tür zur großen Loggia stand auf. Ein Geländer trennte den mit Gartenmöbeln aus gebürstetem Aluminium möblierten Außenraum von dem schmalen Weg, auf dem Karo gekommen war, dahinter blinkte die Sonne auf dem Wasser der Gracht. Auf dem Couchtisch im Wohnzimmer stand ein Tablett mit Kanne, Milchkännchen und einem Becher.

Frau Eggers deutete auf das Sofa. »Nehmen Sie doch bitte Platz. Ich hole Ihnen rasch noch einen Kaffeebecher.« Frau Eggers wandte sich zum Gehen, Karo wollte ihr folgen. »Nein, bitte, setzen Sie sich doch. Ich bin gleich zurück.«

Karo wartete, bis Frau Eggers im Sessel saß und ihr Kaffee eingegossen hatte, ehe sie nach Zucker fragte.

»Entschuldigung!«, rief Frau Eggers. »Moment, ich – «

»Ach, bemühen Sie sich nicht, den kann ich mir doch eben selbst aus der Küche holen.« Karo erhob sich.

»Nicht nötig.« Frau Eggers deutete auf die Vitrine, die neben dem Sofa stand. »Hinter der rechten Tür. Würfelzucker, Rohrzucker und Kandis, Honig – was immer Sie wollen. Agavendicksaft habe ich auch.«

So ein Pech. Karo ließ ein Stück Würfelzucker in ihren Becher fallen und lauschte mit einem Ohr Frau Eggers Lobgesängen auf ihre Bed & Breakfast-Idee. Diese Wohnung und die darüber gekauft, nachdem die Zeche Zollverein in Essen Weltkulturerbe geworden war, aber noch bevor Essen mit dem Ruhrgebiet zur Kulturhauptstadt 2010 gekürt wurde (»Ich habe schon immer ein gutes Näschen gehabt.«) – der anfängliche Widerstand ihres Mannes, aus der Dorfidylle von Rheurdt in die Großstadt zu ziehen – internationale Gäste – internationale Frühstücksvariationen – die Einrichtung der Zimmer – ihr Bemühen um das Touristik-Siegel Ruhr.

Karo wurden trotz des Koffeins die Augenlider schwer. Sie riss sich zusammen. »Entschuldigung, dürfte ich wohl mal Ihre Toilette benutzen?« Die Gästetoilette befand sich nur zwei Türen von der Küche entfernt, wie sie von Frau Kowalsky wusste.

»Aber ja. Kommen Sie, ich zeig's ihnen.«

»Nein! Nein, ist doch nicht nötig, meine ich. Bleiben Sie doch bitte sitzen!«

»Oh, ich muss ohnehin nach dem Kuchen schauen. Kommen Sie.«

»Kuchen? Äh . . . Kuchen . . . ja! Wir haben auch fabelhafte Kuchen-Frischhalte-Behälter im Programm, erwähnte ich das schon? In drei Größen. Oder vier. Öhm, darf ich mal einen Blick auf Ihren Kuchen werfen? Dann kann ich Ihnen gleich sagen, ob wir die passende Größe haben.«

»Es ist ein ganz normaler Kastenkuchen. Dafür haben Sie auch Behälter?«

»Selbstverständlich. Jede Menge fabelhafte Kastenkuchen-Behälter«, beteuerte Karo, während sie unter Frau Eggers Augen die Tür zur Gästetoilette öffnete. War die Frau misstrauisch oder nur eine gute Gastgeberin?

Karo ließ sich Zeit. Wie lange konnte es dauern, nach so einem Kastenkuchen zu schauen? Backofenklappe auf, Backofenklappe zu. Vielleicht noch ein Stich mit einer Stricknadel. Zwei Minuten höchstens.

Karo drückte den Spülknopf. Spülte nochmals. Wusch sich die Hände. Cremte sie ein. Cremte ihre Ellenbogen ein. Lauschte. Verließ die Gästetoilette und näherte sich mit Blick auf die angelehnte Wohnzimmertür auf Zehenspitzen der Küche. Es war nichts zu hören. Eben wollte sie nach der Klinke greifen, als die Küchentür von innen geöffnet wurde.

»Huch!«, hauchte Frau Eggers.

»Entschuldigung! Ich wollte Sie nicht erschrecken. Nur fragen . . . ähm . . . haben Sie eventuell . . . ähm . . . ja, ein Tampon für mich?«

Frau Eggers schüttelte den Kopf. »Sorry. Auch wenn man es mir nicht ansieht: Ich bin fast sechzig.«

»Oh. Ja. Ich meine: nein! Hätte ich nie gedacht. Aber ist doch vielleicht ein Tipp für Ihre Gäste, nicht? Ich meine, könnte ja mal nötig sein.«

»Sehr gute Idee! Werde ich mir gleich notieren. Der Servicegedanke steht bei mir an oberster Stelle. Mit oder ohne Applikator, was meine Sie?«

Karo überlegte.

Frau Eggers sah auf ihre Armbanduhr. »Aber nun muss ich Sie leider –«

»Aber meine Dosen! Es dauert nur zwei Minuten.« Karo lief ins Wohnzimmer und griff nach den ineinander ruhenden Plastikbehältern. »Wär's nicht am besten, ich zeige Ihnen die Bandbreite dieser praktischen . . . uhm, Teile in der Küche? Sozusagen am Schauplatz des Geschehens. Mache ich am liebsten. Der Genius Loci und so weiter.«

Frau Eggers schüttelte den Kopf. »Es tut mir leid, die Zeit, verstehen Sie? Ich erwarte einen wichtigen Anruf. Vom Klavier-Festival Ruhr! Die wollen wahrscheinlich einige Künstler bei mir unterbringen, für die Konzerte in Duisburg und Essen. Das ist das Neueste: Die Künstler sollen die Region hautnah erleben. Billiger als die üblichen Luxushotels sind wir mit unseren B und Bs natürlich auch . . . Ach, ich hoffe auf einen der ganz Großen. Sir Simon Rattle, das wär mein Traum. Eins der anderen Häuser hier am Philosophenweg wurde von Lord Norman Foster entworfen, wussten Sie das? Das würde doch irgendwie passen, nicht? Sir Simon, Lord Foster . . . Nur kommt Sir Simon in diesem Jahr gar nicht. Zwei, drei Pianisten aus Asien wären auch ganz schön. Lassen Sie mir einen Prospekt da. Ich melde mich, wenn ich etwas bestellen will. Aber der Anruf kann jede Minute kommen und ich will vorher noch meine Gedanken ordnen.«

»Schon klar.« Karo nahm aus ihrer Umhängetasche eine Dubber-Ware-Broschüre und legte sie auf den Couchtisch. »Aber ich könnte auch später wiederkommen. So in ein, zwei Stunden. Oder morgen früh?«

Das Telefon auf der Anrichte schrillte.

»Ogottogott.« Frau Eggers richtete sich auf, atmete tief

durch und strich ihren Pullover glatt. „Sie finden selbst hinaus?«

»Ich? Aber natürlich! Bemühen Sie sich nicht. Lassen Sie das Klavier-Festival keinesfalls meinetwegen warten. Wiedersehen!« Leise schloss Karo die Wohnzimmertür hinter sich und lauschte.

»Ja, ich bin's persönlich. Guten Tag. Und, bekomme ich die Pianisten? Oh. Sie verbinden nur. Ja, ich warte.«

Karo wartete keine Sekunde länger. Sie sprintete über den Flur in die zum Innenhof gelegene Küche, ortete das Kochbuchregal und fand den von Frau Kowalsky beschriebenen Band. Das Buch öffnete sich auf Seite 157. Gut möglich, dass der Umschlag vorher an dieser Stelle gelegen hatte. Aber egal. Hauptsache, er war wieder im Buch. Auftrag erledigt!

Karos Magen knurrte. Seit den Himbeerbonbons hatte sie nichts zu sich genommen. Sie schnupperte. War das der Kastenkuchen im Ofen? Oder . . . sie lüpfte das über einer Keramikschüssel liegende rot-weiße Geschirrtuch: dunkelbraune Schoko-Plätzchen! Frisch gebacken und verführerisch duftend. Sie probierte eins. Ausgezeichnet. Außen leicht kross, innen butterweich. Die Frau konnte backen. Karo genehmigte sich noch ein Plätzchen. Und ein drittes. Widerstrebend deckte sie die Schüssel wieder zu.

Die Türklingel schellte. Verdammt! Karo schlich zur angelehnten Küchentür. Frau Eggers telefonierte noch. Jeden Moment konnte sie ihr Telefongespräch unterbrechen.

Karo huschte zur Wohnungstür, öffnete sie und zog sie behutsam ins Schloss. Dann rasch durch den Hausflur. Mit Schwung zog Karo die Haustür auf und stutzte. »Frau Kowalsky! Was machen Sie denn hier?« Die Tür fiel ins Schloss.

»Karola!« Frau Kowalsky lächelte wehmütig. »Ich bin gekommen, um zu tun, was ich gleich hätte tun sollen. Ich werde meine Tat gestehen!«

»Wie bitte?«

»Ja, vorhin beim Kartoffelschälen fiel es mir wie Schuppen von den Augen. Ich habe einen Fehler begangen, ich muss dazu stehen. Dann werde ich mich besser fühlen. Der Druck auf meiner Brust wird verschwinden. Schließlich habe ich keine Bank überfallen. Ich habe noch nicht einmal in den Umschlag geschaut.«

»Wie bitte? Nicht in den Umsch–«

»Nein, und das ist doch ein mildernder Umstand. Es ist sozusagen kein Schaden entstanden. Von Neugier übermannt, habe ich lediglich in einem Moment der Verwirrtheit den Umschlag –«

»Aber Frau Kowalsky, er liegt wieder im Kochbuch! Ich hab ihn gerade –«

»Ach . . .? Na gut, dann werde ich auch das auf mich nehmen müssen.« Ihr Zeigefinger näherte sich dem Klingelknopf.

Karo sprang auf Frau Kowalsky zu und riss ihren Arm nach unten. »Nein! Frau Kowalsky, Sie bringen mich damit in Teufels Küche. Vergessen Sie die ganze Angelegenheit. Kommen Sie.«

Der Türsummer schnarrte. Karo versuchte, Frau Kowalsky in Richtung Straße zu ziehen.

»Karola! Lass mich! Ich werde dich nicht mit hineinziehen, nur sagen, dass ich jemanden überredet habe –«

Karo stellte sich vor Frau Kowalsky auf und zischte: »Auf dem Couchtisch liegt eine Dubber-Ware-Broschüre mit dem Namen und der Telefonnummer meiner Mutter! Ein völlig harmloser Prospekt. Aber wenn Sie Frau Eggers aufs Butterbrot schmieren, dass ich mir unter Vorspiegelung falscher Tatsachen Einlass in ihre Wohnung verschafft habe, und ihr dann klar wird, dass ich, statt die Wohnung zu verlassen, in ihre Küche eingedrungen bin – wer sagt, dass sie nicht sauer wird und die Polizei verständigt?«

»Zuzutrauen wäre es ihr.« Frau Kowalsky seufzte. Sie legte eine Hand auf die Stirn. »Jetzt bin ich ganz durcheinander. Was soll ich nur tun?«, sagte sie, gerade als Frau Eggers hinter ihr die Haustür öffnete und verwundert von Frau Kowalsky zu Karo blickte.

»Was sollen Sie tun?«, sagte Karo, »aber das ist doch ganz einfach. Am besten nehmen Sie beide Sets, das sonnengelbe und das mittelmeerblaue.«

»Wie bitte?« Frau Kowalsky nahm die Hand von ihrer Stirn und sah Karo zweifelnd an.

Frau Eggers beugte sich vor. »Frau Kowalsky? Sie sind das! Wollten Sie zu mir? Warum sind Sie nicht reingekommen, als ich aufdrückte? Ist der Summer etwa kaputt?«

»Oh!« Frau Kowalsky fuhr herum. »Frau Eggers! Ja . . . Nein . . . Ich meine . . .«

Karo hakte sich bei Frau Kowalsky ein und lachte trällernd. »Ja, sie wollte zu Ihnen, aber nun will sie zu mir – eine Bestellung aufgeben. Eine Großbestellung, die noch heute raus muss, nicht wahr?«

»Ähm . . .«, machte Frau Kowalsky.

»Nicht wahr?«, wiederholte Karo und presste ihren Arm gegen den von Frau Kowalsky.

Die nickte und ließ sich nun widerstandslos von Karo den Weg entlang ziehen.

»Aber warum wollten Sie denn zu mir?«, rief Frau Eggers ihnen hinterher.

Frau Kowalsky blieb stehen. »Ob ich nicht doch . . .«

»Hören Sie zu.« Karo bohrte ihren Blick in Frau Kowalskys Augen. »Wenn Sie gestehen, dann veröffentliche ich das Rezept im Internet, als ‚das bislang geheime Rezept von Berthas Schaumcreme, wie auf Anholt zum Dessert gereicht, aus dem Besitz von Frau Eggers, Bed & Breakfast-Gastgeberin im Duisburger Innenhafen‘. Dann wird sie nicht länger glauben, dass Sie überhaupt nicht in den Umschlag geschaut haben.«

»Nein, und sie würde mich nicht nur für eine Diebin, sondern auch noch für eine Lügnerin halten. Oh, Gott! Ich wäre unten durch in unserer Gruppe.« Frau Kowalskys

Stimme bebte. »Und das würdest du tun? Pfui, Karola! –
Ähm . . . du hast also in den Umschlag geschaut und das
Rezept gelesen?«

»Ja, natürlich habe ich das. Gelesen und abgeschrieben.«
Karo grinste. »Und Sonntag steht Berthas Schaumcreme
bei Muttern auf dem Tisch.«

»Mmhh . . .«, machte Frau Kowalsky. »So?« Sie hakte sich
bei Karo unter. »Na dann. Komm, wir gehen noch ein paar
Schritte. Ein bisschen am Wasser entlang. Mein Adrenalin
pumpt noch. Ich kann jetzt nicht gleich ins Auto steigen
und über den Ruhrschnellweg fahren, nicht mit meinen
flatternden Nerven, nicht bei dem Verkehr. Das kannst du
nicht verantworten. Du bist diese Aufregungen gewöhnt,
aber ich muss erst mal einsinken lassen, dass alles wieder
gut ist. Wie vorher. Komm, ich lade dich auf ein Eis ein,
du darfst dir eins der Cafés an der Promenade aussuchen.
Wir können draußen sitzen, aufs Wasser gucken und auf
die Schiffchen.«

Karo ließ sich über die Straße lenken, an einem Arm
Frau Kowalsky, im anderen den Dosenstapel.

Die breite sonnenbeschienene Promenade war bunt von
Leuten. Schlendernde Paare, rollernde Kinder, fotografie-
rende Touristen. Vier Malerinnen mittleren Alters saßen
am Segelboothafen vor ihren Staffeleien.

»Wie in Italien, was, Karola?«

Karo deutete mit dem Kopf auf einen freien Zweiertisch
vor einem Restaurant.

Frau Kowalsky runzelte die Stirn. »Nee – hier nicht.
Ich zeig dir mal das Café, in dem wir neulich waren. Wahn-
sinns-Eisbecher gibt es da, und nicht teuer. Ist nicht mehr
weit, noch'n Stückchen in Richtung Museum."

Karo wünschte, sie hätte den Plastikdosenturm vor diesem zu einer Wanderung ausartenden Gang in ihrem Auto
verstaut. Und sich dazu. Sie könnte längst zu Hause sein.
Sie beschloss, sich den teuersten Eisbecher auf der Karte
auszusuchen, selbst wenn er Pfefferminzeis enthalten soll-

te, das sie nicht mochte.

»So! Ist doch schön hier. Setz dich.« Frau Kowalsky staubte einen Bistrostuhl mit einer Papierserviette ab und ließ sich mit einem entspannten Seufzer nieder. »Ach ... Guck mal, der Kahn. Wink doch mal ... Ja, Karola, nun ist alles ist wie vorher. Bin ich erleichtert! Der Umschlag ist zurück, ich habe das Rezept nicht kopiert, noch nicht mal gelesen. Ist schon besser, dass ich kein Geständnis abgelegt habe. Ich werde es Sonntag beichten. In der Kirche. Das tut's auch.« Sie schnipste nach der Bedienung. »Und, meinst du, deine Mutter würde mir das Rezept[3] verraten? Die Eggers würde aus den Pantinen kippen, wenn ich das Dessert servieren würde, beim nächsten Treffen bei mir. Ich könnte guten Gewissens sagen, dass ich es von einer Nachbarin habe.« Frau Kowalsky stieß ihr meckerndes Lachen aus. »Gut, nicht?«

Karo empfing einen Ellenbogenstoß gegen ihre Rippen. Sie beschloss, Nachbarn ihrer Eltern künftig keinen Rabatt mehr zu gewähren und hoffte, ihr Lächeln sah nicht so säuerlich aus wie es sich anfühlte. Regel Nummer 43 – oder war es 53? – aus dem Fernkurs für erfolgreiche Privatdetektive lautete: »Ärger über Kundschaft lässt man sich keinesfalls anmerken: jeder zufriedenen Kunde ist ein Empfehlungsschreiben auf zwei Beinen.« Und Frau Kowalsky kannte viele Leute. Ganz abgesehen davon, dass Karos Mutter ihrer Tochter Saures geben würde, sollte sich Frau Kowalsky bei ihr über Karos Verhalten beklagen.

»Welchen Eisbecher können Sie mir denn empfehlen, Frau Kowalsky?«

„Du, versuch doch mal den ‚Goldbraunen Eis-Traum'. Den hab ich sogar nachgemacht. Wirklich lecker und gar nicht schwer. Echtes Vanilleeis pur, dann eine Lage Vanilleeis, auch echt natürlich, mit Zuckerrübensirup verwirbelt, eine tolle Farbe gibt das und schmeckt wie Dulce de Leche in Spanien, und zuletzt eine dünne Schicht geriebenes Pumpernickel mit Creme Fraiche. Geht auch mit Mascar-

---

[3] Das Rezept für ‚Berthas Schaumcreme'
ist im Anhang abgedruckt.

pone. Oder Quark. Und das Ganze noch ein- oder zweimal, je nachdem wie hoch der Becher ist. Darüber eine
Sahnehaube mit winzigen Zuckerrübensirupklecksen.«

»Tja . . .«

»Und das Gute ist: Es schmeckt nicht nur traumhaft, sondern ist auch noch gesund. In Rübenkraut stecken ja nicht
nur jede Menge Mineralstoffe, sondern auch viel Eisen.
Kannst du bestimmt brauchen. Ich finde, du siehst ein
bisschen blass aus. Könnte Eisenmangel sein. Hast du eine
starke Periode? Rück deinen Stuhl doch ein Stück rüber,
in die Sonne. Vitamin D, weißt du, sonst kriegst du noch
Osteoporose. Nicht zuviel natürlich. Sonne, meine ich,
wegen Hautkrebs. In Australien, habe ich beim Frisör gelesen, hat man – Was ist denn da drüben los?«

Alle Köpfe wandten sich in Richtung Küppersmühle.
Stimmen erhoben sich, darüber war ein sich wiederholen-
der Ruf zu vernehmen, der sich anhörte wie – konnte es
sein? – ja: »Haltet ihn! Haltet den Dieb!«

Karos Lebensgeister belebten sich. Sie stand auf. Die auf
der Promenade flanierenden Menschen blieben stehen,
bewegten sich zur Seite, eine Gasse tat sich auf vor einer
schwarz gekleideten Gestalt auf Rollerblades, die ohne
Rücksicht auf dem Weg in Richtung Westen schoss, den
Kopf gesenkt, durch den Motorradhelm mit herabgelasse-
nem dunklen Visier jeglicher Individualität beraubt. Ein
schlanker durchtrainierter Mann mittlerer Größe, mehr
konnte man nicht erkennen. Unter dem linken Arm trug
er einen rechteckigen flachen Gegenstand, lose in Packpapier gehüllt, wie Karo sah, als er näher kam. Weit hinter
ihm sein Verfolger, abgeschlagen, langsamer werdend,
dessen Rufe schwächer wurden, von Japsern nach Luft
unterbrochen.

Frau Kowalsky kniff ihre Augen zusammen. »Der ist
doch ein Museumswärter? Na, wenn das nicht . . .« Sie bekam glänzende Augen und sah sich um. Ihr Blick fiel auf
ein Mädchen am Nebentisch, das darin vertieft war, eine

SMS zu verfassen und die Aufregung um sie herum nicht mitbekommen hatte. Frau Kowalsky beugte sich vor, riss dem Mädchen das Handy aus der Hand und tippte ein paar Nummern ein. »Hallo?«, rief sie, »Hallo, ist das die Polizei?«

In der das Spalier bildenden Menge wurden die Handys gezückt, allerdings zum Fotografieren, auch Digitalkameras wurden hochgehalten.

Karo griff mit beiden Händen nach ihrem Schüsselstapel und ging leicht gebeugt in Stellung. Wenige Sekunden, bevor der Rollerblader die Höhe ihres Tisches passierte, warf sie ihm den bunten Hartplastik-Turm in den Weg. Es war zu spät für sein Ausweichmanöver. Er rammte das Hindernis, ein paar der Schüsseln lösten sich voneinander, rollten umher, und er landete wie ein gefällter Baum auf seinem flachen Paket.

Ein paar Leute klatschten. »Wird hier ein neuer Schimanski gedreht?«, fragte eine Frau.

Der Museumswärter, ein rundlicher Endzwanziger, kam außer Atem und mit hochrotem Gesicht an. Der Rollerblader versuchte, sich aufzurichten. Der Wärter beförderte ihn mit einem Fußtritt in die Taille von seiner Unterlage und hob mit großer Vorsicht das sich aus dem Packpapier schälende Gemälde an. Ein gerahmtes Bild, mehr konnte Karo nicht erkennen.

»Gott sei Dank«, murmelte er. »Es scheint okay zu sein. Oh, Mann!«

Frau Kowalsky stand hinter ihm und legte den Kopf schräg. »Ist es so rum richtig rum? Oder ist das nicht von ihm, dem . . . Dingens?«

In der Ferne ertönten Martinshörner. Die Menge wandte den Blick erwartungsvoll zur Straße.

Der Rollerblader nutzte die Gelegenheit und begann, sich auf allen Vieren aus dem Staub zu machen.

Karo griff in ihre Umhängetasche, schnipste mit dem Daumen die Plastikhaube von der Pfefferspraydose und überholte den Fliehenden mit wenigen Schritten. Ehe er aufspringen konnte, hob Karo sein Visier an und sprühte ihm eine Ladung in den Helm.

Mit einem wütenden »Au, au! Bist du wahnsinnig, ey?«, sank er in sich zusammen.

Frau Kowalsky ließ es sich nicht nehmen, Karo, den Wärter und den von den Polizisten an Handschellen geführten Täter zum Museum zu begleiten. »Ich vertrete praktisch die Mutterstelle«, behauptete sie. »Sie sehen doch, wie blass sie ist.«

Karo verdrehte die Augen. Sie drängten sich alle im Büro eines Museumsmenschen. Der Wärter gab einen Bericht ab. Karo versuchte auszurechnen, was von ihrem Tagesverdienst noch übrig bleiben würde, nachdem sie ihrer Mutter die demolierten Dubber-Ware-Schüsseln bezahlt hatte. Das Benzingeld war bei den heutigen Preisen auch nicht ohne . . .

Frau Kowalsky stieß ihr einen Ellenbogen in die Seite. »Na, das ist doch was. Und das verdankst du mir, Karola, vergiss das nicht.«

»Was?«

Der Museumsmann, ein leitender Herr, Karo hatte nicht so genau hingehört, strahlte sie an. »Wie gesagt, es wird eine Weile dauern, Sie wissen ja, wie Versicherungen so sind, aber wir werden unser Bestes tun, um die Auszahlung der Belohnung zu beschleunigen.«

Karo sah sich um. Alle blickten auf sie. »Oh! Ich meine: vielen Dank! Sehr nett. Und . . . eh . . . was meinen Sie, wie viel es sein wird? So ungefähr?«

»Na ja, der Marktwert ist natürlich gewissen Schwankungen unterworfen, und die Bankenkrise ist nicht ohne Einfluss auf den Kunstmarkt geblie–«

»Ja, ja. Aber so in etwa?«

»Circa drei- oder vier–«

Nicht schlecht, dachte Karo.

»…tausend.«

»Ups?« Karos Knie wurden weich.

Frau Kowalsky griff ihr unter den Arm und stützte sie.
»Zu wenig Eisen, ich sag's doch. Und, Karola, auf mein
Honorar kannst du dann sicher verzichten, nicht? Denn
ohne mich . . .«

Botschafterin des Ruhrgebiets

Karo lag in der Badewanne, entspannt und leicht ange-
säuselt. Sie hatte beim Aufräumen die Reste aus den
Champagnerflaschen in den Rest Mandarinensaft gegos-
sen und gönnte sich, schließlich war es Freitagnachmittag, nach dem Hausputz nun eine ausführliche Ruhepau-
se in der Wanne, ihre Haut umschmeichelt vom samtig
braunen Schokoladen-Creme-Bad, die Luft geschwängert
von dem würzig-warmen Aroma dunkler Kakaobohnen.
Aus verborgenen Lautsprechern säuselte Sinatra. So ließ
es sich aushalten.

Herr Scholtens war in der Fliesenbranche und mit seinen gekachelten Wellness-Kokons reich geworden in den
letzten Jahren, in denen Hinz und Kunz Vermögen für lu-
xuriöse Badezimmer ausgegeben hatten. Ein Trend, der
seit der Finanzkrise noch schneller bröselte als manche
Bank, weshalb er sich kürzlich gezwungen sah, seine nächste Porschebestellung zu stornieren.

Da ihr regulärer Putztag in der Villa Scholtens der Mittwoch war und ihre Arbeitgeberin mittwochs gegen eins
aus ihrer Schokolateria Scholtens auf der Rü zurückkam,
um Bürokram zu erledigen, hatte Karo in den sieben Monaten ihrer Tätigkeit in dieser Bredeneyer Villa bisher nie
die Muße für eine ausführliche Badestunde gehabt. Sollte
sie in ihrem Hauptjob als Privatdetektivin je genug ver-
dienen, um ihren Zweitjob als schwarzarbeitende Putzfrau
aufzugeben, würde sie die Badewonnen in den Villen und
Lofts ihrer Kundschaft vermissen. Aber noch war es nicht
so weit.

Karo schloss die Augen, sank mit dem Hinterkopf in das

in die Wanne integrierte Gelkissen und war kurz davor, aufs angenehmste einzudösen, als Sinatras Säuseln vom Krähen eines Hahns übertönt wurde. Mist! Sie richtete sich auf, angelte nach ihrer über dem Badehocker liegenden Schürze und nahm das Handy aus der Tasche. Eine ihr unbekannte Nummer erschien auf dem Display.

»Ja, hallo?«

»Frau Rutkowsky? Karola Rutkowsky?«, fragte eine Frauenstimme.

»Oh. Ja. Entschuldigung. Rutkowsky hier. Was kann ich für Sie tun?«

»Herzlichen Glückwunsch«, zwitscherte es. »Ich darf Ihnen mitteilen, dass Sie –«

»Och nee. Nicht schon wieder.« Mindestens dreimal hatten irgendwelche Unternehmen in den vergangenen Wochen versucht, ihr einen Hauptgewinn nahezubringen. Zum Greifen nah! Sie müsse lediglich diese Nummer anrufen und schon sei sie so gut wie in der Karibik oder in den Karpaten. »Hören Sie, ich bin nicht von gestern, ich lasse mich nicht von Abzockerfirmen –«

»Entschuldigung, Frau Rutkowsky! Da scheint wohl ein klitzekleines Missverständnis vorzuliegen. Kösterbrand hier. Vom Ruhr-Journal. Sie haben bei dem Wettbewerb mitgemacht, den wir gemeinsam mit einigen Städten und Kreisen des Ruhrgebiets ausgelobt hatten, und Sie haben gewonnen, wie ich gerade schon Ihrem Vater sagte. Gewonnen! Und ich darf die Erste sein, die Ihnen gratuliert. Herzlichen Glückwunsch!«

»Oh. Vielen Dank.« Mitgemacht? Sie hatte nirgends mitgemacht. Aber gewonnen . . .? Hm. »Ja, das klingt ja toll. Wenn Sie mir nur kurz auf die Sprünge helfen würden. Wobei habe ich denn da –«

»Es handelt sich um unseren Wettbewerb ‚In meinem Ruhrgebiet‘ vom letzten Herbst. Genauer gesagt: ‚In meinem Ruhrgebiet mache ich Pünktchen Pünktchen Pünktchen‘. 4232 Einsendungen gingen bei uns ein. Und Sie gehören mit Ihrem Vorschlag zu den von unserer Jury ausgewählten Gewinnern. Rein berufsmäßig passen Sie hervorragend zum Thema und die Herren waren natürlich von Ihrem Motto begeistert – ‚In meinem Ruhrgebiet räum' ich auf', mit dem kleinen Augenzwinker-Zeichen dahinter. Wird sich fabelhaft im Schriftzug unter dem Foto machen.«

»Unter welchem Foto?«

»Na, dem Foto auf dem Plakat. Von Ihnen in Ihrer Berufskleidung. Vierundzwanzig Leute wurden ausgewählt. Lauter Botschafter des Ruhrgebiets. Und Botschafterinnen. Das ist der Titel, der Ihnen verliehen wird.«

Karo wurde trotz des heißen Wassers kühl. Es gab nur eine Person in ihrer Familie, die kein Preisausschreiben ausließ. Ihre Mutter Hildegard. Und wenn etwas nicht passte, wurde es passend gemacht. Meine Tochter, die Putzfrau . . .

»Sagen Sie, Frau Kösterbrand, warum haben Sie denn mit meinem Vater telefoniert?«

»Na, das war die Nummer, die bei der Einsendung angegeben war. Da haben Sie sich wohl vertan, nicht? Aber macht ja nichts, er hat mir Ihre korrekte Nummer ja geben können . . .«

Alles klar. Ganz wohl hatte sich Hildegard bei der Einsendung nicht gefühlt. Oder sie wollte einfach die Zügel in der Hand behalten und hatte statt Karos Nummer . . .

». . . und nun freuen wir uns, Sie bei der Preisverleihung am –«

»Moment, Frau Kösterbrand! Nochmal, bitte. Ich war gerade nicht ganz konzentriert.«

„Ja, da ist man gerne mal ein bisschen überwältigt, nicht? Also die Preisverleihung ist übernächsten Samstag in Duisburg – ganz toll, auf einem historischen Kahn im Innenhafen, aber vorher geben wir natürlich eine Pressemitteilung raus und dafür brauche ich von Ihnen noch ein paar Details. Den Fototermin würde ich auch gerne baldmöglichst ausmachen. Die Plakat-Aktion soll schon in zwei Monaten starten. Gleichzeitig in Deutschland, Österreich und der deutschsprachigen Schweiz.«

Presse? Ihr Foto auf Plakatwänden? Wie das eines gesuchten Verbrechers? Karo wurde heiß. Ein schöneres Geschenk konnte sie ihrer Sachbearbeiterin beim Essener Finanzamt nicht machen. Die wunderte sich seit Jahren, wovon Karo lebte. In letzter Zeit waren die Fragen nach eventuell nicht deklariertem Einkommen bohrender geworden. Karos Schilderungen von der nie erlahmenden Unterstützung ihrer Eltern in Form von Geld, Gartengemüse und festem Glauben an den sich bald einstellenden Erfolg ihres Detektivbüros stießen auf mehr und mehr Skepsis. Und jetzt dies . . .

»Frau Kösterbrand, ich –«

Aus dem Augenwinkel sah Karo, wie sich die Klinke der Badezimmertür langsam nach unten bewegte. Die Tür öffnete sich. Ein nackter Mann stand im Rahmen.

Karo tauchte bis zum Kinn ins Schokobad ein. In letzter Sekunde streckte sie den linken Arm in die Höhe und bewahrte das Handy vor dem Ertrinken.

Ihr Blick glitt an dem Eindringling hinauf, über den sich wölbenden Bauchansatz und die kleinen Hängebrüste bis zum Gesicht über dem Doppelkinn, das ihr bekannt vorkam. Sie hatte es jeden Mittwoch auf Fotos abgestaubt. »Ah, Herr Scholtens. Guten Tag.«

»Schatzi?« Vorbei an Scholtens Schulter blickte eine dünne Brünette in den Raum. Ihre aufgespritzten Lippen schmollten. Der goldene Ring an ihrem vorgewölbten Bauchnabel bebte. »Da sitzt ja schon jemand drin, Schatzi.«

Herrn Scholtens Augen starrten. »Oh. Hm. Ja.« Er riss sich zusammen. »Und wer sind Sie, wenn ich fragen darf?«

»Mein Name ist Rutkowsky und ich bin Ihre Putz –«

»Ach so. Ich weiß Bescheid. Tja . . . Oh!« Er zog ein mokkabraunes Badehandtuch von der Stange und wickelte es um seine Hüften. »Also, Frau Rutkowsky, dann wüsste ich gerne, warum –«

166

Karo leckte ein paar Scholadentropfen von ihrem Handy. »Hallo, Frau Kösterbrand? Ich muss Sie zurückrufen. Ein unerwarteter Zwischenfall.«

»Ach, Sie sind gerade im Einsatz? Dann darf ich natürlich nicht stören. Die Arbeit geht vor, das ist doch klar. Bis später dann.«

Herr Scholtens verschränkte seine Arme vor der Brust. »Ich denke, Ihr Putztag ist Mittwochvormittag, Frau Rutkowsky! Was haben Sie heute hier zu suchen und wieso putzen Sie nicht, sondern suhlen sich –«

Die Brünette kniff ihre offensichtlich kurzsichtigen Augen zusammen. »Das sieht ja aus wie Kakao, komisch. Und es riecht wie –«

»Schokolade.« Karo lächelte. »Schmeckt auch so.«

»Echt? Schatzi, können wir auch –«

»Spatzi, nicht jetzt. Zieh dich wieder an. Ich muss dies erst regeln.« Er versetzte ihr einen Klaps auf den mageren Po und schob sie zur Tür hinaus. »Also, Frau Rutkowsky, ich bin ganz Ohr.«

Karo wackelte mit ihren Zehen und brachte das Schokoladenbad in Wallung. »Na, ich war Mittwochmorgen verhindert, ich musste vor Gericht aussagen, und habe deshalb meine Putzstunden auf heute verlegt. Nach Rücksprache mit Ihrer Frau natürlich.«

»Hm. Hat sie mir nichts von gesagt.«

»Nicht? Na, vielleicht war ihr nicht bewusst, dass Sie den Freitagnachmittag für Ihre Schäferstündchen reserviert haben?« Karos süßes Lächeln schien Herrn Scholtens zu erbosen.

»Sie . . . Sie! Wie wagen Sie es? Eine Unverschämtheit! Und eins sage ich Ihnen: Wenn Sie hierüber ein Wort zu meiner Frau sagen – nur ein einziges Wort – dann werde ich . . . werden Sie – dann – dann . . .« Er blickte wie nach Inspiration suchend durch den Raum.

»Ja? Dann?« Karo wünschte, er würde verschwinden und sie aus dem Bad steigen lassen. Sie hatte nicht die Absicht, seiner Frau irgendwas zu erzählen. Schon als Privatde-tektivin ging sie Ehezerwürfnissen nach Möglichkeit aus dem Weg. Bei ihrer Putzkundschaft mischte sie sich da nie ein. Fast nie. Jedenfalls sehr selten. Außerdem spielte Frau Scholtens ein ähnliches Spiel wie ihr Gatte, wenn Karo die kurzen leicht gewellten schwarzen Haare richtig deutete, die sie beim Bettenmachen manchmal fand, und die weder von den dunkelblonden Scholtens noch von ih-rer weißen Pudeldame Isabella stammen konnten.

Herr Scholtens starrte auf Karos türkisfarbene Gummi-handschuhe, die über dem Waschbeckenrand hingen. »Ge-nau!«, rief er. »Sie putzen schwarz bei uns. Ich werde Sie als Schwarzarbeiterin ans Finanzamt melden, sollten Sie meiner Frau gegenüber irgendeine Andeutung von dem machen, was Sie heute hier gesehen haben. Ist das klar?«

Karo fühlte, wie ihr Gesicht rot anlief. Würde er sie an die Behörde verpfeifen, bekäme seine Frau zwar ebenfalls Ärger, doch den würde die leichter verkraften als Karo ein Verfahren wegen Schwarzarbeit und Steuerhinterziehung. Aber jetzt diesen Schwabbelbauch-Casanova in dem Glau-ben zu lassen, er habe sie erfolgreich zum Stillschweigen über dieses Badezimmerintermezzo erpresst, das sie nie vorhatte zu verraten, war schwer erträglich. Beinahe un-erträglich. Aber sie nickte. Was blieb ihr anderes übrig.

»Na, dann«, sagte er, »ist ja alles klar.« Er schnaufte, wisch-te sich mit dem Armrücken ein paar Schweißtropfen von der Stirn, machte kehrt und warf die Badezimmertür hin-ter sich zu.

Karo stieg aus der Wanne und begab sich in die Dusch-kabine. Dreißig feine Düsen sprühten perlendes Nass über ihren Körper, vermochten aber Karos Wut über Herrn Scholtens Drohung nicht zu zerstäuben.

Sollte sie kündigen? Ihre Warteliste potentieller Putz-kundschaft war lang. Ach was. Sie putzte diese minimal eingerichtete fliesenbelegte Villa am Kruppwald ganz ger-ne und liebte die Warenpröbchen, mit denen Frau Schol–

tens sie großzügig versorgte. Seit kurzem bot die Schokolateria Scholtens auch Wellness- und Beauty-Produkte rund
um Schokolade an. Karo stand es frei, sich aus dem Proben-
korb in Frau Scholtens Arbeitszimmer zu bedienen.

Frau Scholtens schätzte Karos Rückmeldungen. Die
Schwarze Hetta, eine Art Kollegin von Karo, hatte dem
Körperpeeling aus gemahlenen Kakaobohnen und Dia-
mantenstaub eine Bestnote gegeben, und bezahlte Karo
für jedes Tütchen ein Drittel des Ladenpreises. »Ist für uns
beide ein gutes Geschäft«, hatte Hetta dies begründet. Karo
hatte nachgegeben. Als Nacktputzfrau der Luxuskategorie
erhielt Hetta Gagen, von denen Karo nicht mal träumen
konnte.

Karos Mutter profitierte ebenfalls von den Schoko-Pro-
ben und war geradezu süchtig nach der belebenden Ka-
kao-Kaffee-Gesichtsmaske für die reifere Haut. Womit sie
wieder bei ihrer Mutter angelangt war . . .

Karo cremte ihre Beine mit Kakaobutter-Lotion ein und
runzelte die Stirn. Ihre übereifrige Mutter hatte in ihrer
Preisausschreiben-Manie und der Begeisterung über das
erdachte Motto anscheinend übersehen, in welche Schwierigkeiten sie ihre Tochter damit bringen konnte.

Typisch Hildegard. Karo blieb jetzt nur ein Versuch zur
Schadensbegrenzung. Aber wie?

Sie gab dem Badezimmer den letzten Schliff und ging
in die wohnliche Küche, die Frau Scholtens Sammlung
alter Schokoladen- und Kakao-Werbemittel beherbergte. An
den Wänden gerahmte Plakate und Emaille-Schilder, neben dem Sitzbereich ein Regal mit lila Kühen, kleinen
Mohren mit großem Turban und ein antiker Schokola-
denbrunnen aus Keramik.

Karo nahm eine Flasche Milch aus dem Kühlschrank
und füllte einen hohen Becher. Während die Mikrowelle
die Milch erhitzte, las Karo sich durch die Beschreibun-
gen aller siebzehn Sorten von Schokolateria Scholtens'
Trinkschokolade und wählte Garam Masala (»Beruhigt

durch schwere Süße unruhige Nerven, während die indische Gewürzmischung aus Zimt, Muskat, Kardamom und Ingwer die Gehirnzellen belebt«[4] .

Karo rührte das dunkle Pulver in die heiße Milch. Sie musste einen Ausweg finden.

Sollte sie den Preis einfach ablehnen? Würde sie damit die Aufmerksamkeit nicht erst recht auf sich ziehen? ‚Putzfrau verweigert Ernennung zur Botschafterin des Ruhrgebiets'.

Wäre das nicht ein gefundenes Fressen für die Medien und weitaus interessanter als die Meldung ‚Putzfrau wird Botschafterin des Ruhrgebiets'? Würde ihre Ablehnung des Preises Neugier erwecken, würde jemand nachbohren, recherchieren und ihre illegale Nebentätigkeit enthüllen? Und so nicht nur Karo, sondern auch ihre Putz-Kundschaft in Schwierigkeiten bringen?

Wenn sie Pech hatten, würde der Veranstalter vielleicht gar ihre Mutter belangen, die unter falschem Namen, also Vorspiegelung falscher Tatsachen, an dem Wettbewerb teilgenommen hatte. Unterschriftsfälschung – das war eine Art Urkundenfälschung, ein Vergehen, das locker fünf Jahre im Knast bringen konnte, je nach Tagesform des jeweiligen Richters.

Karo schlug mit einer Gabel etwas Sahne dickflüssig, gab den Schaum auf die Schokolade und nahm einen ersten Schluck.

Mhhhhh . . .! Sie ließ sich in dem an der Terrassentür stehenden Drahtsessel sinken, der bequemer war, als er aussah, und schaute in den parkähnlichen Garten.

Nach wenigen Minuten spürte Karo, wie ihre Gehirnzellen anfingen zu surren. Eine Idee formte sich. Ja, das war's: Sie musste lediglich ihren Namen und ihr Foto aus der Kampagne heraushalten. Kurz gesagt: Sie brauchte eine Ersatzfrau. Eine Frontfrau. Zum Beispiel Hetta, die nie etwas gegen ein bisschen Publicity einzuwenden hatte und sogar Steuern zahlte.

---

[4] *Das Rezept ist im Anhang abgedruckt.*

Das war's. Problem gelöst.

Sie würde den Veranstalter davon überzeugen – überzeugen müssen – dass sie unter dem Markennamen Schwarze Hetta putzte und deshalb unter dem Namen fungieren wollte. Ihre Mutter würde zwar einen Schlag kriegen, wenn sie auf den Plakaten statt ihrer putzenden Tochter Hetta erblicken würde, aber das geschähe Hildegard nur recht. Hetta mit ihren üppigen Formen, im schwarzen Haar ein schneeweißes Servierhäubchen, um die Taille eine spitzenbesetzte Servierschürze und vor dem Busen einen strategisch gehaltenen, farblich zu ihren hochhackigen Sandaletten passenden Staubwedel.

,In meinem Ruhrgebiet räum' ich auf'.

Dieses Versprechen würde Hettas Buchungen ohne Zweifel in die Höhe schnellen lassen und dem Image des Ruhrgebiets ein schräges Krönchen aufsetzen. Wie auch immer. Die Hauptsache war: Das Essener Finanzamt blieb ahnungslos und kriegte keine Beweise gegen eine hart arbeitende Privatdetektivin in die Hand.

Karo schlürfte die letzten köstlichen Tropfen der Schokolade, zog ihr Handy aus der Schürzentasche und wählte.

»Ruhr-Journal, Kösterbrand am Apparat, guten Tag.«

»Hallo, Frau Kösterbrand, hier Karola Rutkowsy, sie hatten mich vorhin ange–«

»Ja, natürlich, Frau Botschafterin, wenn ich schon so sagen darf – haha – haben Sie Ihr Problem inzwischen gelöst?«

»Mein Problem? Oh – die Unterbrechung vorhin. Ja, das hat sich erledigt. Nur ein kleiner Zwischenfall. Frau Kösterbrand, ich habe da eine Frage. Ich kann mich nicht genau erinnern, ob ich in meiner Bewerbung erwähnt habe, dass ich unter meinem, ähm . . . meinem Firmennamen an der Aktion teilnehmen möchte?«

»Ihren Firmennamen? Nein, ich glaube nicht. Warten Sie . . . ich rufe Ihre Datei mal eben auf . . . Nein, da sind

Sie schlicht als Karola Rutkowsky gemeldet, mit dem Motto ‚In meinem Ruhrgebiet räum‘ ich auf‘.«

»Ja, dann habe ich das wohl ganz aus Versehen vergessen. Können Sie es bitte ändern?«

»Na ja . . . Ach, ich glaube schon. Warum nicht. Der Dingens mit seinem Ruhrpott-Theater hat das gemacht. Unter dem Namen seiner Firma teilgenommen, meine ich. Hat ebenfalls gewonnen. ‚In meinem Ruhrgebiet mache ich Theater‘ ist sein Motto. Und eine Bio-Bäckerin aus Moers hat sich auch unter dem Namen ihrer Bäckerei angemeldet, fällt mir ein. In meinem Ruhrgebiet backe ich kleine, aber feine Brötchen. Ganz putzig, nicht? Ist nun auch Botschafterin. Ja, geht in Ordnung, Frau Rutkowsky. Wie heißt denn Ihre Firma?«

»Tja . . . öhm . . . Sie heißt Die Schwar-«

Die Schwingtür in die Küche wurde aufgestoßen. Herr Scholtens trat ein. Diesmal im Anzug und mit entschlossenem Blick.

Karo stöhnte. »Frau Kösterbrand, ich muss Sie noch mal zurückrufen.«

»Kein Problem. Bei Ihnen scheint es ja lebhaft zuzugehen.«

»Frau Rutkowsky!« Herr Scholtens pflanzte sich vor Karo auf.

Sie erhob sich und stellte den Becher in die Spülmaschine.

Herr Scholtens wich ein paar Schritte zurück, um nicht zu ihr aufsehen zu müssen. »Frau Rutkowsky! Ich war vorhin vielleicht . . . In meiner sicher verständlichen Überraschung war ich vielleicht . . .«

»Ja?«

»Nun, vielleicht kam ich vorhin etwas heftig rüber. Ich meine, ich meinte, was ich sagte, das ist alles mein Ernst, aber möglicherweise hätte ich es . . . Nun, ich war wohl etwas schroff. Das bedaure ich. Als kleinen, hm, Dank für Ihre Kooperation und ihre, hm, gute Arbeit bei uns – hier!«

Er zog eine ein paar zusammengerollte Geldscheine aus seiner Brusttasche, trat auf Karo zu und steckte die Noten zu ihrem Handy in ihre Schürzentasche. Zumindest der äußere Schein war ein grüner gewesen.

Das Handy krähte. Karo warf einen Blick auf das Display. Ihre Mutter! »Hildegard, ich kann jetzt gerade nicht. Ich rufe zurück.«

»Warte, Karola! Hast du schon gehört, du wirst Botschafterin des –«

Karo klappte das Handy zu. »Herr Scholtens, ich weiß nicht, ob –«

»Sie müssen das verstehen, Frau Rutkowsky, zur Zeit kann ich eine Scheidung nicht riskieren. Wir –«

»Ach, Sie haben wohl Gütertrennung, ja?«

»Wie bitte? Na ja, schon. Aber das ist es nicht. Nicht nur. Die Fliesenbranche wird sich ja hoffentlich bald wieder beleben. Nein, es ist hauptsächlich wegen Isabella.«

»Wegen Isabella, Ihrem Pudel?« Karo betastete die Geldrolle. Drei Scheine. Mindestens.

»Nun, streng genommen ist sie nicht mein Pudel, sondern der meiner Frau. Wir hängen beide sehr an ihr, an Isabella, meine ich, auch wenn ich mehr Zeit mit ihr verbringe als meine Frau. Sie kann Isabella nicht in die Schokolateria mitnehmen, nicht in die Küche, verstehen Sie? Das Gesundheitsamt. Nur freitags, wenn sie mit einer ihrer Freundinnen andere Cafés in der Region besucht, um Ideen zu sammeln und die Konkurrenz im Auge zu behalten, weil sie ja expandieren will, nach Kettwig und an die Kö und so. Na, egal. Bei einer Trennung käme es garantiert zu einem Sorgerechtsprozess. Und ob ich den gewinnen würde, wo doch Isabella damals über das Scheckbuch meiner Frau bezahlt wurde, weil das Tierheim an der Grillostraße keine Kreditkarte akzeptierte . . .« Herr Scholtens fuhr sich durch die Haare. »Das könnte ich nicht ertragen.« Er sah Karo mit Dackelblick an.

»Ja, ja, machen Sie sich keine Sorgen, Herr Scholtens.

Meine Lippen sind versiegelt.«

Er nickte. »Ich bin Ihnen sehr verbunden. Wirklich. So-lange unsere Isabella lebt, ist eine Scheidung einfach un-denkbar.« Er nickte wieder.

»Was?«, kreischte sein Spatzi und krachte durch die Schwingtür in die Küche. »Ich höre wohl nicht richtig! Du hast mir erzählt, dass es nur eine Frage der Zeit ist, bis du deiner Frau ... bis wir ... Hah! Und wie alt ist das dämli-che Tier?«

Herr Scholtens hob beschwichtigend seine Hände. »Aber Spatzi –«

»Wie alt, will ich wissen!«

»Vier. Ungefähr vier.« Er wandte sich zu Karo um. »Wenn Sie uns entschuldigen wollen, dann kläre ich das –«

»Vier?!«, schrie Spatzi. »Ich geb dir vier!« Sie riss eine lila Kuh aus dem Regal und ließ sie mit beiden Händen auf Herrn Scholtens Hinterkopf sausen.

Die Kuh ging zu Bruch. Herr Scholtens ging mit einem überraschtem Laut auf den Lippen zu Boden und landete mit dem rechten Ohr in einer lila Scherbe. Im Nu waren Ohr und Scherbe von einer wachsenden Blutlache umge-ben.

»Oh, Schatzi!«, rief Spatzi und rang die Hände.

Ein Hund bellte.

»Oh Scheiße, seine Frau kommt. Ist er tot?«

Herr Scholtens stöhnte und öffnete ein Auge.

»Ich glaube nicht«, sagte Karo.

»Sagen Sie ihm, ich melde mich.« Spatzi raffte ihren fast knielangen engen Rock hüfthoch, rannte an Karo vorbei, riss die Terrassentür auf und verschwand in den Büschen.

Isabella beschnüffelte Herrn Scholtens und jankte.

»Isabella, lass das«, sagte Frau Scholtens. »Was ist denn hier passiert?« Sie warf einen nicht übermäßig besorgten Blick auf ihren Mann. »Hat er getrunken?«

»Nein«, sagte Karo. »Ich meine, ich weiß es nicht, aber ich glaube nicht. Er ... öh ... er wollte mir die Kuh zeigen.

174

Dann wurde ihm übel, glaube ich. Oder schwindelig.«

»Schwindelig«, sagte Herr Scholtens und rappelte sich in eine sitzende Position. Isabella leckte sein Gesicht ab.

»Pfui, Isabella«, sagte Frau Scholtens. »Das war meine beste Kuh. In der linken Schublade dort sind Pflaster, Frau Rutkowsky, wären Sie so nett? Dann fahre ich dich jetzt zu Doktor Berendt. Sicher ist sicher. Wieso bist du überhaupt zu Hause um diese Zeit?«

»Tja«, sagte Herr Scholtens, während Karo ihm auf einen Stuhl half, »das hat sich so ergeben, weil ... hm. Aber was machst du schon hier? Freitags bist du doch nie vor acht zu Hause.«

Frau Scholtens Gesicht rötete sich, ihre Hände ballten sich zu Fäusten.

Wenn das mal nicht Ärger mit ihrem Liebhaber bedeutete, dachte Karo.

Der Hahn krähte. Schon wieder ihre Mutter! Diesmal kam sie Karo gerade recht. »Wenn Sie mich bitte entschuldigen würden – ein wichtiger Anruf. Und mit dem Putzen bin ich fertig. Das Blut und die Scherben muss ich Ihnen überlassen, Frau Scholtens.«

Frau Scholtens sah aus wie vom Donner gerührt. »Aber Frau Rutko–«

»Nein, ich muss jetzt wirklich gehen, ich habe schon überzogen.« Karo winkte und verließ die Küche. Sie verspürte nicht die geringste Lust, der Märchenstunde beizuwohnen, in der die Eheleute einander erzählten, warum sie, für den anderen unerwartet, schon zu Hause waren.

Im Vorübergehen nahm Karo ihre Umhängetasche vom Garderobentisch und brachte mit einem ungeduldigen Griff den Hahn zum Schweigen. »Ja, Hildegard? Ich höre.«

»Karola! Du als Botschafterin des Ruhrgebiets! Was sagst du dazu? Meine Tochter, die Botschafterin ... Ich bin ganz kribbelig.«

»Ja, ich auch. Hast du dir mal überlegt, was passiert, wenn das Finanzamt davon Wind bekommt? Ich habe fast

175

einen Herzinfarkt gekriegt. Aber dann hatte ich die rettende Idee. Ich –«

»Rettende Idee? Du brauchst keine rettende Idee. Dies
ist doch die rettende Idee. Wenn die sehen, dass du zur
Botschafterin für die ganze Region erhoben wirst und in
halb Europa Werbung für dich gemacht wird, ohne, dass
es dich auch nur einen einzigen Pfennig kostet, dann werden die beim Finanzamt doch baff sein vor Bewunderung.
Und denk an die Kundschaft, die dir das bringen wird.
Wichtig ist natürlich, dass du auf dem Foto gut raus-
kommst. Überzeugend. Ein kleines Pistölchen sollte schon
mit ins Bild, meinst du nicht?«

Vor Karos Augen flimmerte es. Erleichterung ließ ihre
Knie weich werden. Sie sank auf die Eingangsstufen der
Villa. Die Wut auf ihre Mutter verpuffte.

»Karola? Bist du noch da?«

»Pistölchen? Du meinst, du hast mich als Privatdetektivin an dem Wettbewerb teilnehmen lassen?«

»Aber selbstverständlich! Als was denn sonst.«

»Der Spruch . . . das Motto . . .«

»Gefällt dir, was? In meinem Ruhrgebiet da räum’ ich
auf. Da habe ich lange dran rumgebastelt. Hat so etwas
Rambo-artiges, nicht? Und eine Spur von Clint Eastwood.
Frau Kowalsky fand es auch genial. Könnte direkt von Karola sein, sagte sie. Und das Zwinkerzeichen am Schluss
ist natürlich das Tüpfelchen auf dem i - es zeigt, dass der
Satz etwas ironisch gemeint ist. Es gefällt dir also?«

Karo nickte. Wie hatte sie nur annehmen können, ihre
Mutter habe sie ans Messer geliefert? Sie schlug sich mit
der flachen Hand ein paarmal vor die Stirn. »Hildegard,
ich melde mich. Ich muss jetzt Frau Kösterbrand anrufen. Ich wollte in der Kampagne mit meiner Firmen-
bezeichnung genannt werden und sie kann es noch ändern.«

»Ja, das mach mal. Detektivbüro Karola Rutkowsky. Das
macht noch mehr her. Eine hervorragende Idee, Karola.

Kommst du heute abend? Ich mache Reibekuchen.«
»Reibekuchen klingen gut«, sagte Karo.

Hallo Essen!
Oder: Grab mit Aussicht

»Ihnen ist schon klar, Herr Hummerbrumm, dass Sie das mit einem Anruf wahrscheinlich selbst klären könnten«, sagte Karo. Ein Palmwedel stach sie in den Nacken. Sie wischte ihn weg. Diese Dschungelatmosphäre ging ihr auf die Nerven. Sie fühlte sich in der feuchten Wärme welken. Gefühlte fünfundzwanzig Grad, und das im November. Sie wollte ein Himbeereis.

»Nein, Frau Rutkowsky, es ist sicherer, wenn Sie das übernehmen. Ich will kein Wagnis eingehen. Die Mitglieder unserer Gesellschaft sitzen überall. Ich will keinen Verdacht erwecken, verstehen Sie?« Die Augen des kleinen Mannes glänzten. Seine sorgfältig überkämmte Halbglatze ebenfalls.

Na, wenn ihm ein bisschen Verfolgungswahn Freude bereitete, war es kaum ihre Aufgabe, ihn davon zu befreien. Karo klappte ihr Notizheft auf. »Also. Wie hieß diese Karl-May-Figur noch?«,

»Pst, nicht so laut, ich bitte Sie.« Herr Hummerbrumm sah sich um. Fürchtete er wirklich, hinter der Kokospalme könnte ein Spion lauern? »Also. Im Wilden Westen wurde er Hobble-Frank genannt. Doch den Namen dürfen Sie keinesfalls verlauten lassen. Und, Frau Rutkowsky, auch kein Wort von K. M. bitte. Zu niemanden. Am besten erwähnen Sie nicht mal, dass Sie Privatdetektivin sind. Wir wollen schließlich keine schlafenden Indianer wecken.«

»Wie bitte?«

»Ein kleiner Scherz.«

»Oh. Ich verstehe. Sehr witzig.«

»Ja, bin eben ein Hobble-Frank-Fan. Das schlägt durch.«
Herr Hummerbrumm strahlte Karo durch seine beschlagenen Brillengläser hindurch an.

»Na, irgendein Hobby muss der Mensch haben«, sagte Karo, die keines hatte, immerhin aber eine sie ausfüllende Nebenbeschäftigung als hochbezahlte schwarzarbeitende Putzfrau in den Villenvierteln des Essener Südens.

»Es ist mehr als ein Hobby für mich, Frau Rutkowsky, viel mehr. Mit dem Hobble-Frank verkaufe ich sogar Autos. Sie glauben gar nicht, wie viele Karl-May-Fans es besonders unter der Mercedes-Kundschaft gibt. Das ist ein Anknüpfungspunkt, sage ich Ihnen! Oft kann ich mit Hobble-Frank sagen ‚Bei mir heeßt es immer wie bei Cäsar: fenni, fitti, fitschi, zu deutsch: er kam, sie packte ihn, und ich kriegte ihn!'. Den Kunden in meinem Fall. Gut, was?«

Verwunderlich, dieser Enthusiasmus bei einem zweiundvierzigjährigen Autoverkäufer aus Plön. Aber wenn er damit Wagen verkaufte . . . «Gut, Herr Hummerbrumm. Ihr Auftrag lautet also: Wo ist oder wo war sein Grab. Dass er auf dem Hallo-Friedhof in Essen-Schonnebeck beerdigt wurde, ist sicher?«

»Ja. Hundervierprozentig. So stand es in der Zeitung. Wenn ich mir vorstelle, dass ich das Buch beinahe nicht in die Hand genommen hätte, steht mir mein Skalp zu Berge. Auf dem Flohmarkt in Lübeck war's. Ein ziemlich abgeschabtes Exemplar von ‚Tödlicher Staub'. Die Erstausgabe von 1931. Ich habe das Buch natürlich längst in viel besserem Zustand in meiner Karl-May-Sammlung. Aber wie von Manitous Hand geführt fischte ich das Ding aus der Kiste, schlug's auf und fand diesen vergilbten Zeitungsausschnitt, aus einer WAZ von 1958. Als Lesezeichen auf Seite 217. Erst nachdem ich die Meldung ein paarmal gelesen hatte, sickerte mir die Bedeutung ins Gehirn. Dann brach mir der Schweiß aus sämtlichen Poren, das können Sie mir glauben. Mann-oh-Manitou! Ich wage kaum zu hoffen, dass es sein Grab noch gibt, nach immerhin fünfzig Jahren. Das wäre sensationell. Doch selbst die ungefähre Grabstelle oder den Friedhof beschreiben zu können, wäre ein Triumph für mich. Was für einen kleinen feinen Bericht für unsere Mailingliste könnte ich darüber verfassen! Vielleicht würde er sogar ins Karl-May-Jahrbuch übernommen . . .« Herrn Hummerbrumms Augen wurden feucht.

Karo nestelte einen Klientenvertrag aus ihrer Umhängetasche. »Bitte einmal unterschreiben. Und dann muss ich gehen. Macht Ihnen diese tropische Luft als Nordmensch gar nichts aus?«

»Nein, ich bin da ganz unempfindlich. Ich liebe diese wild wuchernde Vegetation und diesen feuchten erdigen Geruch. Mhhh! Den Regenwald am Rio de la Plata stelle ich mir so ähnlich vor. Andere Leute besuchen Zoos, wenn sie unterwegs sind, ich strebe in die Tropenhäuser. Dies hier im Grugapark ist ein besonders schönes. Ist mir schon damals aufgefallen, als wir den Karl-May-Kongress in Essen hatten. Morgen will ich noch mal an der nächtlichen Führung teilnehmen, Zaubernacht der Tropen, die war damals fulminant. Bei Fackelbeleuchtung, mit echten Urwaldgeräuschen und hinterher werden tropische Speisen in Kokosnuss-Schalen serviert.« Er wischte mit dem Zeigefinger über die Innenseiten seiner Gläser. »Tja. Also, wie lange werden Sie brauchen? Ein, zwei Tage? Treffen wir uns wieder hier?«

»Nein«, sagte Karo. Andernfalls müsste sie einen Tropenzuschlag verlangen. »Warum kommen Sie nicht in mein Büro? Es ist in der Lichtburg, dem alten Filmpalast, ich weiß nicht, ob Sie das Kino kennen?«

»Ja, aber selbstverständlich. Uraufführungsort der Karl-May-Filme. Als der Kongress war, habe ich eine Führung mitgemacht. Hinter die Kulissen. Fotos von damals haben Sie uns auch gezeigt. Pierre Brice, Lex Barker. Hochinteressant alles. Ich mache gerne Führungen mit, wissen Sie,

180

aber in Ihr Büro würde ich lieber nicht kommen. Was, wenn mich jemand hinter die Tür einer Detektei verschwinden sieht und Verdacht schöpft?«

»Wenn Sie zu einer Filmvorstellung kommen und dann so tun, als gingen sie zu den Toiletten, können Sie etwaige Verfolger relativ leicht abschütteln.«

Herr Hummerbrumm sah interessiert auf.

»Sie schlagen einen Haken und huschen die hintere Treppe hinauf. Mein Büro befindet sich gleich über der Film-Bar. Der aus den Fünfzigern, nicht der neuen im Parterre.«

Herr Hummerbrumm nickte. »Die alte Bar haben sie uns auch gezeigt. Ich habe mir eine Postkarte gekauft, da sitzt Romy Schneider dort, ganz jung. Für mich wäre sie die ideale Nscho-tschi gewesen. Nichts gegen Marie Versini, aber –«

»Und wenn Sie lieber nicht in mein Büro kommen wollen, könnten wir uns im Münster treffen. Es liegt nur fünf Minuten von der Lichtburg und dort könnten wir sehr unauffällig miteinander kommunizieren.« Notfalls in einem Beichtstuhl.

»Na gut, Frau Rutkowsky, ich überlege es mir. Heute nachmittag treffe ich mich erstmal mit diesem Schriftsteller, der nullfünf unseren Kongress hier in Essen mitorganisiert hat. Ich habe ihm damals einen günstigen Jahreswagen vermittelt, einen A 140 Classic, mit dem er ganz zufrieden war, und ich hoffe auf einen neuen Deal. Netter Mensch. Aber helle! Werde ihm weismachen, dass ich ausschließlich wegen der Essen Motor Show gekommen bin und Hobble im Sinn behalten: ‚Reden is bloß Silber, Schweigen aber is een Fufzigmarkschein!‘ Haha. Meine Handy-Nummer haben Sie. Aber kein verräterisches Wort per Handy! Die Dinger sind nicht sicher. Und behalten Sie unbedingt im Hinterkopf: Die Stadtverwaltung ist durchsetzt von Karl-May-Anhängern. Das habe ich damals mitgekriegt. Seien Sie vorsichtig. Und diskret.«

»Selbstverständlich. Sie hören von mir.«

Bei Mörchens Eis auf der Rüttenscheider Straße war ausnahmsweise nur ein Tisch besetzt, von einem älteren gutaussehenden Kaschmirschalträger, der gerade mir der Vertraulichkeit eines Stammgastes bei der Bedienung »Einen Krokantbecher, wie üblich«, bestellte.

Karo ließ sich zwei Tische weiter nieder, genehmigte sich einen köstlichen Himbeercup und ließ sich, so wiederbelebt, vom Eismeister persönlich überreden, als Nachschlag sein umstrittenes neues Schoko-Peperoni-Kirsch-Eis zu bestellen. Die Kreation war ziemlich pfeffrig, was anregend auf ihre Gehirnzellen wirkte. Karo zog ihr Handy hervor und tippte die Nummer der Stadtbibliothek ein.

»Stadtbibliothek Essen, Information, Monika Sydow.«

»Hallo, Moni. Sag mal, habt Ihr einen Friedhofsführer oder sowas? Ich suche das Grab von jemandem, der 1958 in Essen beerdigt wurde.«

»Geht es um eine Berühmtheit?«

»Tja. Eventuell. Eduard Franke. War Artist, hat auch in Stummfilmen gespielt. Er soll ein Mitbegründer von Zirkus Sarrasani gewesen sein und außerdem das Vorbild für –«

»Klingt grenzwertig. Ich schau mal nach, ob er im ‚Handbuch der Grabstätten berühmter Deutscher, Österreicher und Schweizer' steht. Soll ich dich zurückrufen?«

»Nein, ich warte.« Noch ehe sie die Eiskarte durchgelesen hatte, meldete Moni sich zurück.

»Nicht drin, tut mir leid. War wohl nicht prominent genug. Ich kann mit Mary Wigman dienen, der Tänzerin, sie wurde auf dem Ostfriedhof begraben, das wusste ich natürlich.« Moni hatte sich zum Kulturhauptstadtjahr zur Fremdenführerin ausbilden lassen, mit dem Spezialgebiet Frauengeschichte. Besonders beliebt waren Monis Führungen ‚Die Frauen der Krupps' und ‚Essen in Frauenhand', über die Äbtissinnen und Fürstäbtissinnen, die Essen fast tausend Jahre regiert hatten. »Karo, auf dem Ostfriedhof liegt auch Diether Krebs! Wusste ich gar nicht, aber er war

ja aus Essen. Vielleicht sollte ich ihm mal ein paar Blüm-
chen vorbeibringen.«

»Moni, sehr interessant, aber das nützt mir jetzt nichts.
Es muss schon der Franke sein. Pech, dass er nicht in dem
Buch steht. Immerhin soll er das Vorbild für eine Figur
bei Karl May gewesen sein. Dann muss ich wohl selbst auf
dem Hallo-Friedhof nach seinem Grab suchen. Vielleicht
existiert es ja noch.«

»Bei Karl May? Wirklich? Es heißt, der sei einmal in
Essen gewesen, um unter den Arbeitern für seine Zeitschrift zu werben, aber das ist eine umstritten Behaup-
tung. Um welche Figur handelt es sich denn? Ich könnte
noch in Büchern über Karl May nach einem Hinweis suchen.«

»Er war das Vorbild für Hobble-Frank, sagte mein Auftraggeber.«

Monis Antwort ging im rasselnden Röcheln unter, das
hinter Karos Rücken ausgebrochen war. Sie drehte sich um.
Der Herr mit dem weißen Kaschmirschal griff sich an den
Hals, das Gesicht puterrot. Er schien sich an einem Kro-
kantsplitter verschluckt zu haben.

Karo lächelte. Endlich. Ihre Stunde hatte geschlagen.
Nach der Theorie im Erste-Hilfe-Kurs nun die Praxis. Sie
wollte zu dem sich windenden Mann eilen, wurde aber
schon nach kaum zwei Schritten von der Bedienung zur
Seite gestoßen. Karo kreischte auf, mehr aus Frust als vor
Schreck, während sie in die Knie ging, und beobachtete
voller Neid, wie die Kellnerin den keuchenden Kunden
von hinten umfasste und ihm ihre verschränkten Hände
in den Magen rammte.

Keine schwache Leistung bei einem Mann seiner Größe, dachte Karo, als sie sich aufrappelte und zu ihrem Stuhl
zurückwankte. Aus ihrem Handy quakte es. »Karo? Karo!
Was ist los? Kaaaaroooooo . . .!«

»Ja, ja, schon gut. Da bin ich wieder. So ein Pech auch.
Gleich hinter mir war ein Mann am Ersticken und ich

wollte endlich mal den berühmten Heimlich-Griff anwenden.«

»Ruf das Friedhofsamt an.«

»Nicht nötig, er lebt noch.« Karo wandte sich um und begegnete dem Blick des geretteten Mannes. Sie schenkte ihm ein aufmunterndes Lächeln. »Und er sieht schon wieder fast normal aus.«

»Doch nicht wegen dem, Karo. Das Friedhofsamt kann dir vielleicht sagen, wo sich das Grab befindet.«

»Gute Idee. Dann brauche ich nicht über den ganzen Friedhof zu traben. Hast du die Telefonnummer?«

Während sie sich die Nummer notierte, erinnerte sie sich an Herrn Hummerbrumms nachdrückliche Bitte um größtmögliche Diskretion und beschloss, diesen Anruf deshalb von ihrem Auto aus zu erledigen.

Der Herr, der sich an der Theke von seinem rettenden Engel verabschiedet hatte, nickte Karo auf seinem Weg zur Tür zu. Lag da etwa ein mokanter Ausdruck in seinem Blick? Hoffentlich war er kein Karl-May-Fan. Oder litt wenigstens unter akuter Schwerhörigkeit.

Als Karo ihre Rechnung bezahlte – die beiden Eisbecher würde sie dem Finanzamt als Spesen unterjubeln, das Tropenhausgespräch hätte schließlich ebensogut bei Mörchens stattfinden können – fragte sie die Kellnerin so nebenbei nach dem Geretteten. »Er kam mir irgendwie bekannt vor. Singt er nicht im Aalto?«

Die Kellnerin kicherte. »Nein, Doktor Kohl ist Zahnarzt in Überruhr. Liebt Krokanteis. Und Karl May. Und Frauen. Er kommt nicht nur wegen unserem Eis hierher, wenn Sie wissen, was ich meine. Seine Gattin hat ihm bei uns mal eine Riesenszene gemacht, als sie ihn mit seiner neusten Flamme erwischte.« Die Kellnerin grinste. »Ihm verpasste sie ein blaues Auge. Und als die Flamme floh, warf Frau Kohl ihr voller Rage einen Schoko-Krokant-Becher hinterher. Dabei ging die Fensterscheibe zu Bruch. Seitdem hat Frau Kohl bei uns Hausverbot.«

»Oh je«, murmelte Karo. Er liebte Karl May. »Doktor Kohl ist nicht zufällig schwerhörig, oder?«

»Der? Nee. Nur ein bisschen schwerbehindert. Jedenfalls hinkt er immer, bevor es ein Gewitter gibt. Liegt an diesem Pfeil, der ihn in den Oberschenkel getroffen hat. Besser als jede Wettervorhersage, behauptet er.«

»Verdammter Mist«, sagte Karo.

Die Kellnerin nickte. »Ja, das war Pech. Im Sommer finden in den Ruhrauen ja diese Karl-May-Wochenenden statt. Er spielt dort –«

»Nicht . . . nicht etwa den Hobble-Frank?«

»Hobbel-Wer? Nee. Seit letztem Jahr ist er der Häuptling der Komantschen. Das mit dem Pfeil war aber vorher.« Sie senkte ihre Stimme. »Ein eifersüchtiger Ehemann, sagt man.«

Karo schloss kurz die Augen. Wieso hatte sie mit ihrem Anruf bei Moni nicht warten können, bis sie in ihrem Auto war? Oder in ihrem Büro. Jedenfalls in einer Karl-May-Fan-freien Zone. Aber nein, die Detektivin brauchte ja einen Eisbecher. Karo stapfte versunken in ihre Selbstkritik die Rüttenscheider Straße hinunter. Vor dem Schaufenster der Krimibuchhandlung kam sie wieder auf den Boden der Tatsachen zurück. Sie war an ihrem Auto vorbeimarschiert. Außerdem brachten Selbstvorwürfe sie nicht weiter. Wer sagte denn, dass der Zahnarzt überhaupt etwas gehört hatte? Vielleicht hatte er sich ja gar nicht deswegen verschluckt. Na ja. Unwahrscheinlich, wenn er so ein Karl-May-Fan war. Aber wer sagte, dass er sich nicht einfach über diese Info freute, ohne etwas in der Sache zu unternehmen? Solange es Herr Hummerbrumm war, der die Karl May-Freunde mit der Neuigkeit über das Grab des Hobble-Frank beglückte, wäre schließlich alles bestens. Für ihn und für sie.

Allerdings . . . sollte Doktor Kohl sich jetzt doch auf die Spur des Grabes machen, dann musste sie eben schneller sein. Damit ihr Klient ihm zuvorkommen konnte. Und nie

185

erfahren würde, dass sie sein Geheimnis ausgeplaudert hatte. Also dalli.

Der Herr im Friedhofsamt fand keinen Eintrag für einen Eduard Franke. »Auch nicht unter Frank übrigens. Da rief vorhin schon jemand an. So ein Zufall, was?«

»Ja, wirklich«, sagte Karo.

Verdorri noch mal! Kohl war fix. Wieso saß er nicht in seiner Praxis und bohrte Löcher in Zähne? Karo rief die Auskunft an. Der Hallo-Friedhof hatte eine eigene Nummer. Es nahm sogar jemand ab. Und erwähnte nicht, dass heute schon einmal nach Franke gefragt worden war. Karos Laune besserte sich.

Aber helfen konnte ihr der nette Mann nicht. »Die Daten von damals sind noch nicht digitalisiert worden. Da müsste man in die Bücher steigen. Das dauert. Nach so vielen Jahren würde das Grab nur noch existieren, wenn die Liegezeit verlängert worden wäre. Wissen Sie, ob es sich um eine Gruft handelt?«

»Nein, keine Ahnung.«

»Wenn Sie mit Herrn Franke verwandt sind, könnten Sie einen Antrag beim Standesamt stellen und um Auskunft bitten.«

»Oh?« Einen Verwandtschaftsgrad würde sie locker aus dem Ärmel schütteln. Großnichte etwa. Oder Cousine des Enkels vom Schwager von Frankes Onkel . . . »Das wäre klasse. Können Sie mir die Telefonnummer geben?«

»Kann ich. Aber den Antrag müssen Sie da schriftlich stellen. Und die Bearbeitung dauert.«

»Ach so. Jedenfalls vielen Dank für Ihre Hilfe.«

Auch Monis Suche durch die Sekundärliteratur war unergiebig verlaufen. »Ein Buch ist allerdings noch bis Ende des Monats ausgeliehen, soll ich das vormerken?«

»Nein, Moni, danke. Die Zeit drängt.« Die einzige Lösung für ihr Dilemma war, dem Zahnarzt in diesem Rennen zuvorzukommen. Also schnellstmöglich zum Hallo-Friedhof, dann mit ihrer Information ruckzuck zu Herrn Hummerbrumm und ihn ins nächste Internetcafé zerren, damit er die Info in seine Mailingliste einstellte. Solange er der erste war, würde er zufrieden sein. Hoffte sie.

Ein Anruf in Kohls Praxis stimmte sie nicht gerade optimistisch. »Der Herr Doktor ist vor einer Sekunde wieder raus. Ein Notfall.«

Kilometermäßig war Karo näher am Friedhof dran, also standen ihre Chancen nicht schlecht. Auf der Essener Straße wurde sie in der Tempo-30-Zone geblitzt, ein Risiko, dass sie bewusst eingegangen war, anders als manche Touristen, die dem Weltkulturerbe Zollverein zustrebten. In Stoppenberg angekommen, bog sie an der Nikolaus-Kirche rechts ab und blieb kostbare Sekunden in einem Pulk fernöstlich aussehender Touristen stecken, die zwei Bussen entstiegen waren. Sie sammelten sich um eine Stadtführerin, die bereits mit ihrem Stockschirm auf die rötliche Sandsteinfassade der Jugendstil-Kirche deutete, die am Fuß des Hügels stand, den Moni erst kürzlich für ihre Führungen entdeckt hatte.

»Ein weiblicher Kraftort ersten Grades, Karo! Spiritualität vom Feinsten. Das wird der Renner.«

Die kleine Stiftskirche, die Äbtissin Schwanhild im 11. Jahrhundert erbauen ließ, war Karo als Essenerin natürlich ein Begriff, aber dass nach jahrhundertelanger Abwesenheit 1965 Nonnen auf den Kapitelberg zurückgekehrt waren, hatte sie erst erfahren, als Moni sie zu einer Probeführung nach Stoppenberg geschleift hatte.

»Unbeschuhte Karmelitinnen sind es diesmal, der Frauenorden, den Teresa von Ávila gründete. Der Philosophin Edith Stein, auch eine Karmelitin, ist hier sogar ein Denkmal gewidmet. Vorher gab es bis 1803 ein Damenstift, davor mehrere Jahrhunderte lang ein Frauenkloster. Und ... was das Tollste ist«, sagte Moni mit gesenkter Stimme, »bis die Römer es zerstörten, befand sich hier das Heiligtum von Tamfana, einer germanischen Göttin! Was sagst du dazu?«

Karo war beeindruckt gewesen und hatte neben einem zwei Euro-Stück auch ihre Visitenkarte in den Spendenkasten der Stiftskirche gesteckt. Man konnte ja nie wissen.

Karos Handy klingelte. »Ist gerade ungünstig, Moni. Ich rufe dich nachher zurück, ja?«

»Nein! Warte! Ich hab was gefunden! Sensationell, Karo. Franke hat seit 1930 in Essen gewohnt, 20 Jahre in der Altenessener Straße 7, die letzten vier Lebensjahre im Stoppenberger Altersheim! Er ist vor dem Zaren aufgetreten und –«

»Mensch, Moni! Ganz toll. Ich melde mich später. Tschüss.« Hummerbrumm würde Augen machen.

Die asiatische Reisegruppe gab den Weg frei und wenige Minuten später konnte Karo vorm Haupteingang des Friedhofs parken.

Weit und breit kein Auto, das nach einem Zahnarzt aussah. Durch das Grün des kleinen Waldstücks auf der anderen Straßenseite waren ein paar Häuser zu sehen, etwa 50 Meter unterhalb des Friedhofseingangs stand einsam ein altes mehrstöckiges Gebäude, das einen verlassenen Eindruck machte, bis ein paar Männer mit Gewehren unter dem Arm aus der Tür traten. Das war zwar verdächtig, aber darum konnte Karo sich jetzt nicht auch noch kümmern.

Ein breiter von hohen Bäumen gesäumter Weg führte den Hallo-Hügel hinauf. Karo bog in den erstbesten Pfad ab, um von unten weniger sichtbar zu sein. Der Friedhof war größer, als sie erwartet hatte. Die Gräber in diesem Bereich stammten aus den achtziger Jahren, im nächsten Abschnitt waren sie noch jünger, also würde sie vielleicht weiter oben fündig werden? Oder näher am Waldrand?

Karo mäanderte den Hügel hinauf. Sie begann zu schnaufen und trotz der kühlen Luft zu schwitzen, doch ihr Optimismus, dem Zahnarzt zuvorzukommen und Herrn Hummerbrumms Auftrag zu erledigen, wuchs.

Ein Rentner, der seinen Terrier spazierenführte, schickte sie gen Osten. »Da, ungefähr hinter der hohen Eibe haben wir Ende fuffzig 'nen Kumpel begraben. War 'ne schöne Beerdigung, mit Bergmannskapelle und allem drum und dran. Aber die meisten Gräber aus der Zeit sind schon lange neu belegt, machen Sie sich nicht zuviel Hoffnung, Frolleinchen.«

Karo überhörte das »Frolleinchen« und nickte. Dann musste die ungefähre Lage der Grabstelle eben reichen. Vom höchsten Punkt des Friedhofs schoss sie ein paar Aufnahmen, die Herrn Hummerbrumm begeistern würden: Der Hang mit Hobble-Franks letzter Heimstatt und im Hintergrund, leicht verhangen, wie eine Fata Morgana, erhob sich Zeche Zollverein, Weltkulturerbe.

»Das ist ja fantastischer Blick«, sagte Karo zu dem Rentner, der sie eingeholt hatte. Er nickte. »Viele von uns liegen hier am Hallo. Waren Sie bei dem Denkmal für die Kumpels, die 41 bei der Schlagwetter-Explosion umgekommen sind?«

Karo schüttelte den Kopf.

»Einen Onkel von mir hat es damals erwischt, er war einer der sechsundzwanzig. Auf Schacht 6/9. Die Frau und ich haben uns hier auch schon ein Plätzchen gebucht. Wissen Sie, wer neuerdings ganz scharf auf die Urnenplätze hier ist?«

»Nein, wer?«

»So ein paar Oberbonzen von der Kulturstiftung. Heißt es. Und Theaterfuzzis, Museumsmenschen, Kulturmanager. Solche Leute. Seit es zum Weltkulturerbe gemacht wurde, wollen die alle mit Blick auf Zollverein begraben werden. Typisch, was? Ich hab ja nichts dagegen, mich ärgert nur, dass die sich anscheinend Urnenwahlgräber in bevorzugter Lage sichern können, dabei gibt es die auf unserem Friedhof eigentlich gar nicht. Für uns Normalsterbliche gibt es hier höchstens gewöhnliche Urnenwahlgräber.«

»Unfair«, sagte Karo und sah noch einmal auf die Industriekulisse. Sicher war dieses Panorama nicht nur ein Geheimtipp für Kulturbewusste, die ein Grab mit Aussicht anstrebten, sondern vor allem für Fotografen und Touristen. Wie etwa die Reisegruppe, die sich da unten gerade im Gänsemarsch den Hügel hinaufschlängelte – Fotoapparate im Anschlag.

Und hinter der Gruppe eine Gestalt, die . . . der Zahnarzt war, wie ihr ein Blick durch ihr Opernglas bestätigte. Karo duckte sich hinter Rhododendren und anderem immergrünen Gehölz und bewegte sich hügelabwärts zu dem ihr von dem alten Bergmann bezeichneten Gräberfeld.

Sie schlug ein paar Haken und näherte sich wie zufällig Doktor Kohl, tat, als habe sie ihn nicht bemerkt, und versuchte ihn in die falsche Richtung zu führen.

Er spielte allerdings nicht mit und holte Karo ein. »Und, sind Sie fündig geworden?«

Karo zögerte. Sollte sie leugnen? Oder einfach behaupten, dass sie ihren Klienten schon per Handy über Hobble-Franks letzte Ruhestätte informiert und er damit das Rennen gewonnen hätte?

Der Zahnarzt entschied sich schneller als sie: »Ich zahle Ihnen das Dreifache. Plus kostenlose halbjährliche Zahnreinigung bis an ihr Lebensende.«

Hatte er ,Lebensende' irgendwie merkwürdig betont? Karo trat einen Schritt zurück.

Er lächelte jovial. »Also das Vierfache und eine Krone Ihrer Wahl. Überlegen Sie es sich . . .«

Irritiert brach der Zahnarzt ab. Karo hörte hinter sich etwas rascheln, dann bekam sie einen Schlag auf den Kopf, ging zu Boden und ehe sie ins Nichts versank hörte sie noch einen Schuss.

»Hallo?« Jemand tätschelte ihre Wange. »Kommen Sie.«

Karo blickte in dunkle Männeraugen. Schwarz wie arabischer Mokka. Mit einem Ächzen bewegte sie den Kopf. Sie lag zwischen Grabsteinen. Bagdad stand auf einem. Karo versuchte, Klarheit in ihren Gedankennebel zu bringen. Karl May . . . Kara Ben Nemsi . . . Sie war im wilden Kurdistan. Oder in Gefahr?

»Yussuf, komm mal!«, rief der Mann. »Hier liegt noch jemand.«

»Hallo«, murmelte Karo.

»Hallo? Können Sie mich hören?«

»Hallo . . .« Fast erinnerte sie sich. »Hallo. Hallo. Hm . . . Hallo?«

»Na, geht doch.« Er lächelte.

Sie lächelte zurück.

»Machen Sie sich keine Sorgen. Wir bringen Sie ins Krankenhaus.«

»Nach Bagdad?«

»Yussuf, sie fantasiert.«

Wen mochte er meinen? fragte sich Karo und driftete erneut davon.

Als sie das nächste Mal die Augen aufschlug, saß ein junger Polizist neben ihrem Krankenhausbett und sah sie erwartungsvoll an. »Können Sie sich an etwas erinnern, Frau Rutkowsky?«

»Hallo . . .«

Der Polizist lächelte. »Ja natürlich. Hallo erstmal . . .«

Karo überlegte. »Friedhof Am Hallo. Zahnarzt. Und dann sah ich arabische . . .«

»Genau. Man fand Sie bewusstlos auf einem der Grabfelder für Muslime.«

»Oh. Hm . . . Hat jemand geschossen?«

»Ja. Haben Sie den Vorfall beobachtet?«

»Welchen Vorfall?«

»Also nicht. Bedauerlich, aber nicht so schlimm, da Frau Kohl geständig ist.«

»Was hat sie getan?«

»Ihnen mit einem Ast eins übergezogen und dann auf ihren Mann geschossen. Sie hatte seine ständigen Seitensprünge satt, sagt sie. Deshalb war sie ihm zu seinem kleinen Date mit Ihnen gefolgt . . .«

»Quatsch. Das war doch kein Date. Fragen Sie ihn.«

»Geht nicht. Herzschuss.«

»Oh.« Karo betastete ihren verbundenen Kopf. »Tut mir leid.«

Na, immerhin würde jetzt Herr Hummerbrumm seine sensationelle Entdeckung[5] als erster in der Karl-May-Mailingliste verkünden können und sein Traum, ein kleiner Stern im Karl-May-Universum zu werden, ginge in Erfüllung. Karo seufzte erleichtert.

»Haben Sie Schmerzen?«, fragte der Polizist.

»Geht so. Wo bin ich eigentlich?«

»In Stoppenberg, Sankt Vincenz-Krankenhaus. Soll ich jemanden für Sie anrufen?«

»Mh . . . Glauben Sie, Mörchens Eis liefert nach Stoppenberg?«

Der Polizist hatte schon sein Handy am Ohr. »Himbeercup?«

Karo lächelte. »Doppelte Portion!«

---

[5] *Mehr über den echten Eduard Franke im Anhang.*

Blutmahlzeit

»Es ist ein sehr sanfter Tod. Schmerzlos. Ich verspreche es Ihnen«, sagte der Arzt.

»Ach, ich weiß nicht«, rief Karo und sprang auf, um in dem Behandlungszimmer auf und ab zu gehen.

»Au–au!« Die plötzliche Bewegung erinnerte sie an den Grund für ihren Termin in der Klinik. »Verdammter Mist!«

Sie blieb in gekrümmter Haltung stehen, ihr Gesicht schmerzverzerrt.

»Kommen Sie, ich helfe Ihnen.« Er fasste sie unter die Arme und half ihr zurück auf den Besucherstuhl. »Wollen Sie vorher vielleicht noch einmal einen Blick in unsere Patientenbroschüre werfen?«

»Hm. Tja . . . Nein, nicht nötig.« Karo winkte ab. »Ich halte es nicht mehr aus, Herr Doktor. Das ist kein Leben. Diese Schmerzen, wenn ich mich strecke oder bücke. Kaum zu ertragen sind die. Und ich kann doch nicht ewig Schmerztabletten schlucken. Die letzten, die mir meine Hausärztin verschrieb, helfen immerhin ein bisschen. Für eine Weile. Aber sie machen mich ganz dösig. Gestern bin ich falschrum in einen Kreisverkehr gefahren.«

»Du liebe Güte.«

»Ja, es war zum Glück nur ein kleiner, der am Hirschlandplatz, alles verkehrsberuhigt und Tempo dreißig. Ich war das einzige Auto.«

»So? Ein Auto waren Sie gestern? Kommt das öfter vor? Wir haben nebenan auch eine ausgezeichnete psychiatrische Tagesklinik.«

»Ha ha.«

»Aber im Ernst: Lesen Sie keine Beipackzettel?«

»Das fragte mich der Polizist auch, der mich ein paar Meter weiter anhielt.«

»Pech.«

»Nicht wirklich. Er liest sie auch nicht ... weil man dann das Gruseln kriegt und gar nichts mehr schluckt. Da waren wir einer Meinung.«

»Gab's ein Knöllchen?«

»Nein, zum Glück nicht. Er wünchte mir nur gute Besserung. Wenn der wüsste ...« Karo seufzte. »Nein, ich stimme zu. Tun Sie's einfach!«

»Sind Sie ganz sicher, Frau Rutkowsky? Wenn Sie etwas Bedenkzeit wünschen, noch einmal darüber schlafen möchten, könnten wir es auf morgen verschieben.«

Karo schüttelte den Kopf. »Hat doch alles keinen Zweck. Bringen wir es hinter uns.« Sich auf den Armlehnen abstützend, erhob sie sich und schlurfte zum Behandlungstisch. »So kann ich meinen Beruf nicht ausüben. Drei Aufträge musste ich schon ablehnen.«

»Vorsichtig. Legen Sie sich auf den Bauch. Geht es so? Gut. Versuchen Sie, sich zu entspannen. Was machen Sie denn beruflich?«

»Ich bin Privatdetektivin. Da muss ich beweglich sein.«

Noch wichtiger war das in ihrem Zweitjob als hochbezahlte schwarzarbeitende Putzfrau, überwiegend in Villen des Essener Südens. Bücken - strecken - heben, wuschwuuuusch mit dem Mop! Ohne das ging's nicht. Und ohne ihr Zweiteinkommen auch nicht, obwohl in letzter Zeit endlich wieder etwas Schwung in ihre Detektei gekommen war.

Diese Behandlung in Steele war ihre letzte Hoffnung. Der Orthopäde hatte zu einer gruseligen Spritzenkur geraten. Die ziemlich schief gehen konnte, wenn aus Versehen das Rückenmark getroffen würde. »Geschieht aber nur sehr selten«, hatte er ihr freundlich versichert. Dass die Orthopädin, die sie wegen einer Zweitmeinung aufsuchte, auch noch Chirurgin war, hatte Karo übersehen, so dass

deren Empfehlung, sich doch einer kleinen Rücken-
operation zu unterziehen, als Schock kam.

»Und Sie meinen, einmal reicht, Herr Doktor?«

»Wenn es bei Ihnen anschlägt: ja. Dann haben Sie ein
paar Monate Ruhe. Manchmal hält die Wirkung sogar ein
halbes Jahr an oder länger.«

Der Arzt zog sich Latexhandschuhe über.

Karo schloss die Augen. Sie wollte nichts sehen. »Dann
zielen Sie bitte auf mindestens sechs Monate. Alle halbe
Jahre könnte ich mir die Behandlung notfalls leisten. Meine Krankenkasse übernimmt so was leider nicht.«

»Hm. Detektivin sind Sie? So, jetzt kommt der erste.«

Karo biss die Zähne zusammen.

Ein kurzer Schmerz im Lendenwirbelbereich.

»Das war's? Nicht schlimm. Wie viele beißen mich noch?«

»Ich lege Ihnen sechs Blutegel an.«

Sechs kleine Leben, die ihren Rückenschmerzen geop-
fert wurden. Diese Enthüllung hatte sie zögern lassen.
Hätte sie nur nicht gefragt!

Klar, die Kuh, deren Haut zu Karos Handtasche verar-
beitet worden war, hatte ihr Leben auch nicht in duftendem Heu ausgehaucht. Trotzdem.

»Trotzdem, ich verstehe nicht, warum man sie nicht leben lassen kann. Auch wenn der Kältetod im Kühlschrank
schmerzlos ist, könnte man die Egel nach getaner Arbeit
nicht in einen Teich pensionieren? Hier im Park. Oder irgendwo in den Ruhrauen.«

Der Arzt lachte. »Das haben wir anfangs sogar gemacht.
Der Teich war im Nu überbevölkert.« Er nahm den zweiten Egel aus dem Aquarium. »Frau Rutkowsky, wenn Ihnen die Kosten Probleme bereiten – was halten Sie von
einem Tausch? Ganz inoffiziell.«

Inoffiziell klang gut. Vorbei am Finanzamt. Damit hatte sie Übung. »Worum geht es denn?«

»Tja, es ist etwas delikat . . .«

Karos Neugier erwachte. Sie nahm kaum wahr, dass sich

zwei weitere Egel über ihren Pobacken festsaugten. »Kein Problem. Was soll ich tun?«

»Mal sehen, wie ich Ihnen das nahebringen kann, ohne meine ärztliche Schweigepflicht zu verletzen. Über die letzten Monate sind bei uns frische Egel verschwunden. Gestohlen worden. Den finanziellen Verlust kann die Klinik verschmerzen, aber wir können das natürlich nicht dulden.«

»Und Sie haben einen Verdächtigen im Auge? Jemand, den Sie hier behandeln.«

»Ganz genau. Okay, das war Nummer sechs. Nun müssen Sie liegenbleiben, bis die Blutegel ihre Mahlzeit beendet haben und abfallen.«

»Immerhin schmatzen sie nicht.«

»Wie bitte?«

»Ich meinte die Egel.«

»Ach so. – Ja, also, es hat eine Weile gedauert, bis uns die Verluste auffielen. Ich kann daher nicht genau sagen, wie lange das schon geht. Seitdem wir aufmerksam wurden, haben wir festgestellt, dass die Egel mittwochs verschwinden. Nicht jeden Mittwoch, aber wenn, dann war es immer dieser Tag, zumindest in der letzten Zeit, und immer am Vormittag.«

»Hm. Nicht, dass ich mich um einen Auftrag oder die kostenlose Behandlung bringen will, aber wenn sich der finanzielle Verlust in Grenzen hält, lohnt sich der Aufwand überhaupt?«

»Oh, doch. Auf jeden Fall. Ich will der Sache auf den Grund gehen. Möglichst, ohne unsere Verwaltung einzubeziehen. Ich möchte Peinlichkeiten vermeiden und die wären vorprogrammiert, wenn ich einen offiziellen Weg einschlage. Unsere Mitarbeiterinnen kann ich auch nicht auf den Fall ansetzen. Das wäre nicht fair und irgendwas würde durchsickern. Aber ich kann nicht dulden, dass in der Klinik geklaut wird. Eine Fürsorgepflicht für die Tiere habe ich außerdem. Und wenn wir eine Kleptomanin behandeln, will ich das wissen. Was, wenn die von Blutegeln auf Brieftaschen umsteigt?«

»Sie haben also eine Frau in Verdacht?«

»Wie kommen Sie darauf – oh, Kleptomanin. Ja. Ist mir so rausgerutscht. Um wen es sich handelt, wen ich im Auge habe, darf ich Ihnen nicht verraten. Nur, dass die Dame, sagen wir, eine gewisse gesellschaftliche Position einnimmt. Ihr Mann ist Großindustrieller.«

»Und weiter? Es steckt doch mehr dahinter.«

Der Arzt nickte. Er stützte beide Hände auf die Fensterbank und sah in den Park. »Er überlegt, uns ein neues Forschungsprojekt zu finanzieren. Eine weitere Kooperation zwischen uns und einer der chinesischen Universitäten, mit denen wir bereits zusammenarbeiten. Wir verhandeln gerade mit ihm. Es geht um einen erheblichen Betrag. Wenn wir so das chinesische Team vergrößern könnten und die Forschung erweitern, wäre das natürlich fantastisch.«

»Aber gefährdet, wenn sie seine Gattin des Diebstahls beschuldigen würden?«

»Genau. Vor allem, wenn sich herausstellen würde, dass es ein unbegründeter Verdacht war. Sind Sie interessiert?«

»Klar«, sagte Karo.

Sie einigten sich darauf, dass sie entsprechend ihres zeitlichen Aufwands inoffizielle Gutscheine ohne Verfallsdatum erhalten würde, die sie für Blutegel- oder Akupunkturbehandlungen, die nächste Konsultation mit Frau Professor Wu oder einem der anderen chinesischen Ärzte eintauschen könnte.

Fast zwei Stunden nuckelten die sechs Egel an Karo rum. Mit Erfolg. Am selben Abend saugte sie mit vorsichtigen Bewegungen ihr Wohnzimmer. Ihr Rücken gab keinen Mucks von sich.

Am nächsten Mittwochmorgen, eine halbe Stunde vor Beginn der ambulanten Sprechstunde, erschien Karo bis zur Unkenntlichkeit getarnt in der Klinik. Eine wallende

Rothaarperücke, sowie eine übergroße Sonnenbrille und eine gelbe gepunktete Armbinde, die sie als Blinde auswiesen. Der Spazierstock war nicht ganz korrekt, rundete das Bild aber trotzdem ab. Die Brillengläser waren dermaßen dunkel, dass Karo glaubhaft unsicher in den Empfangsraum tappte.

Die junge Arzthelferin am Empfang sah auf. »Guten Morgen. Sie sind sicher Frau Stratmann? Der Chef hat uns eingeweiht. Ist ja sehr spannend.«

Karo lächelte. Die Arzthelferin hatte sie nicht erkannt und glaubte ihrem Chef. Der hatte Karo als Drehbuchautorin angekündigt, die so verkleidet unauffällig Ideen für eine neue, im Ruhrgebiet spielende Krankenhaus-Soap sammeln wollte.

»Dort hinten am Fenster haben Sie vielleicht die beste Sicht auf das Kommen und Gehen bei uns, Frau Stratmann.«

Karo ließ sich auf dem empfohlenen Eckplatz neben der Glaswand nieder, die auf den hoch über der Ruhr liegenden Park hinausging. Frühdunst hing über dem Rasen.

Andere Arzthelferinnen, Krankenschwestern, Ärzte, Ärztinnen erschienen, begrüßten einander auf Deutsch, Chinesisch oder Englisch, sahen in dem Büro hinter der Empfangstheke Pläne ein, verschwanden hinter einer der vielen Türen, in Büros und Behandlungszimmer.

Erste Patienten tauchten auf, sprachen mit einer der Arzthelferinnen, setzten sich, bis sie aufgerufen wurden.

Ein Bote rollte einen Metallwagen herein, übergab am Empfang ein paar Akten und Post. Als er einen handtuchbedeckten Gegenstand auf den Thekenrand stellte und enthüllte, setzte Karo sich auf.

Im Aquarium bewegte sich eine Wasserpflanze. Ein paar dunkle längliche Formen, klebten von innen an der Glaswand. Die Sauger. Einer löste sich, sank auf den Kiesboden. Ein zweites Tier schlängelte sich hinter die grünen Blätter und verschwand aus Karos Blick.

Die meisten Neuankömmlinge ignorierten das Aquarium. Manche klopften ans Glas und hauchten ein »Hallo«. Möglicherweise glaubten sie, es seien die Egel von ihrer letzten Anwendung.

Die Mehrzahl der Patienten kam zur Akupunktur und anderen Behandlungen, ein paar zu Erstgesprächen. Vier Leute nahmen an einer Studie teil. Einige unterhielten sich während des Wartens miteinander, verglichen Behandlungserfolge.

Zweimal wurde das Blutegel-Glas mit ins Behandlungszimmer genommen. Einmal von einer chinesischen Ärztin, einmal von Karos Oberarzt. Beide behandelten jeweils einen Mann, und anscheinend nur mit ein oder zwei Egeln, denn das Glas schien kaum weniger bevölkert zu sein, als es wieder auf der Theke stand.

Im Behandlungszimmer konnte man die frischen Egel kaum stehlen, überlegte Karo, da das Aquarium nicht im Raum blieb.

Ein schlaksiger Spät-Hippie schlurfte um die Ecke, begrüßte die Arzthelferin mit einem »Alles klar?« und beugte sich über das Glas. »Na, ihr süßen Schleimer?«

Obwohl die meisten Sitzplätze nun frei waren, ließ er sich neben Karo nieder.

»Hey«, sagte er. »Sind Sie richtig blind?«

Karo nickte.

Er sagte: »Au Backe. Bei mir ist es der Darm. Ich werde genadelt und muss dreimal am Tag eine bittere Brühe trinken, Tee kann man das nicht nennen, finde ich, aber es hat schon etwas geholfen.« Er war in Plauderlaune.

Karo machte ab und zu »Mhm« und horchte erst auf, als er von der Egel-Behandlung sprach, die ihn im letzten Jahr hergeführt hatte.

»Mein Knie, wissen Sie? Hat super geholfen, hält immer so vier, fünf Monate. Klasse Sache.«

»Aber nicht billig«, warf Karo ein.

»Ah, Ihre Krankenkasse zahlt auch nicht, was? Doch es

lohnt sich echt. Keine Chemie, keine Nebenwirkungen. Wusste nicht, dass die hier auch Blindheit behandeln.«

Das wusste Karo auch nicht. Sie schüttelte den Kopf und murmelte: »Rücken. Blutegel.«

»Ah . . .« Er rückte ein Stückchen näher und senkte seine Stimme. »Ich hätte da eine Frage . . .«

Er wurde aufgerufen – »Herr Sakoscheck« und folgte einer Ärztin in Raum 5.

Es war nach zwölf, Mittagsruhe breitete sich aus. Zwei Chinesinnen gingen plaudernd in die Pause. Um eins endete Karos Schicht.

Ein Trupp von Patienten aus der Naturheilkundeklinik nebenan verteilte sich zwischen den Maulwurfshügeln auf dem Rasen und begann, die zeitlupenhaften Bewegungen der Qigong-Lehrerin nachzuahmen. Langsam und fließend, wie unter Wasser. Allein vom Zusehen fühlte Karo sich entspannen.

Eine schlanke Enddreißigerin in einem Jumpsuit aus blaßrosa Leinen segelte herein und wurde von der Schwester mit Frau Dernbacher begrüßte. »Ich bin etwas früh dran, die Baustelle auf der Ruhrtalbrücke ist endlich weg.«

Sie nahm Karo gegenüber Platz und zog ihr Handy aus der Handtasche. »Ach, darf ich hier ja nicht.« Sie steckte es wieder weg. Blätterte durch eine Zeitschrift. Sah sich gelangweilt um. Beugte sich vor. »Nehmen Sie auch gerne einen der letzten Termine?«

Karo nickte. Dies konnte die Gesuchte sein. Das Wort wie einen Angelhaken auswerfend, murmelte Karo: »Blutegel.«

»Ja, so habe ich auch angefangen. Letztes Jahr. Vier Behandlungen und das Problem war verschwunden. Mein Mann war anfangs skeptisch. Jetzt hat die Klinik seine volle Unterstützung. Sogar seine Abneigung gegen Saugfried hat sich gelegt.«

»Gegen wen?« Hieß einer der Ärzte so?

Die Frau lachte. »So habe ich meinen Blutegel getauft.

200

Damals war es noch möglich, ihn mitzunehmen, zu jeder Sitzung wieder mitzubringen und ihn nach Abschluss der Behandlungen quasi zu adoptieren.«

»Wirklich? Wie interessant.«

»Ja, nicht wahr? Ich habe ihm im Wohnzimmer ein schönes Aquarium eingerichtet. Inzwischen schwimmen vier Egel darin herum. Ich schaue ihnen gerne zu, sie haben solche eleganten Bewegungen.«

»Ach, Sie haben mehrere Egel?«

»Ja. Mir tat Saugfried plötzlich leid. So einsam. Da habe ich ihm Gesellschaft besorgt.«

»Auch von hier?«

»Natürlich. Ich glaube kaum, das man die in einer Zoo-Handlung kaufen kann.«

»Aber ich dachte, man darf sie nicht mehr mitnehmen?«

»So ein Unsinn, nicht? Ich habe ein Scheinchen in das Kaffeekassenschwein gesteckt und die Arzthelferin hat kurz weggeschaut, als ich mit dem Teesieb einen Egel aus dem Glas fischte. Leider ist sie jetzt im Mutterschaftsurlaub. Die nächste, die ich ansprach, diese Dunkelhaarige, die war überhaupt nicht flexibel. Jetzt nutze ich ab und zu die Gunst der Stunde.« Sie lächelte spitzbübisch. »Ich habe stets ein wassergefülltes Schraubglas und ein Teesieb dabei. Ich plane nun ein großes Egel-Aquarium.«

»Faszinierend«, sagte Karo. Wenn Frau Dernbacher erst vier Blutegel besaß, und warum sollte sie lügen, konnte sie allein nicht für den Schwund verantwortlich sein.

Das war auch die Meinung des Arztes, als Karo ihm Bericht erstattete. Er war beeindruckt von Karos Teilerfolg am ersten Tag. »Bleiben Sie dran, Frau Rutkowsky. Frau Dernbacher übernehme ich.«

»Per Konfrontation?«

»I wo. Ich werde mich erkundigen, wie es Saugfried geht und ihr zwei Dutzend unserer besten Blutegel schenken, damit er nicht so einsam ist. Damit hört ihr Klauen auf und . . .« Ein Lächeln umspielte seine Lippen.

»Verstehe«, sagte Karo. Ganz schön clever.

Der nächste Mittwochmorgen verlief ähnlich wie der erste, bis hin zum Spät-Hippie, der Karo begrüßte wie eine alte Bekannte.

»Wissen Sie noch, worüber wir neulich sprachen?«

»Öh ...«

»Dass Ihre Kasse die Behandlung auch nicht zahlt.«

»Richtig.«

»Ich hätte da einen Vorschlag.« Er senkte seine Stimme. »Einen, der uns beiden helfen würde.«

»Und zwar?«

Er sah sich um. Niemand in der Nähe. »Wenn ich Ihnen eine kleine Tupperdose gebe, würden Sie dann ein, zwei Egel rein tun, wenn sie von Ihnen abgefallen sind? Das fällt nicht auf. Die Schwester, die Ihnen den Verband anlegt und die Egel einsammelt, weiß nicht so genau, wie viel Tierchen angesetzt wurden. Ich gebe Ihnen zwanzig Euro pro Stück. Was sagen Sie?«

Karo tat, als überlege sie. »Hm ... Wollen sie die für ein Aquarium?«

»Nee, die sind nicht für mich. Ein Bekannter ist ganz scharf drauf. Er zahlt mir ... na, noch ein bißchen mehr, und ich komme an die gebrauchten im Moment nicht ran, weil mir jetzt Akupunktur verschrieben wurde. Ich fische schon mal ein paar frische aus dem Behälter vorne, aber meist ist hier zu viel los. Ich will ja nicht erwischt werden.« Er griente.

»Das verstehe ich«, sagte Karo. »Und Ihr Bekannter, hat der ein Aquarium?«

»Ja, hat er. Aber da sind sie nur vorübergehend. Er kocht sie. Ist ganz wild drauf. Mit Sauce eine Delikatesse, sagt er.«

Karo verzog ihr Gesicht.

Sakoscheck nickte. »Aber er isst auch Schnecken. Stelle ich mir so ähnlich vor.«

Kaum war er in seinem Behandlungszimmer ver-

202

schwunden, meldete Karo sich bei ihrem Auftraggeber.

»Großartig, Frau Rutkowsky. Gute Arbeit! Das muss er sein. Tun Sie, was er verlangt. Nächste Woche werden wir ihm eine Falle stellen.« Seine Mundwinkel zuckten. »Und ich weiß auch schon wie.« Der Oberarzt lächelte breit.

Er schien sich auf diese Abwechslung im Klinikalltag zu freuen. Karo nutzte seine gute Stimmung, eine Egel-Behandlung für ihr rechtes Knie herauszuschlagen, das sich letzten Freitag merkwürdig angefühlt hatte.

Nach ihrer Behandlung übergab Karo dem Hippie den Plastikbehälter mit zwei Egeln und strich zwei Zwanziger ein.

Am nächsten Mittwoch, gegen Mittag, rief der Oberarzt Karo an. »Hah!«, rief er. »Auf frischer Tat ertappt! Wir hatten alle Patiententermine verschoben, der Warteraum war also leer. Ein großes Aquarium enthielt zwei Dutzend Egel. Sakoscheck gingen die Augen über, als er die sah. Dann sagte ich ihm, er müsse leider etwa zwanzig Minuten warten, wegen einer dringenden Teambesprechung. Polizisten lauerten hinter halb geschlossenen Türen der Behandlungszimmer und beobachteten, wie er einen Ärmel hochkrempelte und den Arm bis über den Ellenbogen ins Wasser hielt.«

»Igitt!«, rief Karo.

»Ja, die hatten alle mächtig Appetit. Sakoscheck rollte den Ärmel vorsichtig runter und wollte mit elf Egeln am Arm abhauen, als man ihn festnahm. Er tat empört. Es sei lediglich Mundraub und sowieso das letzte Mal, sein Auftraggeber habe die Egel über und keinen Bedarf mehr. Nur, als sich Sakoscheck diese Gelegenheit bot, konnte er nicht wiederstehen und hoffte, diese Lieferung würde ihm wieder abgenommen.«

»Klar. Sicher hoffte er, den Appetit seines Auftraggebers noch einmal zu reizen. Hätte ich auch versucht, bei über zwanzig Euro pro Stück.«

»Was?!«

»Ja, habe ich das nicht erwähnt? Er zahlte mir zwanzig, also muss er mindestens fünfundzwanzig erhalten. Mal elf, das sind –«

»Da stimmt was nicht«, unterbrach der Arzt. »Man konnte bis vor kurzem Egel über jede Apotheke beziehen und wesentlich billiger! Da muss etwas anderes dahinter stecken.« Abrupt beendete er das Telefongespräch.

Wie es weiterging, erfuhr Karo am nächsten Morgen aus der WAZ, während ihrer Putz-Pause in der Villa Scholtens: Vom Arzt alarmiert, verhörte die Polizei Sakoscheck und entlockte ihm den Namen seines Auftraggebers Uwe Nottebaum.

In dessen Wohnung in Fischlaken fand man ein wassergefülltes 500-Liter-Aquarium, das nicht einen Egel enthielt. Herr Nottebaum schwieg.

Von der Besorgnis des Arztes angetrieben, befragte die Kripo dann die Nachbarn und erfuhr, dass es seit langem in der Ehe kriselte, Frau Nottebaum im Frühjahr ausgezogen sei und die Scheidung wolle. Herr Nottebaum, als rachsüchtig bekannt, habe bei dem Thema rot gesehen.

Als die Polizei die Tür zu Frau Nottebaums Häuschen in Schönebeck aufbrach, fand man sie tot und blutleer in der Badewanne liegend, umgeben von mehr als hundert prallen pappsatten Egeln.

Im Blut der Toten fand das Labor eine hohe Dosis eines Schlafmittels, das sie bewusstlos gemacht hatte.

»Selbstmord«, grinste der Gatte, nun im Verhör gesprächsbereit. Die über Sakoscheck bezogenen Egel habe er selbst verspeist, als Ragout und in einer Suppe, da solle ihm einer mal das Gegenteil beweisen. Wo seine Frau die Egel für ihren Selbstmord gekauft habe, wisse er nicht. Den überhöhten Preis, den er dem Hippie für die Ragout-Egel bezahlt habe, erklärte er mit reiner Menschenfreundlichkeit. Wie hätte Sakoscheck sich sonst die lange Behandlung sonst leisten können?

Zwei Wochen später wurde der sich in Sicherheit wiegende Nottebaum wegen Mordverdachts festgenommen. Eine langwierige Analyse sämtlicher Egel aus der Wanne hatte in zwei Tieren Spuren von Karos Blut gefunden, in anderen Tieren das weiterer Egel-Patienten – der Beweis, dass Nottebaum Egel als Mordwerkzeuge eingesetzt hatte, die von Sakoscheck aus der Klinik entwendet wurden.

Heimtückischer Mord aufgeklärt!, verkündete die WAZ auf Seite eins.

Karo liefen Schauer über ihren schmerzfreien Rücken, als sie den Artikel in ihrem Büro las. Und . . . nein, dieser nette Mensch! Ihr Oberarzt hatte in der Pressekonferenz betont, dass der tragische Fall vor allem durch die Recherchen der Essener Privatdetektivin Karola Rutkowsky so rasch aufgeklärt werden konnte.

»Hah!«, rief Karo und griff in ihre Gebäckschublade. Das Telefon würde nicht stillstehen.

Sie sah goldene Zeiten heraufdämmern.

Häufig gestellte Fragen über die
Privatdetektivin & Putzfrau Karo Rutkowsky:

Stimmt es, dass Karo eine diplomierte Putzfrau ist?

Nein, das ist ein sich hartnäckig haltendes Gerücht. Als arbeitslose Lehrerin ist sie seit Jahren eine begehrte freischaffende Putzfrau und seit einiger Zeit auch Privatdetektivin.

Hat sie denn irgendeine Befähigung zur Privatdetektivin?

Aber selbstverständlich. Karo hat den Fernkurs »In sechs Monaten zum erfolgreichen Privatdetektiv« absolviert, ihr Ex-Freund ist bei der Kripo, und als Putzfrau hat sie nur noch wenige Illusionen über die menschliche Natur.

Stört es Karo nicht, nach der Zeche ‚Elisabeth Karola' genannt worden zu sein, auf der ihr Vater früher als Bergmann arbeitete?

Nein, das ist im Ruhrgebiet nichts Ungewöhnliches. Ein Brauch, der natürlich mit den Zechen stirbt.

Kann Karo schießen?

Selbstverständlich. Karo kann sehr gut schießen. Sie trifft nur nicht immer.

Stimmt es, dass Karo Judo kann?

Sie hat den VHS-Kurs »Angriff ist die beste Verteidigung« besucht, ja.

Hat sie den schwarzen Gürtel?

Karo hat neben Hosenträgern auch Gürtel. Mag sein, dass auch ein schwarzer darunter ist.

Existiert die LICHTBURG, der alte Filmpalast, in dem Karo ihr Büro hat, wirklich?

Natürlich – wie könnte sie sonst ihr Büro dort haben? Die LICHTBURG gibt's ebenso wie ihr Büro, die Film-Bar und den apricotfarbenen Cocktailsessel, in dem einst Romy Schneider saß.

Warum gibt es keinen Kriminalroman mit Karo?

Weil sie ihre Fälle immer so schnell löst, dass sie in Kurzkrimis passen.

Eduard Franke, ein Vorbild für Hobble-Frank?

Karl Eduard Franke (* 22. Juli 1870 in Dresden), starb am 27. Februar 1958 in Essen und wurde auf dem Friedhof Am Hallo beerdigt. Ein mehrspaltiger Nachruf in der WAZ vom 4. März 1958 trug die Überschrift

Karl May setzte ihm ein Denkmal
Eduard Franke, der »Hobble Frank«, gestorben

Der Artikel berichtet über das abenteuerliche Leben des früheren Artisten, der 1930 nach Essen kam. Damaligen Zeitungsberichten nach zu schließen, ist er zumindest in den 50er Jahren im Ruhrgebiet als Vorbild Hobble-Franks eine bekannte Persönlichkeit gewesen.

Zu seinem 85. Geburtstag trugen Artisten des in Essen gastierenden Zirkus Busch den früheren Kollegen auf ihren Schultern durch die Manege. Er galt als Mitbegründer des Zirkus Sarrasani in Dresden. Das kleine Haus, Altenessener Straße 7, in dem er in Essen über zwanzig Jahre wohnte, war angefüllt mit Erinnerungsstücken, Reiseandenken, Fotos und Zeitungsberichten. Gerne erzählte von seinen Reisen und Begegnungen und von seinem Lieblingstier, dem Affen Toni.

Dass Eduard Franke Karl May in Dresden begegnet ist, ihn kannte, scheint möglich. Ob Franke tatsächlich mit dem Schriftsteller befreundet war und May ihn als Vorbild für Hobble-Frank nahm – wer weiß? In der Forschungsliteratur über Karl May taucht Eduard Franke bisher nicht auf.

Was wurde aus seinem Nachlass? Leben vielleicht noch Nachkommen, die Auskunft geben könnten?

Eduard Franke und seine Frau Alwine hatten zwei Kinder. Mit seinem eigenen, vor dem ersten Weltkrieg gegründeten Zirkus tourte die ganze Familie acht Jahre durch Russland. Franke trat als Clown, Seiltänzer, Dresseur und Kaskadeur auf. Auch von dressierten Schweinen, Miniaturhunden, Pferden, Elefanten und Tigern ist die Rede und von einem Auftritt vor der Zarenfamilie in Jalta, für den der Zirkusmann von Zar Nikolaus II. eine goldene Uhr erhielt. Während der russischen Revolution verlor Eduard Franke seinen Zirkus. Alwine Franke wurde von Bolschewiken verschleppt. Nur knapp konnte Eduard Franke mit seinen Kindern nach Deutschland entkommen, wo er – möglicherweise als Stuntman? – in Stummfilmen mitwirkte.

Ein Leben wie aus einem Karl May-Roman.

Die kurze Zeitungsmeldung, die Herr Hummerbrumm (eine frei erfundene Figur ohne Vorbild) im Krimi in einem Flohmarkt-Buch fand, existiert tatsächlich. Sie erschien ebenfalls in der WAZ vom 4. März 1958 und lautet:

»Hobble Frank«, der 87 Jahre alte Artist und Zirkusmanager Eduard Franke, ist in Essen gestorben, wo er seit 1930 wohnte. Er war eng mit Karl May befreundet, der seinem berühmten Trapper »Hobble Frank« die Züge des Freundes gab. Franke war Mitbegründer des Zirkus Sarrasani.

Eduard Frankes Grab auf dem Friedhof Am Hallo in Essen-Schonnebeck wurde inzwischen eingeebnet. Ein Besuch des Friedhofs lohnt sich trotzdem.

Berthas Schaumcreme alias Mousse von dunklem Starkbier mit Pumpernickel und Rübenkraut

300 g Pumpernickel
1000 g Starkbier, dunkel
750 g Sahne
100 g Zucker
1 Vanilleschote
750 g Vollmilchschokolade, zerkleinert
6 Blatt Gelatine

Das Mark aus der Vanilleschote herausstreichen. Pumpernickel im Mixer bröseln, etwa 15 Minuten im Bier einweichen.

Sahne, Zucker und Vanilleschote aufkochen, von der Feuerstelle nehmen und die Vollmilchschokolade darin schmelzen lassen. Mit einem groben Schneebesen verrühren, so dass eine homogene Masse entsteht. Gelatine in eiskaltem Wasser einweichen, ausdrücken, der Masse zugeben und nochmals verrühren. Bier und Pumpernickelbrösel dazugeben, gut vermischen und kalt stellen. Gelegentlich durchrühren.

Ist die Masse fast gestockt, mit einem Mixer oder in der Anschlagmaschine aufschlagen und abfüllen. Nach dem endgültigen Erstarren mit »Schaumwölkchen« aus Schlagsahne, Pumpernickelecken und Rübenkraut garnieren.

Aus: »Das Dessert« von Uwe Koch und Franz Biermann, Matthaes-Verlag, Stuttgart 2004. Abdruck mit freundlicher Genehmigung des Verlags.

Heiße Schokolade Garam Masala

1 Becher Vollmilch
1 halbe Tafel dunkle Schokolade
1 halben Teelöffel Vanille-Zucker
oder ein paar Tropfen Vanille-Essenz
1 Prise Garam Masala (indische Gewürzmischung)
1 Tasse nicht ganz steif geschlagene Sahne
Zimtpulver

Die Schokolade in kleine Brocken brechen oder klein hacken. Schokoladenstückchen, Milch und Vanillezucker oder -essenz unter Rühren im Wasserbad langsam erwärmen, bis die Schokolade geschmolzen ist und Dampf aufsteigt (nicht kochen). Die heiße Schokolade in einen vorgewärmten Becher (oder zwei Tassen) gießen, einen großen Klecks Sahne darauf setzen und mit Zimtpulver bestäuben.

Das Rezept stammt aus dem Kinderkrimi »Der schottische Schoko-Spion« von Gesine Schulz, Verlag Ueberreuter. Ausführliche Rezeptbeschreibung mit Variationen auf www.billie-pinkernell.de

Gesine Schulz wurde in Niedersachsen geboren und wuchs im Ruhrgebiet auf. Zur Zeit lebt und schreibt sie überwiegend in Essen. Ihr zweiter Schreibtisch hat Meerblick und steht im Südwesten Irlands, dem Schauplatz ihres Buches *Eine Tüte grüner Wind*. Sie war Präsidentin der Vereinigung deutschsprachiger KrimiAutorinnen *Mörderische Schwestern*, ist Mitglied im Syndikat und wurde 2008 zur Botschafterin des Ruhrgebiets ernannt. In ihrer siebenbändigen Kinderkrimiserie ermittelt die junge Privatdetektivin Billie Pinkernell.

Die (nicht immer) sauberen Fälle der Essener Privatdetektivin und Putzfrau Karo Rutkowsky hat die Autorin in mehr als zwei Dutzend Kurzkrimis beschrieben. Eine Sammlung der ersten dreizehn Fälle erschien 2008 unter dem Titel *Der Beuys von Borbeck* bei Leporello. Einige Geschichten wurden in amerikanische Anthologien aufgenommen. Eine wachsende Zahl von Karo-Krimis ist auch als E-Book erhältlich, lesbar auf dem Kindle und anderen Endgeräten.

Die Autorin rief den *Tag der Putzfrau* ins Leben, der am *8. November* begangen wird. Er ist auch der Geburtstag von Karo Rutkowsky).

www.gesineschulz.com
www.billie-pinkernell.de

Mischa Bach, alias Dr. Michaela Bach, findet ihre Geschichten weitaus interessanter als ihre eigene Geschichte. Konsequenterweise zieht sie es vor, Kurzkrimis, Erzählungen und Romane, Theaterstücke oder Drehbücher statt Autobiografien zu schreiben. Motto »Besser gut erfunden als schlecht erinnert.« Wenn sie grad nicht schreibt, malt sie. Oder sie unterrichtet, falls sie nicht gerade Gebärdensprache lernt. Es sei denn, sie treibt sich im Theater herum. Oder sie liest, gut und gerne auch vor. Manchmal übersetzt sie auch, hauptsächlich aber lebt sie. Wer unbedingt mehr wissen will, kann ja im Internet nachschauen:
http://mischabach.blogg

VERÖFFENTLICHUNGEN (AUSWAHL):
Der Tod ist ein langer, trüber Fluss. Kriminalnovelle.
Brandes & Apsel, 2004.
Stimmengewirr. Kriminalroman, Leda-Verlag, 2006.
Rattes Gift. Kriminalroman, Leda-Verlag, 2009.
Asphaltgeflüster, in: *Hängen im Schacht*.
Das Mordsbrevier fürs Mordsrevier. KBV, 2009.
Nach seinem Bilde, in: *Sterbenslust*.
21 erotische Kriminalgeschichten. Gmeiner, 2010.

PREISE/NOMINIERUNGEN:
2001: Martha-Saalfeld-Preis für *Der Tod ist ein langer, trüber Fluss*
2002: Nominierung für den Friedrich-Glauser-Preis
in der Sparte Kurzkrimi für *Vollmond*
2004: Nominierung für den Friedrich-Glauser-Preis
in der Sparte Debüt für *Der Tod ist ein langer, trüber Fluss*

Die meisten der in diesem Band enthaltenen Geschichten erschienen erstmals in anderen Krimi-Anthologien:

White Christmas,
in: *Leise rieselt der Schnee . . .* Hrsg. von Gisa Klönne. Ullstein.

Wunder gibt es immer wieder, in: *Mord ist die beste Medizin.* Hrsg. von Monika Buttler u. Alexandra von Guggenheim. Scherz.

Freuden der Fortbildung, in: *Mörderische Mitarbeiter.* Hrsg. von Ina Coelen u. Ingrid Schmitz. Scherz.

Der Zweck heiligt die Mittel, in: *Tatort Kanzel.* Hrsg. von Tatjana Kruse u. Billie Rubin. Wittig.

Privatissima in Wesel, in: *Tödliche Torten.* Hrsg. von Ina Coelen. Leporello.

Lale lebt, in: *Inselkrimis.* Hrsg. von Peter Gerdes. Leda-Verlag.

Auftrag von Frau K., in: *Dessert für eine Leiche.* Hrsg. von Ina Coelen. Leporello.

Botschafterin des Ruhrgebiets, in: *Bitterböse.* Hrsg. von Ina Coelen. Leporello.

Hallo Essen, oder: Grab mit Aussicht, in: *Hängen im Schacht.* Hrsg. von H. P. Karr. KBV.

Gesine Schulz

Der Beuys von Borbeck

**Die ersten 13 Fälle der
Privatdetektivin & Putzfrau Karo Rutkowsky**

– mit kriminell guten Putztipps –

ISBN 978-3-936783-25-4 · 240 Seiten · € 9,90

*Ganz gleich, ob sie einen Mord aufklären soll,
hinter Wollmäusen her ist oder zum Geburtstag
verschenkt wird – Karo Rutkowsky, Privatdetektivin
mit schwacher Auftragslage sowie erfolgreiche
Putzfrau von Villen und Lofts, erledigt ihre Aufgaben
mit Schwung. Nicht immer legal, aber gründlich.*

Yvonne Kronberger

Schattenmann

– TATORT KÖLN –

ISBN 978-3-936783-44-5 · 260 Seiten · € 9,90

*An einem kalten Novembertag wird an den Poller Wiesen
eine Leiche angeschwemmt. Wurde der Mann während
eines heftigen Streits von seinem Skatfreund umgebracht
und in den Rhein geworfen?
Die Kommissarinnen Marie Thalbach und Susanne Drewitz
nehmen die Ermittlungen auf und verfolgen bald darauf
eine weitere Spur, die sie zum ehemaligen Pastor der
belgischen Kaserne am Stadtwald führt.
Was weiß der alte Mann über den Toten? Eile ist geboten,
als auch noch ein kleines Mädchen vom Schulhof entführt
wird und sich abzeichnet, dass beide Fälle zusammenhängen
könnten. Um der Lösung näher zu kommen, müssen Marie
und Susanne in die Vergangenheit einer angesehenen
Kölner Familie eintauchen . . .*

LEPORELLO
K R I M I

Herausgegeben von Ina Coelen

Abmurksen und Tee trinken

– Bitterböse Mordgeschichten –

ISBN 978-3-936783-45-2 · 280 Seiten · € 9,90

Diese dunklen Kriminalgeschichten sind ein Genuss der besonderen Art. Genau wie z. B. Tee, Russische Schokolade, Negerküsse, Lakritzlikör, schwarzer Kaffee, Cappuccino, Caffè corretto oder Frappé. Sie alle verwöhnen unsere Sinne, lassen den Blutzuckerspiegel steigen, wirken stimmungsaufhellend oder anregend.

Die Krimiautorin Ina Coelen, die ihre Schwäche für schwarzen Tee, dunkle Schokolade und finstere Geschichten nicht abstreitet, hat einige der bekanntesten deutschsprachigen Krimiautorinnen und -autoren dazu angestiftet, ihre Kurzkrimis dunklen Genussmitteln zu widmen.

Kriminalgeschichten
(und mörderisch gute Rezepte) von
Christiane Dieckerhoff, Jürgen Ehlers,
Brigitte Glaser, Peter Godazgar,
H. P. Karr, Arnold Küsters, Ulla Lessmann,
Niklaus Schmid, Gesine Schulz
und anderen.

LEPORELLO
K R I M I

Ulla Lessmann

Das Lachsmesser im Marzipanschwein

– Morde und andere Zufälle –

ISBN 978-3-936783-39-1 · 260 Seiten · € 9,90

*Plötzlich geschieht ein Unglück – oder war's Mord? Wenn eine Kellnerin ihren Gästen den Tod wünscht, eine Werbetexterin ihre Chefin hasst, eine ehrgeizige Mutter alle anderen Muttis verabscheut und eine Malerin alle konkurrierenden Maler, wenn ein Einkaufsleiter spurlos in einer Kundentoilette verschwindet, eine Bibliothekarin zwischen Bücherregalen und ein Rentner unterm Kanaldeckel abtaucht, können die Folgen sehr leicht tödlich sein – sogar für die Mörderin.
Ulla Lessmanns bitterböser Witz, ihre psychologisch stimmigen Charaktere, ihr scharfer Blick auf die Absurditäten menschlicher Beziehungen, machen ihre raffinierten Kriminalgeschichten zu einem äußerst spannenden und unterhaltsamen Vergnügen.*

»Ein sensibles Gespür für das Groteske des Alltags zeigt sich in allen Werken von Ulla Lessmann.«
Radio Köln

»Treffsicher entwirft sie Charaktere, die beides, zum Lachen und zum Heulen, vertraut und abschreckend sind.«
Kölner Stadtrevue

»Nichts und niemand ist vor dem frechen Griffel der Autorin sicher. Spießer und Fortschrittliche, Tussis und Macker, Kleinkarierte und Großkotzige kriegen ihr Fett weg.«
EMMA

LEPORELLO
K R I M I

TIERISCHE KRIMINALGESCHICHTEN

Herausgegeben von Ina Coelen & Arnold Küsters

Ausgefressen

ISBN 978-3-936783-37-7 · 288 Seiten · € 9,90

*Des Deutschen liebstes Haustier ist das halbe Hähnchen –
heißt es. Ein harmloser Kalauer, verglichen mit dem Inhalt
dieser Anthologie. In »Ausgefressen« geht es um tierisch
mörderische Geschichten.
Der Leser trifft auf den »Killerkakadu von Krefeld« und
erlebt den »Schafsmord in Hamminkeln«. Wer kann schon
einer Katze widerstehen? Was hat ein Testament mit
Spinnen zu tun? Oder warum Fliegen töten können?
Finden Sie es heraus. Die lieben Haustierchen
warten schon auf Sie.
Einige der bekanntesten deutschsprachigen Krimi-
autorinnen und -autoren haben hinter Katzenklo und
Hundekörbchen recherchiert – oder ihren Goldfisch
beschattet. Herausgeber der ungewöhnlichen Haustier-
Anthologie sind die niederrheinischen Autoren
Ina Coelen und Arnold Küsters.
Die Krefelderin hat eine ganz besondere Beziehung
zu Katzen. Arnold Küsters bekam von seinem Golden
Retriever Robin die Pfote auf die Brust gesetzt.
Ihm blieb keine Wahl.*

Tierisch gute Kriminalgeschichten u. a. von
**Jürgen Ehlers, Kathrin Heinrichs, H. P. Karr,
Paul Lascaux, Ulla Lessmann, Hartwig Liedtke,
Susanne Mischke, Niklaus Schmid,
Klaus Stickelbroeck.**

LEPORELLO
KRIMI